UNREAD

回声泉之旅

The
Trip to
Echo Spring

Olivia Laing

[英]
奥利维娅·莱恩
著

何雨珈
译

贵州出版集团
贵州人民出版社

图书在版编目(CIP)数据

回声泉之旅 / (英) 奥利维娅·莱恩著 ; 何雨珈译
. -- 贵阳 : 贵州人民出版社 , 2022.11
ISBN 978-7-221-17456-7

I. ①回⋯ II. ①奥⋯ ②何⋯ III. ①传记文学－英
国－现代 IV. ①I561.55

中国版本图书馆 CIP 数据核字 (2022) 第 208367 号

THE TRIP TO ECHO SPRING

By Olivia Laing

回声泉之旅

[英]奥利维娅·莱恩　著
何雨珈　译

选题策划	联合天际·文艺生活工作室
责任编辑	陈田田
特约编辑	张雪婷　杨子兮
装帧设计	碧　君
美术编辑	梁全新

出　　版	贵州出版集团　贵州人民出版社
发　　行	未读（天津）文化传媒有限公司
地　　址	贵州省贵阳市观山湖区会展东路 SOHO 公寓 A 座
邮　　编	550081
电　　话	0851-86820345
网　　址	http://www.gzpg.com.cn
印　　刷	北京联兴盛业印刷股份有限公司
经　　销	新华书店
开　　本	889 毫米 ×1194 毫米　1/32　8.25 印张
版　　次	2022 年 11 月第 1 版　2022 年 11 月第 1 次印刷
I S B N	978-7-221-17456-7
定　　价	65.00 元

关注未读好书

未读 CLUB
会员服务平台

本书若有质量问题，请与本公司图书销售中心联系调换
电话 : (010) 52435752

献给我的母亲丹尼斯·莱恩，
奉上我全部的爱。

酒鬼们喝酒，大多会沉醉其中，无法自拔。就是这种欲罢不能、循环往复的酒瘾，最终会毁掉他们的生活，使他们众叛亲离，健康恶化，婚姻破裂，孩子怀恨在心，工作也停滞不前。然而，尽管后果如此严重，酒鬼们仍然痛饮狂歌。很多人都在酒精的作用下经历了"性格的转变"：原本正直可靠的人，可能会发现自己谎话连篇、背叛欺骗、鸡鸣狗盗，甚至参与到一切形式的坑蒙拐骗当中，只为继续喝酒，或者遮掩自己酗酒的行径。宿醉之后的清晨，也许会羞愧难当，追悔莫及，所以很多酒鬼越来越倾向于躲起来，不被别人打扰，一次喝个痛快。他们可能会找个简陋的旅馆，躲上几天甚至一个星期，日日和杯中物难舍难分。很多酒鬼都变得比酗酒前急躁易怒，他们对许多东西都比别人敏感很多。哪怕只是稍微有些争议的事情，在他们眼里也会被无限放大。很多酒鬼看上去都很狂妄自大，但一旦深谈，就会发现他们的自尊早已慢慢消失。

——《精神病手册》

大卫·莫尔　詹姆斯·杰弗逊　合编

目 录

第一章　回声泉

　　闲话不叙，直奔主题。1973年，艾奥瓦[1]城。两个男人，一辆车，一辆辉煌不再的破旧福特猎鹰。冬天，严寒深入骨髓，直达五脏六腑，关节冻得通红，鼻涕流个不停。要是你神通广大，能在他们颠簸而过时伸长脖子往车里细看一番，就会发现副驾驶上那个年纪大点儿的男人忘了穿袜子。他一双赤脚蹬着乐福休闲鞋，身受酷寒而无动于衷，好像学龄前的小男孩暑假出来短途旅行似的。事实上，你还真可能错把他当成个小男孩：瘦小的身上穿着"布鲁克斯兄弟"的粗呢衣服和法兰绒裤子，头发梳得一丝不苟。但一看脸就不行了，沟壑纵横，皱巴巴的一脸苦相。

　　另一个人要高大强壮一些，三十五岁上下。留着络腮胡，一嘴坏牙，穿一件破烂的运动衫，肘部都开了口。还不到早上九点，他们驱车下了高速，进入一家酒水商店的停车场。店员就在前面，手上的钥匙叮当作响。一看到他，副驾驶上那个男人就猛地推开车门跳了出来，完全不顾车还没停稳。"等我到了店里，"很久以后，另一个男人这样写道，"他已经拿着半加仑苏格兰威士忌在结账了。"

　　他们继续驱车前行，酒瓶在两人手里来回传递着。几个小时后他们就回到了艾奥瓦大学，在各自的课堂上慷慨激昂，舌灿莲花。很明显，

　　1　又译"爱荷华""衣阿华"等，正式译名为"艾奥瓦"。——译者注（若无说明，本书脚注均为译者注）

两人都有酗酒的毛病,而且病得不轻。两人都是作家,一个已经声名显赫,另一个在成功之路上才刚起步。

年长些的男人叫约翰·契弗,他写了三本小说,《瓦普肖特纪事》《瓦普肖特丑闻》《弹丸山庄》,还有一些短篇,都是文学史上少见的风格,天马行空,独树一帜。契弗今年六十一岁,五月,他因为扩张型心肌病被紧急送往医院抢救,酒精对心脏的致命打击可见一斑。在重症监护室待了三天以后,他突发"震颤性谵妄[1]",胡言乱语,情绪激动。看护为了固定住他,只好给他穿上一件束身皮衣。他在艾奥瓦有令人羡慕的工作——在著名的"作家工作坊"有一学期的教职。这让人看到美好生活的希望,但他却并不如想象的那么一帆风顺。出于种种原因,他没带自己的家人,像个老光棍一样,住在艾奥瓦大学酒店的单人房里。

年轻点的那位叫雷蒙德·卡佛,他也刚刚谋得"作家工作坊"的教职。他的房间和契弗的一模一样,而且就在契弗楼下,两个人房间的墙上甚至都挂着同样的画。他把妻子和十几岁的孩子留在加利福尼亚,同样孤身一人来到此地。能成为作家,是他小半生的夙愿。不过他一直觉得时运不济,怀才不遇。酗酒的毛病已经持续了很久,不过就算被这杯中物消耗折磨,他仍然写了两卷诗歌,小说也写了不少,很多都发表在一些小杂志上。

初看上去,两个男人天差地别。契弗的穿着打扮,一举一动,都是一副家境优越的中上层做派。不过,要是跟他再熟一些,就会发现这一切都是让人眼花缭乱的"障眼法"。而卡佛则来自俄勒冈克拉兹尼卡市的一个工人家庭。多年来,为了支持儿子的写作事业,父亲一直做着看

---

1 又称撤酒性谵妄或戒酒性谵妄,为一种急性脑综合征,多发生于酒依赖患者突然断酒或突然减量。

门人、勤杂工和清洁工等卑微的活计。

1973年8月30日，两人相遇了。契弗敲响了240房间的门。当时在场的学生乔恩·杰克逊回忆，来客大声嚷嚷："不好意思，我是约翰·契弗，能要点儿苏格兰威士忌喝吗？"这厢卡佛终于见到偶像，赶忙拿出一大瓶斯米诺伏特加，兴奋得说话都结巴了。契弗接过一杯酒，但对往里面加冰块或者果汁的建议嗤之以鼻。

因为对酒的共同爱好，两个男人立刻变得亲近了。他们在一起时，基本上都泡在只提供啤酒的"米尔酒吧"，畅谈文学与女人。他们每周两次开着卡佛的猎鹰去酒水店买苏格兰威士忌，拿到契弗的房里喝个底朝天。"他和我什么也不做，就是喝酒。"卡佛后来为《巴黎评论》撰文时写道，"就是说，我们在各自的课上都滔滔不绝，但我俩在那里待了那么久……估计谁也没把打字机的防尘罩扯下来过。"

那真是挥霍无度的一年，接下来灾难接踵而至。奇怪的是，在某种意义上，契弗早就对此做出了预言。十年前，他写了一个短篇，发表在1964年7月18日当天的《纽约客》上。短篇题为《游泳者》，写的就是酒精及其对人的影响，以及它会怎么彻底地毁掉一个人的生活。小说的开头是明显的契弗风格："和很多仲夏的周日一样，今天大伙儿也围坐一圈，说'昨晚我喝得太多了。'"

"大伙儿"中有个人叫奈德·梅里尔，瘦高个子，像个大男孩，自带一种很吸引人的活力与生气。外面阳光灿烂，他来到主人家的游泳池旁，在晨光中畅游，突然脑子里冒出个欢快的想法：他想通过"一连串游泳池"游回家去，这些"半地下的水域贯穿着整个郡"。他把这条由游泳池组成的"密道"命名为"露辛达"，是他妻子的名字。然而他还经常在另一条"水道"中"畅游"：这是一条"酒河"，其"水域"到处都是，周围邻居的露台上，院落里……这条水道危机四伏，令畅游其中的他每况愈下，最终迎来离奇的悲剧结局。

　　奈德对自己的灵光一现颇为得意，就这样游过了很多人家的游泳池：格拉汉姆家、哈默家、利尔家、豪兰家、克洛斯卡布家和邦克家。在他如此我行我素的一路上，不断有人拿着杜松子酒来引诱他，打扰他。他自欺欺人地想："如果真的要游回家，必须'礼貌地拒绝'他们。"到了下一家，只剩一座废弃不用的房子。游过这一家的游泳池后，他溜到人家的露台上，给自己倒了一杯酒：他依稀记得这不是第四杯就是第五杯？天上整日风云变幻，云层越积越厚，现在暴雨终于倾盆而下，橡树之间的雨点急促而有力地发出"咚咚"声，之后就飘来那种好闻的味道，有点像无烟火药。

　　奈德喜欢这种暴雨天气。但这场暴雨不太一样，它改变了他的"今日主旨"。他在露台上躲雨时，注意到勒维夫人从东京买回来的灯笼，是"前年买的，还是大前年买的来着？"这很正常，任何人都有可能忘记这种小事情，有关时间的记忆本来就模糊不清。但奈德对时间的感觉仿佛更为异样。雨点打落了枫叶，红黄相间的叶子散落在草地上。奈德确认现在是仲夏时分，所以这棵枫树肯定是得了枯树病。但眼前的景色太像秋日了，让他有些悲从中来，不太愉快。

　　周围的这些房子越看越像因业主无力偿还贷款，而被银行收回的那种。林德利家的篱笆树丛已经长得太高，无人修剪，以前的那些马匹好像也被卖掉了。更糟糕的是，威尔彻家游泳池的水已经被抽干了。唉，这条"露辛达水道"啊，这本来水量丰富的神奇大道，到这里就干涸了。奈德有些恍惚，开始严肃地怀疑起自己对时间的感觉。"到底是他的记忆力衰退，还是因为他强制自己忘却不愉快的事情，以至于破坏了对事实的记忆呢？"他终究还是振作起来，硬撑着走过了424号公路，走陆路比他想的要更费劲，更花力气。

接着他鼓起勇气走进了一些公共游泳池，到处充斥着哨声，水面也晦暗不明。自然是找不到什么乐趣，他很快游完了，走出来，爬上哈洛兰家豪宅周围的树篱，朝他们那配了温泉的游泳池走去，水面荡漾着，远远望去是诱人的黑金色。他又一次产生了古怪离奇的念头，奈德觉得自己正在游历的这个世界不知怎的显得很陌生，或者说，他对于这个世界来说是个彻头彻尾的"异人"。哈洛兰夫人热络地关心起他可怜的孩子们，还说了什么他失去房子的事。从他们家离开时，奈德注意到自己的短裤松松垮垮的，勉强挂在腰上，他心想，难道这一下午，就消瘦了这么多？这可能吗？时间不紧不慢，晃晃悠悠，如同杯中酒。当然还是在同一天，但现在仲夏的暑热已经消散，空气中飘着烧柴火的味道。

奈德从哈洛兰家来到他们女儿的家，想讨一杯威士忌喝。海伦也还算热情，但她家已经三年不存酒了。奈德感到背脊上一股寒意，茫然无措地游过水波荡漾的泳池，取道田野走了捷径，去了宾斯旺格家。那里人声鼎沸，嬉闹喧嚣，显然一场派对正当高潮。他晃荡其中，几乎赤裸。而此时此刻，黄昏降临，神秘的薄暮低重，泳池的水面闪烁着"冬日的微光"。多年来常常邀请奈德来家里做客的宾斯旺格太太显然"变心"了。她相当粗鲁无礼地打了个招呼，等奈德一转身，就迫不及待地和旁人议论道："他们家哟，一夜之间就破产了，什么都没有了，就靠那点儿可怜的收入，有什么用？有个星期天，他醉醺醺地跑来，让我们借给他五千美元。"接着酒保也是态度冷淡，拒绝为他倒酒。于是奈德心中那种隐约的感觉得到了确认，他曾经一定在公开场合失态过，得罪了这些过去的朋友，他们记仇了。

他挣扎过后往下一家走去，那是一个花园，属于他原来的情人。不过他已经忘了，自己提出分手时，是什么时候，又是怎样一种心情？她撞见了他，也没那么高兴，也和宾斯旺格太太一样焦躁，以为他想要钱。

离开的时候，奈德感受到逐渐加深的凉意中有种秋天的味道，虽不知道来自何方，却"像瓦斯一样强烈"。金盏花？菊花？抬头一看，分明是冬日天空的星座，在夜空中各居其位。一种若有所失、无所依傍的情绪充盈了他的内心，生平第一次，他痛哭起来。

只剩下两个泳池了。他在其中胡乱挥舞双臂，大口喘着气，总算是游完了。接着他浑身湿漉漉地走上了回自家的路。现在，他逐渐清楚地认识到自己正如那些人议论的一样时运不济。家里的灯全都关着，房门也都紧锁着，屋子里空空荡荡，家人不见踪影。显然，这里很久没人住过了。

· · ·

突然想到《游泳者》时，我正在纽约的上空跳伞，看到脚下的土地被分割成一个个岛屿和一块块湿地。有些问题在家里是无法解决的，所以年初我就从英国启程到了美国，一个几乎完全陌生的国家。我想用些时间来思考，思考的主题是酒精。整个冬天我都待在北部，在新罕布什尔州的一个农庄里。如今，春回大地，我要南下了。

上次经过此地，还是白茫茫的一片，冰天雪地一直延伸到北极。康涅狄格河封冻了，黑黑的冰柱像一片诡异的森林，隐约的蓝黑色又像一支支枪管。现在冰雪全都消融，天地间荡漾着激越的勃勃生气。契弗的句子跃入脑海："天地仁慈，恩赐神物，令所处世界充盈着水。"

在我眼里，《游泳者》是迄今为止最好的小说之一，诡谲压抑的叙事当中，完整地展现了一个酒鬼的人生。而他的足迹，正是我想要追寻的。我想知道，一个人为什么酗酒，这种行为又会给他造成什么后果。说得更具体一些，我想知道作家为什么酗酒，而沉湎于酒精当中的他们的精气神，又给文学本身造成了什么影响。

说起那些因为酗酒而穷困潦倒、孤独余生的作家，约翰·契弗和雷蒙德·卡佛可远远不能代表。这份名单上还有欧内斯特·海明威、威廉·福克纳、田纳西·威廉斯、简·里斯、派翠西亚·海史密斯、杜鲁门·卡波特、迪兰·托马斯、玛格丽特·杜拉斯、哈特·克莱恩、约翰·贝里曼、杰克·伦敦、伊丽莎白·毕肖普、雷蒙德·钱德勒……人数之众，实在难以一一列举。路易斯·海德在文章《酒与诗》中写道："一共有六个美国人获得过诺贝尔文学奖，其中四个都酗酒。我国酗酒作家中，大概有一半以自杀结局。"

"酗酒"与否，并不能简单界定。根据美国成瘾药物协会的说法，最核心的判定标准是"对喝酒的自制力减退，一接触酒精便浑然忘我；尽管后果严重，依然不顾一切地喝酒，且因此造成思维混乱，非常固执地否认自己酗酒。"1980年，《精神疾病诊断与统计手册》完全弃用了"酗酒"一词，用两个相关的疾病词语来代替："酒精滥用"（定义是"尽管存在持续或反复饮酒导致的严重问题，仍然继续饮酒"）和"酒精依赖"（这是更为严重的酒精滥用，表现为对酒的渴求和经常性、强迫性的饮酒需要）。

至于两种疾病的成因，仍然没有定论。事实上，说到主要的病因，我那本1992年的老版《默克诊疗手册》[1]就大胆宣称"酗酒的成因现在还不得而知"。多年以来，成百上千的研究项目和学术研究都致力于此，然而大家的看法仍然出奇地一致：酗酒是由各种因素通过神秘的组合形成的。这些因素包括性格特点、人生早期的经历、社会影响、先天基因和大脑不正常的化学反应。最新版的《默克诊疗手册》列出了这些可能

---

[1] 世界著名的临床工作指南，医生们在诊疗时可以作为参考。

的原因，得出一个并非有力的结论："然而，这样的总结概括无法遮掩的事实是，与酒精相关的疾病可能发生在任何人身上，无论年龄、性别、背景、种族或社会地位。"

结论也是意料之中的，作家们提供的理论通常比较具有象征意义，并不侧重社会学或科学上的解释。波德莱尔[1]曾经和别人谈论爱伦·坡[2]，说酒精已经变成了"杀死他内心某种东西的武器，一种不死的蠕虫"。诗人约翰·贝里曼的小说《痊愈》在他死后才得以出版，作序的美国作家索尔·贝娄说："灵感之中，也包含着死亡的威胁。当他写下那些一直翘首以待且日日祈祷的文字时，自己也濒临崩溃。酒，就像一支安定剂，某种程度上降低了这种致命的强度。"

相比如今甚为流行的"社会基因学"的解释，以上答案及其解释的复杂动因中，有某种东西，好像更为深入地抓住了酒精成瘾的核心问题，更能引起局内人的共鸣。正因如此，我才动了念头，想研究一下那些喝酒的作家，当然尽人皆知，如今这个社会，没有一个圈子能完全对酒精的引诱免疫。但我不谈论社会，只关注作家这个群体。毕竟，出于天性和职业特点，他们把酒精所带来的苦难和折磨表现得最为淋漓尽致，做了最好的描述与诠释。他们写下了很多文字，来记录相关经历，要么是自身的，要么是文学界同仁的，形式也多种多样，小说、信件、回忆录或者日记，有的用来拷问自己的一生，有的又让他们更添了一份神秘色彩。

我开始在这卷帙浩繁的书海中畅游，突然又意识到另一件事情。这些男人女人之间都是相互联系的，不仅生理上有着同样的困扰，还存在

1　法国十九世纪最著名的现代派诗人，象征派诗歌先驱，代表作有《恶之花》。

2　十九世纪美国诗人、小说家和文学评论家，美国浪漫主义思潮时期的重要成员。

一系列重复的模式。他们是彼此的挚友和同盟，是彼此的导师、学生与灵感来源。除了艾奥瓦的雷蒙德·卡佛和约翰·契弗，还有其他可谓"欢喜冤家"的"酒友"。二十世纪二十年代的巴黎，海明威和菲茨杰拉德[1]就曾同在酒馆中痛饮狂歌；狄兰·托马斯[2]去世时，诗人约翰·贝里曼是第一个赶到他床前的。

还有那种互相呼应的。我最感兴趣的是六位男性作家，他们的经历仿佛互为首尾，相互映照（当然也有很多女性作家可以选择，但后面大家会逐渐明白原因，她们的故事太过于触及自我，令我有些"近乡情怯"）。这六个人中，大都曾有过（或者自认为有过）最典型的"弗洛伊德式双亲"——专横强势的母亲与懦弱无争的父亲。六个人全都长期被自我憎恨和自卑感所折磨，其中三人私生活非常混乱，而且几乎都经历过性方面的冲突与不满足。他们大多中年早逝，如果不是自杀，就是和长年累月的艰苦生活与疾病缠身直接相关。六个人都曾经尝试过好几次不同程度的戒酒，但只有两人在生命的尾声算是彻底戒掉了酒瘾。

听上去，他们的一生都是彻头彻尾的悲剧，挥霍无度，放荡荒淫。然而，这六个男人，弗朗西斯·斯科特·基·菲茨杰拉德、欧内斯特·海明威、田纳西·威廉斯、约翰·契弗、约翰·贝里曼和雷蒙德·卡佛，却写出了这世上少有的最美丽、最杰出的文学作品。编剧杰·麦克伦尼曾经评价契弗："几千个性别意识混乱的酒鬼，只有一个写出了《绿阴山强盗》和《杜松子酒之烦恼》。"

如果停下手中的工作，我可以依次勾勒出这六个人的模样。菲茨

1　二十世纪美国最杰出的作家之一，代表作《了不起的盖茨比》。

2　人称"疯狂的狄兰"，英国作家、诗人，代表作《死亡与出场》《当我天生的五官都能看见》等，1953年11月9日因连喝了18杯威士忌而暴毙，年仅三十九岁。

杰拉德应该系着一条格纹领带，一头金发往后梳着，光滑锃亮，很安静，很笃定，丝毫没有因为《了不起的盖茨比》带来的盛誉而有任何轻浮之态。他是个好人，只是偶尔可能会强拉着你跳上一曲华尔兹，或者突然发怒，把你的手表扔进一锅滚烫的汤里。海明威呢，我总想象他站在船头掌舵，或者在空气清新的山地中打猎，全神贯注于眼前的事情，浑然忘我。接着，他回到书桌前，戴着眼镜，书写着《尼克·亚当斯故事集》中的密歇根，凭空描写着斗牛士与一座座城市，畅游着鳟鱼的河流和一个个战场，一个你几乎可以在字里行间闻到那种气味的世界。

田纳西·威廉斯呢，嗯，戴着雷朋太阳镜，穿着颇有度假风的短裤，毫不起眼地坐在观众席，看着他某本剧作的排练，比如《欲望号街车》或《夏日痴魂》。剧本还没有完全敲定，所以他会根据具体的要求，调整每一幕。在最为悲伤的部分，他像只兴奋的驴子一样哈哈大笑。契弗嘛，我想象中的他应该是在骑单车，这是他临近生命尾声时才养成的习惯。而我心中的卡佛，总是叼着烟，身材魁梧，脚步却很轻柔。对了，还有约翰·贝里曼，一本正经，像个老学究，镜片反光，一脸大胡子，既是诗人，又是教授。他站在普林斯顿或者明尼苏达大学的讲台上，朗读着诗歌《利西达斯》[1]，让在座的所有人都感受到，这些诗句有多么美妙。

很多书和文章都无所不用其极地描述了酗酒作家的行为有多么荒唐，多么丢人。我写此书却志不在此。我希望能探究出这六个人，曾经经历了什么，对自己的嗜酒如命又是如何看待的，若能同时发现其他受酗酒之苦的文学界人士的共性，那便是幸甚至哉。若真要说得大些，这

---

1 是约翰·弥尔顿的一首诗，诗的题目源自维吉尔的《田园诗》中一个牧羊人的名字。

是我对文学之信仰的一种表达，我坚信文学的力量，能够更深入地探究人类的历程与所知。

至于这一兴趣的来源，我要承认自己就成长在一个"酗酒家庭"。八岁到十一岁的我居住在一个几乎浸淫着酒精的家中，那段时间带给我的影响，一直持续到现在。十七岁时，我读到了田纳西·威廉斯的剧作《热铁皮屋顶上的猫》，才在电光石火间发现，少年成长时期，我周遭的行为不仅因为种种文字的描绘而甚为有名，而且常常遭到各种各样的反对。从那一刻起，我就执迷于寻找作家们对酒精和其影响的看法。我成年以后的生活里，似乎也不乏酒鬼，如果我真的抱着要弄清这些酒鬼想法的希望，那一定得通过他们留下的文字，去字里行间寻找蛛丝马迹。

《热铁皮屋顶上的猫》中有句台词，多年来一直在我脑海中挥之不去。醉鬼布里克的父亲召他前去。"大爹"滔滔不绝地说了好一会儿，布里克说想要回他的拐杖。"你要去哪儿？""大爹"问道。布里克回答："我要做一次短途旅行，去往回声泉。"具体说来，"回声泉"不过是一个酒柜的绰号，因为里面装的波旁酒的牌子叫"回声泉"而得名。然而，其象征意义却完全不同：也许是一切归于寂静，也许是心中苦念的消退。至少，在喝下那一口"琼浆玉液"时，这个世界暂时只剩下欢愉。

回声泉。哦，多么美好的名字，该是个多么令人欣慰放松的"温柔乡"啊。而这回声泉正可谓回声悠远。不知是巧合还是其他原因，这些人都对水有着一种深深的热忱。约翰·契弗和田纳西·威廉斯就是游泳爱好者，甚至可以称得上狂热。而海明威和菲茨杰拉德一生都热爱着大海。而雷蒙德·卡佛呢，他爱水，特别是从安吉利斯港奔涌而出的那些寒冷刺骨，鳟鱼游荡其间的碧色小溪。而这种热爱终将从很深的层面上取代他对于酒精的依赖。生命的晚期，他曾经写过一些天马行空的诗句，其中一首诗中就提到自己对这寒冷而湍急之水的感情无与伦比，就像某些男人爱宝马和美女。

布里克所说的"旅行"一词似乎也相当重要。很多酗酒者，包括我感兴趣的这些作家，都是常常在路上的旅人。在自己的国家，在全世界，他们就像不愿散去的游魂，驱车四处游荡。我有个和《游泳者》差不多的想法，通过环游全美，也许能草草画出这些复杂人生的路线。接下来的几个星期，我准备把这个想法付诸实践，来一次"酗酒者之旅"。先往南，经过纽约、新奥尔良和基韦斯特；接着到西北，取道圣保罗，约翰·贝里曼曾在那里休养过，然而注定劳而无功；再到安吉利斯港，在河道与小溪里漂游，探寻雷蒙德·卡佛生命中纵情狂欢的最后时光。

从地图上看，这个路线相当随意，甚至有点自讨苦吃，特别是我已经下定决心主要坐火车来完成这趟旅行。不过，就像很多和这个主题相关的事物一样，这条路线的真正含义必须被深刻解读，方能有所参悟。每个地方都算是一个"中途站"，作家们在这些地方相继激发了他们的酒瘾。我想，按照顺序一个个地方走下来，也许可以在某种程度上画出酒瘾的"地质学地图"，追随其发展的轮廓和路线，从陶醉其中的愉悦，到戒酒过程中那令人筋疲力尽的现实。希望当我的足迹遍布全国，在著作、诗篇与诗人的人生经历中来来往往时，能够更进一步地理解酗酒到底意味着什么，至少，可以发现，那些曾在酒海中挣扎，甚至被酒精毁了一生的人，在他们眼中，酒有着什么样的意义。

就要接近此行的第一站了。一路上我一直望着窗外，而安全带的指示灯突然就变绿了。我手忙脚乱地解开带扣，又看回窗外。广袤无垠的天空下，宽广的大地绵延着，越来越高。我能看到长岛了，而被吹皱的水面上方，是肯尼迪机场的跑道。机场背后是曼哈顿那些摩天大楼的轮廓，如同高举的钢铁锉刀，直指天空。这是约翰·契弗最热爱的城市，他曾经写道："纽约流淌着一条'光河'，让所有的故事看上去都很久远，仿佛不存在于眼前的世界。"留恋之情溢于言表。纽约的确闪烁着异样的光辉，如同一座岛上的城堡，四周是大西洋荡漾的青灰色水波。我们迎浪前去，沉迷其中。

第二章 "棺材戏法"

几个月前，我还在英格兰，刚刚开始对酗酒问题的思考，准备更深入地探究。我首先确定，不管要开始什么样的旅程，起点都必须是美国东54街的一个旅馆的房间，从百老汇步行过去也就是十分钟。我也不知道为什么，世界那么大，干吗非得选这个地方作为起点呢？可能是那里发生的一些故事，戳中了我的内心，仿佛命中注定。

1983年2月25日下半夜，田纳西·威廉斯在旅馆房间里溘然长逝。旅馆名叫爱丽舍，小巧、舒适，位于百老汇剧院区的外沿。七十一岁的田纳西，总是一副被愁云惨雾笼罩的样子，瘦瘦的，有一点点营养不良。他是"瘾君子"，依赖毒品和酒精，有时候会不由自主地恐慌，甚至到达精神错乱的边缘。验尸官的报告中说，他是被眼药水那铃铛形状的塑料瓶盖给噎死的。一般他在滴眼药水的时候，都习惯把瓶盖放在舌头上，或者压在舌头下面。小时候，他被人用棍子戳中了一只眼睛。到二十几岁的时候，那段遭遇变成覆盖在左眼瞳仁上的一层灰灰的白内障。虽然最终消除了，但那只眼睛的视力再也没好起来。眼药水成了他随身携带的药物。反正他无论旅行到哪里，都随身带着很多很多药。

第二天，《纽约时报》刊登了一则讣闻，把他誉为"尤金·奥尼尔之后最重要的美国剧作家"。讣闻里列出了他的三部普利策获奖作品，《欲望号街车》《热铁皮屋顶上的猫》《巫山风雨夜》，并评价说："他用深切的同情与颇具内涵的幽默，来描写我们这个社会的边缘人。尽管他的形象总显得有些暴力，但他是讴歌人心的诗人。"

后来，经过一些化学检测之后，市里的卫生部部长艾略特·格罗斯博士修改了最初的验尸报告，补充说，威廉斯去世的时候，体内有巴比妥类药物。又过了很久，他的一些朋友和熟人表示，说他"噎死"，只是为了掩盖事实真相，免得媒体去刺探并曝光田纳西对药物和酒精的各种依赖。官方的死亡原因仍然是"窒息"。

无论是哪一种，都不是他所期盼的死亡。他曾写过天马行空，相当晦涩的回忆录，里面写道他想死在一张婚床上，身边围绕着一群农夫，他们脸上露出疑惑的表情，但又洋溢着甜蜜。他们颤抖着伸出手，手上拿着小酒杯，里面装着红葡萄酒或白葡萄酒。他希望这一幕发生在西西里，他曾在那里度过了一生中最快乐的时光。如果实在不能在那里，他也可以退而求其次，在他新奥尔良杜梅因街的家中那张黄铜架大床上。天阔云低，云层仿佛就在头顶上翻卷。

一个人，在从一个地方前往另一个地方的途中，就这样死去，这死亡的地点和方式也实在太突然了。然而，这件事情也着实很有戏剧效果，一个永远在路上的男人，他的一生结束在旅馆房间里，周围全是药瓶和纸张，床头柜上的两瓶红酒都打开着。我们在好好活着的时候突然死去，没有顺序，毫无预兆。而他的死亡方式却意外地有了非常怪诞的感觉，死亡地点恰恰是流浪生活的一种表现。这话说来也许好笑，但这个死亡地点大概是他一生中最确定的事情之一了。

他在纽约有多处居所，但从不长住。曾有几年，他住在东58街的一间公寓里，和他的伴侣弗兰克·梅罗同居。弗兰克有一张忧伤的长脸，周身散发着气定神闲的魅力。弗兰克是田纳西的"护卫"，是他的"从属"，1963年死于肺癌，令威廉斯陷入被他称为"大醉时代"中最糟糕的一段日子。后来，他在曼哈顿广场租了一间公寓，那片居民区是专门为行为艺术家设计的。他是被那里的游泳池吸引过去的，但那里夜夜笙歌、日日狂欢的气氛并不适合他。租约还没到期，他就基本上不回去了，一直住在爱丽舍旅馆的一个套房里。

这个旅馆位置不错，离各大剧院都很近。但到他去世的时候，百老汇已有三年没见过田纳西的作品被搬上舞台了。他最后的一部公演的作品是《夏日旅馆衣装》（*Clothes for a Summer Hotel*），用有些混乱的语言，重现了泽尔达和斯科特·菲茨杰拉德艰难的婚姻生活。"没有成长，没有改变，没有生命的流动，令我们摸不着头脑。"沃尔特·科尔在《纽约时报》上发表剧评，后面还用相当挑衅的语气，暗示这部剧作的失败是作者故意的，"《夏日旅馆衣装》是田纳西·威廉斯刻意为之的沉默。"

这不算是评论家给他的最糟糕的恶语。1969年，《生活》杂志就曾称他为"白矮星"，讽刺说："我们仍然能接收到他想传达的东西，但很显然那一切都来自时代的灰烬。"想象一下，他在受到如此刻薄的讽刺之后，仍然要写剧作，更别说又坚持了十四年，每天早上都坐在打字机前，尽管毒品与酒精已经摧残了他的身体，尽管孤苦无依，尽管健康状况越来越糟糕，也还是笔耕不辍。"真是英勇无畏"，最了解他的导演艾丽娅·卡赞如是说："这个词来总结田纳西的一生，真是最恰切不过。"

这种巨大的勇气，这种不知疲倦的工作精神，在1981年他接受《巴黎评论》的采访中可以窥见一二。采访的后半部分是在爱丽舍旅馆的房间里进行的。他谈论了自己的剧作、他所认识的人，还略微提及了酒在他人生中所扮演的角色，尽管略有那么一点儿不诚实：

> 奥尼尔就曾经受酒精之苦，大多数作家都是如此。美国作家几

乎都有酗酒的毛病，因为写作的时候精神是完全紧绷的，非常耗费心力，这一点尽人皆知。年轻的时候一切都不要紧，到了一定年龄，就需要来点精神支持，酒精就能提供这种支持。现在我必须有节制地饮酒了！你看看我的肝上有多少斑点！

　　"尽人皆知""来点精神支持""有节制地饮酒"，采访的人很仔细地观察他，觉得他"很累"，因为他俩前一晚是在一个叫"畅饮"的酒吧里度过的，里面"装潢比较俗艳，客人好多都是男妓和他们的雇主"。是啊，田纳西的确英勇无畏，但要说起一生的经历，他本人的话倒并不一定可靠。

　　现在的爱丽舍我已经住不起了。但一个在康泰纳仕集团工作的朋友设法帮我搞到了个房间。大堂里挂着枝形吊灯，那头的墙上有人画了一座花园，三维立体的画法，十分逼真，看上去略有些意大利风情：柠檬树，黑白瓷砖和两旁种着黄杨树篱的蓝色小路，越来越窄，蜿蜒到长满树林的山丘。登记入住的时候，我问田纳西住过的那个套房在几楼。我本想某个早晨偷偷溜过去，要是遇到好心的清洁工，说不定能让我进去看一眼。但那套能看到日落的套房早就不存在了。前台的小伙子壮壮的，长着一副能打冰球的好身板，他的话让我吃了一惊："我们把那个套房隔断成好几个房间了，去去晦气。"

　　人们总有各种奇奇怪怪的迷信。田纳西很喜爱的姐姐露丝·威廉斯，二十八岁时接受了脑前额叶切除术，却比所有的至亲都活得长。她不承认"死亡"这件事情的存在。但有一次，至少她的弟弟在《回忆录》中记述了她的话，说亡者随着昨夜的雨一起来到人间。他对她说话一贯柔声细语，轻轻问她，是不是说亡者的声音。然后得到了肯定的答复。

　　我并不相信鬼魂，但我对不存在的东西很感兴趣。他的故居已经不存在这个事实甚至让我有些高兴。我开始思考，也许酗酒是一种从这个世界消失的办法，或者，至少能让你进入一个只属于自己的世界。大家也许看到田纳西跟跟跄跄地经过走廊，酩酊大醉，十分失态。你也许会认为此事会给他留下相当糟糕的记忆，再也不好意思去触碰。然而，我选中的这个开始旅程的地方，实际上已经不存在了，成了地图上的一块空白，这仿佛是个自然而合理的开始。我又看了一眼那个三维立体的花园。那条路仿佛就是我要走的路，不知延伸到哪里，只要走进那幽蓝的笔触，也许在那貌似的虚空之中，艺术家将为你打开新的大门。

· · ·

　　田纳西·威廉斯曾在《玻璃动物园》中写过，两地之间最长的距离就是时间。我一直在试图查找他初到纽约的时间。从他的书信来看，八九不离十是在1928年的夏天。那时候他十七岁，还是一个害羞内敛的大男孩。也是这趟旅程，让他喝了人生中的第一杯酒。那时候的他还叫"汤姆"，还和他的家人一起住在令人讨厌的圣路易斯。

　　发出赴纽约之邀的是他亲爱的外祖父沃尔特·迪肯牧师，他让孙子来此参加一个旅行团，团员都是富有冒险精神的教友。旅行团将会乘坐"白星航运公司"的轮船，从纽约到南安普敦，接着前往法国、德国、瑞士和意大利。过去英国的贵族子女就有这样的"壮游"，在遍游欧洲大陆的过程中接受旅行教育。外祖父这个，算是比较民主的二十世纪"壮游"。

　　旅行一开始，他们先下榻中央车站旁边的巴尔的摩酒店，住了四天，大吃大喝，纵情享乐。八年前，泽尔达和斯科特·菲茨杰拉德就是在这儿度的蜜月。田纳西这几天写的家书里，虽然语气故作成熟，但喜悦之情也是溢于言表，他提到和一个富翁吃饭，后者住的套房有七个房间。他得意扬扬地炫耀和富翁坐同一桌，还说1921年威尔士亲王也在同一个房间里住过。

　　登船以后的生活更是花天酒地。午夜，他们乘坐的"荷马"号起航了。很久以后，田纳西回忆说那是一次盛大的起航，乐队吹奏着铜管乐器，天空中飞舞着五彩的纸片，54号码头上人头攒动。第二天，他喝了有生以来的第一杯酒，绿幽幽的薄荷甜酒，之后遭遇了严重的晕船反应。

　　这种全新的成人世界的享乐倒还没完全吸引年轻的田纳西，他在写给母亲的家书中说外祖父经常喝酒，但他自己还是觉得姜汁汽水和可口可乐之类的饮料比较好喝。田纳西觉得自己无法像别人一样完全享受这船上的美好生活。然而，过了六天，在罗尚博酒店，他的语气就变了，家书的字里行间全是欣喜若狂。他说自己刚刚喝下了一大杯法国香槟，感觉真是飘飘欲仙。因为是在巴黎的最后一夜，所以大家过度放纵也无可厚非。而且法国香槟是他最喜爱的饮料。他并未在信里写到后来在《回忆录》中坦诚的内容。在巴黎的大道上，一种恐惧感突如其来，他说这是思考的过程。在这长达几个星期的旅行途中，这种恐惧变得越来越强烈和紧迫，让他觉得自己快要疯狂了。后来，他把这次经历称为"我年轻时候最可怕的危机，几乎让我变成了一个精神病"。

　　这不是田纳西第一次被焦虑感所困，却是到那时为止最严重的一次。他一直是个聪颖、敏锐的孩子，家庭的流离更是让他敏感多愁。他的双亲相识于1906年，第二年就结了婚。那时的爱德维纳·威廉斯还是个美丽、健谈，走到哪里都很受欢迎的年轻女子，从小就梦想着走上舞台，施展才华。她的丈夫，科尼利厄斯·柯芬·威廉斯则是个常常出差的推销员，卖男装，后来也卖男鞋。工作之余他喜欢打扑克、喝大酒，几乎所有习惯仿佛都表明他天生就不适合家庭婚姻生活。

婚后夫妻俩住在一起，但1909年，爱德维纳怀上第一个孩子的时候，就回到娘家，和娘家人辗转于密西西比州和田纳西州。田纳西是两年后出生的，1911年3月26日，复活节前的那个星期日。这孩子从小就很专注，对周遭的世界很警惕。南方很适合他。姐姐露丝是他的好玩伴。很久以后，他说尽管很少见到父亲，那仍然是一段"无忧无虑的天真岁月"。孩提时代的田纳西活泼好动，敦实强健，但一年级时他得了白喉，被迫辍学。接下来一年的大部分时间，他都独自躺在床上，拿着一沓扑克，表演着自己想象出来的场景。等他终于回归校园，已经像变了一个人，温柔又文弱。

1918年，南方田园牧歌般的生活戛然而止。科尼利厄斯被提升到"国际鞋业公司"的管理职位，想在圣路易斯安居。这是他第一次和孩子们长期相处。长子长女相当不受他的待见，但他很喜欢戴金，戴金是他们定居圣路易斯几个月后诞生的小儿子。尽管威廉斯一家已经团聚，南方母亲娘家人那种四处迁居的生活仍然没有停止。到田纳西十五岁的时候，他已经跟随家人辗转居住过十六处不同的居所。不过，一直到一家人到了圣路易斯，他才意识到自己家是多么贫穷。他们租住的公寓都很狭小。他后来回忆道，墙的颜色是脏脏的芥末黄，还有些像干掉的血迹。就是在这些肮脏而逼仄的空间里，父母之间破裂的感情残酷地暴露出来，而姐姐露丝的精神状况急剧恶化，走上无法回头的崩溃之路。

"家里的日子实在糟糕，糟糕透顶，"数十年以后，戴金写信给为田纳西作传的唐纳德·斯波托，"到二十世纪二十年代后期，父母经常当着我们的面争吵，两人都十分好斗，绝不退让。父亲喝得酩酊大醉才回家……然后大发雷霆……两人一番恶言相向，最后总是以母亲晕倒告终。"纤细优雅且被精神疾病所困的露丝觉得父母之间的争吵越来越让她震惊而不知所措，而田纳西也总是苦涩地回忆，因为自己喜欢书本和电影，父亲说他不像个男人，讽刺他是"南希小姐"。成年以后，他说父亲是个"可怕的男人"。

十几岁的田纳西体弱多病，敏感羞涩，只要跟别人对视，就会不由自主地脸红。如此说来，第一次出国旅行，就遭遇令他身体麻痹的焦虑，这也就不算是意料之外了。但就在那艘"荷马"号上，还发生了其他事情，一次令人不安的巧遇大概也是引起他焦虑的原因之一。在船上时，田纳西花了很多时间与一位舞蹈老师跳华尔兹。那是个二十七岁的年轻女子。田纳西后来在《回忆录》中讲起那段时光，说那时自己是个很不错的舞者，和这名女子在舞池里整天不停旋转。后来，舞蹈老师的朋友，名字相当有巴洛克风格的"德沃上校"对田纳西的性取向做了一番评论，被他无意中听到，尽管很久以后他才完全明白话中的深意，但那时候已经足够令他无比困扰了。那个男人说："你知道他以后会变成什么样子，对吧？"而舞蹈老师的回复是："才十七岁，应该还不能确定吧。"

他们的"壮游"从巴黎来到威尼斯，再到米兰和蒙特勒。田纳西一路写的家书依然情绪高昂，描述旅途中看到的群山、城堡和他畅游过的水域。信中只字未提他的恐惧，然而到了莱茵河，他已经很确定自己疯了。他后来解释说，之所以恐惧，是因为认识到"思考的过程，是人类生命中太过复杂的未解之谜，令人胆寒"。在科隆的一座教堂里，一切到达了临界点。他跪了下来，开始祈祷。其他团友都离开了。外面的光线透过多彩的教堂花窗倾泻进来。接着不可思议的事情发生了。他全身有种奇异的感觉，仿佛一只手在触碰自己。"在触碰的那一瞬间，我的恐惧就升起来，离开了我的内心，像一片轻盈的雪花。尽管之前就像一块能砸碎头骨的铁块悬在我头上。"他是个虔诚的教徒，始终相信那时是基督的手触碰了他。

接下来的一个星期，他都非常快乐，无忧无虑。接着，在阿姆斯特丹，恐惧又找上门来。这次他几乎立刻就把这恐惧给攥走了。他写了一首诗，诗的主题是：个人只是人群中的一分子，而人群中的每个人都是同样复杂丰富的。诗歌本身只能算是打油诗（"我听到他们的笑和他们的叹息／我看着他们丰富多彩的眼睛"），但这段经历对他而言至关重要。在《回忆录》中，他写了这段经历，也写到他认识到自己是人群中一分子的重要性，这并不仅仅关乎他的自身幸福，更能帮助他达到一种身心的平衡。他说他意识到，芸芸众生都有自己的需要，面临不同的问题，宣泄不一样的情感，他自己并不特别，只是其中的一分子。

这样的洞见大有裨益。田纳西在此后的一生中都会遭遇恐惧的困扰。很多他用来自我治疗和舒缓身心的方法其实都是"以毒攻毒"，其中就有酗酒。然而，在阿姆斯特丹找到的这个以"向外看"来化解焦虑的办法，不仅仅将他从疯狂的深渊挽救回来，还让他意识到同情的重要，而"同情"正是剧作家的"基本道德"。

· · ·

爱丽舍的第一夜，我几乎彻夜未眠，偶尔昏沉一阵，总梦到一只猫，皮毛中全是鲜红的覆盆子。第二天早上，我赴了两个于我而言可谓"前无古人"的约会。第一个是去见一名心理医生，第二个是去参加一次戒酒互助会。我拦下的出租车的司机也是初来乍到，我们糊里糊涂地摸索出一条路，来到第十大道58街的圣卢克—罗斯福医院。成瘾研究所在第九层，通过几条走廊，仿佛在蜗牛的壳里旋转。等工作人员终于带我走进所长的办公室时，我已经完全晕头转向了。我以为自己已经深入到大楼的内部，看到窗户都稍微吓了一跳。架子上的书本是按书皮颜色摆放的，从薰衣草色到紫罗兰色，从宝石绿到翠绿色。一切井井有条，堪称收纳整理的典范。

　　过去，成瘾研究院还叫"史密瑟斯酒精治疗与培训中心"。约翰·契弗和杜鲁门·卡波特就曾来这里戒酒，但费了九牛二虎之力，只有契弗成功告别了过去。那时候，还是1975年的春天，这个中心位于东93街第56号。"这里宏伟壮丽，丝毫不寒碜。"自愿被软禁起来戒酒的过程中，契弗曾在一封信里写道，"这里的住客是四十二个有毒瘾或有临床酒瘾的人。"他的室友有诈骗犯、芭蕾舞者、水手和一家德国熟食店的店主。那家店开得不成功，店主也常常说梦话，张口就问："有人招待您吗？有人接您的单吗？"在这里的二十八个日夜，契弗总是精神紧张，情绪沮丧（毕竟他是如此与众不同的一个美国人），常常大声抱怨。但最终，这里帮他戒除了酒瘾，很大程度上可以说是救了他的命。

　　一个如此聪明睿智的人怎么会来到这种地方？要理解这个问题，首先有必要了解一下一小杯伏特加或威士忌会对人体起什么样的作用。酒精，又叫乙醇，既能让人醉倒，又能抑制中枢神经，对大脑的影响非常复杂。简单来说，神经系统依靠神经递质来向全身传递信息，而酒精则通过干涉神经递质活动来起作用。其影响可以分为两类。酒精通过多巴胺和血清素来激活控制愉悦心情的神经通路。用心理学的术语来说，这种作用叫作"正强化"（积极强化），也就是不断吸收能引起愉悦感觉的物质。

　　但酒精还有个作用是"负强化"（消极强化）。大脑中的神经递质分为两类：抑制性递质和兴奋性递质。抑制性递质会抑制中枢神经系统的活动，而兴奋性递质则起到刺激的作用。酒精被摄入之后，会和一种叫作氨基丁酸的抑制性递质的受体[1]相互作用，模仿其影响。作用的结果就

1　受体是一类存在于胞膜或胞内的，能与细胞外专一信号分子结合进而激活细胞内一系列生物化学反应，使细胞对外界刺激产生相应的效应的特殊蛋白质。

是起到镇静作用，减少大脑的活动。除此之外，大脑中有种兴奋性递质叫作天门冬氨酸（主要兴奋性递质谷氨酸的一种），而酒精会阻碍这种递质的受体，让其活动减少。虽然过程和原理不同，但作用也是减少大脑所受的刺激。

这些镇静的作用让酒精能有效缓解紧张和焦虑。积极强化和消极强化都是让酒鬼们沉迷其中不能自拔的原因。但在上瘾的过程中，占主导作用的一般是消极强化。在《热铁皮屋顶上的猫》中，布里克就曾说过，那种平静的感觉只有喝酒喝到一定程度，血液里的酒精浓度含量正确之后，才能得到。

当意识到酒精可以缓解焦虑之后，那些敏感多愁的人就会很快把它作为舒缓压力的最佳选择。约翰·契弗在一封信里写了早期的一个"喝酒试验"，沉醉之情溢于言表。那是在他比较恐惧的一个社交场合，发现酒精可以有效地舒缓他紧绷的神经。"这种场合，我通常十分羞涩，心中恐惧不已，"他写道，"于是我买了一瓶杜松子酒，一口气喝下半瓶。大家侃侃而谈，彬彬有礼，聪慧敏捷，我也一样。"在《回忆录》中，田纳西·威廉斯也是一样，他说，喝下一些白葡萄酒以后，好像全身的血都换了，所有的焦虑和紧张暂时都消失了，周遭似乎都变成了一个美梦。

但也只是"暂时"。问题在于，时间一久，大脑就开始适应酒精的存在，中枢神经系统会根据酒精的影响做出一些补救。于是兴奋性递质的产生就会增加，这样才能保证正常的活动。这种神经适应的过程就会导致上瘾，最终，喝酒的人不得不继续喝酒，才能保证身体机能正常运转。

在最新的《精神疾病诊断与统计手册》（简称为DSM-IV-TR）中，酒精依赖被归类为一种物质依赖形式，"物质依赖"的定义如下：

适应不良地应用某种物质以致临床上明显的痛苦或烦恼等功能缺损，表现为下列3项及以上，出现于一年中的任何时候：

（1）耐受性，定义为以下二者任意一个：

①需要明显增加剂量才能达到中毒或所需效应；

②继续使用同一剂量，效应会明显减低。

（2）退缩性，表现为以下二者任意一个：

①有特征性的该物质戒断症状（参阅某种物质的戒断标准A与B）；

②用同一（或近似）物质，能缓解或避免戒断症状。

（3）该物质往往被摄入较大剂量，或在应该使用的时期之外做更长时期的应用。

（4）长期以来有戒掉或控制使用该药的欲望，或曾有失败的经历。

（5）花了不少时间才能获得该物质（例如，多次请医生开处方或长途奔波跋涉），应用该物质（例如连续不断地吸烟），或从其效应下恢复过来。

（6）由于应用该物质，放弃或减少了不少重要的社交、职业或娱乐活动。

（7）尽管意识到不少持久的或反复发生的躯体或生理问题，都是该物质引起或加重的后果，但仍继续应用它（例如，尽管认识到可卡因会诱发抑郁，仍应用可卡因；尽管认识到饮酒会使胃溃疡恶化，仍继续饮酒）。[1]

1　参见（美）美国精神医学学会著，《精神疾病诊断与统计手册（案头参考书）》，张道龙等译，北京大学出版社2014年版。

酒精上瘾的力量越来越强，不可避免地影响到酗酒者生理上和社交上的自我。对他们生活的破坏，实在是显而易见。要么丢了工作，和爱人、亲朋关系恶化，说不定还会导致意外、逮捕和受伤；要么对自己越来越不负责任，完全丧失了自理能力。长期酗酒可能导致的疾病包括肝炎、肝硬化、脂肪肝、胃炎、胃溃疡、高血压、心脏病、阳痿、不孕不育、各种癌症、越来越易感染、失眠以及由于对大脑造成损伤导致的记忆力衰退和性格转变。1935年，一位研究酒精上瘾的早期状况的专家在《美国精神病学期刊》中写道："观察严重酒精上瘾所得到的印象十分令人震惊且挥之不去，在这种单一有毒介质的作用下，可能出现的症状几乎是无限的。"

　　然而，也不是所有喝酒的人都会染上酗酒的毛病。这种全世界无处不在的病症成因复杂，比如遗传因素、童年经历和社会影响，等等。2011年，在题为《童年压力在酒精和毒品依赖形成中起到的作用》的文章中，长期潜心于相关领域研究的作者玛丽－安·伊诺克写道：

　　　　业内公认，酗酒的遗传性约为50%……因此，对于成瘾疾病的发展来说，基因和环境的影响同样重要，不过根据社会群体的不同，风险可能有大有小。

　　后来，我把对成瘾研究所所长佩特罗斯·勒弗里斯的采访转换成文字，在这过程中突然意识到，我通过不同的形式，问了很多遍酗酒成因这个问题，而每次他的回答都有些许差别。我的意思并不是他不严谨。相反，他说起话来逻辑严谨，滴水不漏。他认为酗酒是对一系列模式的平衡，就像要让不停旋转的盘子停下来。这个疾病主要是遗传造成的，但社会和心理因素作用也颇大。早期的理论家认为可能存在"酗酒型人格"，但其实本质上来说它是不存在的，不过酒精的确会引起一系列行为（说谎、偷窃、欺骗、车祸……），如果戒酒，这些行为可能也会减少或彻底消失。说到这里，勒弗里斯博士轻轻笑了一下，说："有很多浑蛋变成了酒鬼，但戒酒以后还是浑蛋。"

谈话开始不久，他提出的一个概念让我颇感兴趣。他说有一个"大脑调整"的过程。如果某个人特别容易酗酒，也就是在遗传、社会和心理因素上都占尽酗酒的"天时地利人和"，那么他们很有可能经历大脑机能的改变。用勒弗里斯博士的话来说，"看上去好像他们的酒瘾都铭刻在大脑比较原始和简单的地方，也就是中脑边缘系统（mesolimbic system），从那时候开始，酒瘾就开始了'自己的生活'，很大程度上不再受一开始催生酒瘾的力量的驱使。"他把这个充满野性，不受拘束的怪物称为"巨熊"，后来又称为"巨兽"。"遗憾的是，"他补充说，"大多数人都没看清这一点，还抱有错误的希望，认为找到问题的根源，就可以把酒瘾'连根拔起'，然后余生都可以不再受其困扰。"

"大脑调整"这个概念很新鲜，我以前闻所未闻。十五年前，时任国家药物滥用研究所所长的艾伦·莱施纳首先提出了这个建议。他认为这种神经生物学的变化发生在大脑的伏隔核周围，这个部分属于中脑边缘系统，主管愉悦感和成就感。酒瘾和毒瘾在这里最容易"称王称霸"。勒弗里斯博士解释说，这些神经通路"不仅仅控制着愉悦和痛苦，还控制着我们对事情主次的判断。本质上说，就是告诉我们什么重要，什么不重要。所以，当酒瘾（或毒瘾）占据这里，那你的生命中那些令人愉悦的，能产生成就感的重要事物就都'退居二线'了，它们变得越来越不重要。所剩的唯有你滥用的那种东西而已。对酒鬼来说，就是酒精"。

就相当于酒精劫持了你的大脑。而这种劫持的持久性，主要来自那些控制愉悦感和成就感的神经通路的布局，也就是它们在坚果一般的人类头骨中的解剖学位置。勒弗里斯博士亲手给我画了出来，中脑边缘系统就像三明治中夹的那块肉，一边是海马体，是大脑的记忆中枢；另一边是边缘系统，是情感中枢。这样的解释对我来说很好懂。除了个人认知，除了单纯的理性，我们不就是靠记忆和情感来做决定的吗？但大脑的额叶区域，从解剖学的角度上来说离得很远，和其他部分的联系也不太紧密，特别是大脑还未完全发育的年轻人。很少有人知道，酗酒曾经被认为是意志力薄弱的表现。额叶的作用是衡量孰是孰非，掂量风险大小。而边缘系统则充满了贪婪、欲望和冲动，再加上海马体仿佛塞壬在低语：那感觉多美好啊，还记得吗？

我在座位上活动了一下。面前的书架上有一本《美丽曲线》，夹在很多官方出版的蓝皮书之间。外面一只只鸽子飞过。整个城市就在窗外，仿佛在一点点逼近，要把玻璃钻开。勒弗里斯博士正在解释长远的影响：愉悦感和成就感通路在人清醒时仍然被酒瘾所"劫持"，所以，尽管酒鬼可能会停止喝酒，但仍然很容易上瘾。我问大概多久，他回答："尽管很多人都克服了这个病，但重新上瘾的风险会伴随很久很久，有可能余生它都会跟着你。"

接着我们开始讨论治疗方法。勒弗里斯博士列出了戒酒的两个基本选择：一个是以戒除为基础的模式；另一个是降低危害的模式。戒除基础的模式（也是戒酒互助会比较偏向的模式）中，酗酒者必须完全不喝酒，集中全部意志坚持远离酒精，清醒度日，而降低危害模式则侧重提高酗酒者的生活质量，不一定要停止喝酒。博士认为，从实用主义的角度来讲，两者都算有效，取决于个人的情况和需求。

这场对话的很多内容都令人深思，但从研究所来到外面的街道上，我脑中一直想着博士所称的那头"巨兽"。如果听到酒瘾在人脑中自由生长，不受控制，"雄霸一方"，田纳西·威廉斯会怎么说呢？我都不知

28

道他会不会吃惊。他一向直觉人们都是被非理性的欲望所驱使。我想起
《欲望号街车》中可怜的布兰奇·杜波依斯，在新奥尔良妹妹的家中
偷偷灌下一杯又一杯威士忌；我想起《热铁皮屋顶上的猫》中的布里
克·波利特，在"回声泉"与现实世界中步履蹒跚地来来往往，他对他
垂死的父亲说，他很难理解"这世上除了瓶中还有没有酒之外，再没有
什么其他好关心的事"的这种执着。似乎人们没必要关心自己活着还是
死了，正活着还是快死了。田纳西也许不知道大脑的额叶在哪里（不过
他也很有可能知道，因为他被抑郁症困扰多年，而姐姐的额叶摘除术让
他一生都惧怕心理治疗），但他显然深谙人性，知道很多人很多时候都
是不受理性驱使的。我觉得《热铁皮屋顶上的猫》整本书就是想表现
酒精、金钱与性爱这些非理性的冲动，以及它们如何让一个人的生活分
崩离析。

· · ·

　　我要去的戒酒互助会是下午六点开始，在曼哈顿的上西区。我在酒
店里小睡一会儿，然后从中央公园抄近道过去，路上买了个热狗吃。树
枝还光秃秃的，可能要再过两周才发芽长叶。走过公园小道时，我看到
路边的灌木丛中停着一只红雀。气候的变化、语言的略微差异，以及眼
前从未在自己国家见过的鸟类，都让我意识到自己是在旅行。一周以后，
去基韦斯特的路上，我会看见秃鹫在迈阿密上空盘旋，鱼鹰在大沼泽地
市的天空翱翔，朱鹭穿梭在那片热带地区的一块墓地中。那之后再过一
个星期，在数千公里以北的安吉利斯港市郊，我会目睹秃鹰俯冲到河里
抓鱼，成群的紫燕像黑云一般在峡谷上空飘过。但眼下，中央公园的这
只红雀是我旅途中遇到的第一只纯粹的"美国鸟"，给我鼓励，让我振

作。我要探查的一切，都在这里，在这片土地上发生。我十分感激方才的一番科学课，但感性地说，酒瘾其实就是在神经系统里上演的一场戏剧，我不想把这种现象和其所发生的世界脱离开来。毕竟，是这个世界催生了它啊，这瞬息万变的世界，这复杂肮脏的世界。

在戒酒互助会，显然是没机会超然物外的。我坐在后面，和一位"老前辈"坐在一起。他叫安迪，好心地做了我的向导。不断有人走进来，手里拿着咖啡。很多人都戴着棒球帽，穿着棒球服。乍看上去，这里真是充满了各种纽约元素，甚至有点让人发笑。比如前排那对情侣，特别像摇滚明星，一个戴着巨大的墨镜，穿着皮短裤；另一个身上裹着宽大的毛皮大衣，都拖到地上了。

墙上贴着一张纸，列出了戒酒互助会的十二个步骤。旁边的告示上写着"不要随地吐痰。不要在使用公用电脑时进食。"两张东西贴在一起，要是约翰·契弗看了，必定忍俊不禁。他也曾在这些昏暗的房间里进进出出，而且为戒酒人的民主抗争良久。但在生命的最后几年，他对戒酒互助会的厌恶减轻了许多，甚至公开感激这个组织对自己戒酒起到的作用。我一字一句地读着"十二步骤"，恐怕都有上百遍了：

1. 我们承认，在对付酒精上，自己已经无能为力，我们的生活已经被搞得不可收拾。

2. 要相信，有一个比我们自身更强大的力量，能够使我们恢复清醒。

3. 做出一个决定，把我们的意志和我们的生活，托付给我们认知中的"上帝"。

4. 做一次彻底和无惧的自我品德检讨。

5. 向上帝，向自己，向他人承认自己错误的本质。

6. 要完全准备好，让上帝除去自己人格上的所有缺点。

7. 谦逊地乞求上帝除去我们的缺点。

8. 列出一份所有自己伤害过的人的名单，并且自己甘愿对这些人做出补偿。

9. 在不伤害他们的前提下，尽可能直接向曾经受到我们伤害的人当面认错。

10. 继续经常自我检讨，若有错失，要马上承认。

11. 通过祈祷与冥想，增进与我们所认识的"上帝"自觉性的接触。祈祷中只求认识他对我们的旨意，并祈求获得力量去奉行旨意。

12. 通过实行这些步骤，我们将获得精神上的觉醒。我们设法把这信息带给别的酒徒，并在一切日常事务中实践这些原则。

没人确切地知道戒酒互助会到底是个怎样的组织，具体运作流程又是如何。一开始，这就像一个赌注，像黑暗中摸着石头过河的一次尝试。二十世纪三十年代，医生鲍勃和破产的股票经纪人比尔共同创建了这个组织。他们俩都深受酗酒之苦。戒酒互助会的中心教义有很浓重的信仰成分，比如戒酒要依靠精神上的觉醒，当然还有酒徒们可以通过分享自己的经历，互相帮助。这种相互见证的方式在一开始起到了非常惊人的作用。戒酒互助会全球服务中心曾经发出一份声明："携起手来，我们可以做到任何人单枪匹马都做不到的事情。我们可以来这里分享个人经历，建立一个机制和系统，长期为戒酒中的酒徒提供支持。"

我参加的是一次公开集会。在小小的房间里，我们手牵着手，以单调平淡的节奏和声调，说出"宁静祷文"（Serenity Prayer）：上帝，请赐予我平静，去接受我无法改变的；请赐予我勇气，去改变我能够改变的；请赐予我智慧，使我能分清这两者。有那么一瞬间，我体内英国人的特质作祟，有点不愿意参加，有些怀疑自己的群体身份。

主讲人是个四十多岁的男人，一头浓密的黑发，一张饱经沧桑却依旧英俊的脸。他讲话的时候娓娓道来，优雅从容。酒精是他们一家人的噩梦，是父亲亲自逼他染上了酒瘾。他是同性恋，青春期时就自杀未遂。酒瘾最严重时完全足不出户，独自待在公寓里，与一箱箱红酒相依为命。他过去经常昏厥，说起这段从社会生活中消失的经历，他用的比喻深深印在我心上，让我一想起来就心痛不已。他说："我的生活就像一块布，我亲手把它撕成了碎片，然后把所有残存的连接的线头都一根根剪断，直到一无所有。"最终他报名参加了一个戒酒活动，之后他就一直滴酒不沾，就连他的戒酒搭档自杀时他也抵抗住了酒精的魔咒。说起这件事，有那么一瞬间，他看上去有些疲惫。他说，酒徒的死，都不是白白的死，因为他们的故事可能是另一个人戒酒的巨大勇气。

　　他大概说了半个小时，然后大家开始给出自己的反馈。每个人先介绍自己姓甚名谁，为什么上瘾，以及已经完全戒酒多少天。剩下的人会热情地回应："你好，安吉拉。""你好，约瑟夫……"一开始会觉得有点做作，像演话剧似的。显然坐在前面的那群人是个"小圈子"，他们的回应让我旁边的一个男人心烦意乱，"真恶心，"他一直在抱怨，"全都在说什么'爱，爱，爱'的。"

　　我大概能理解他的感觉，但接下来我的想法就彻底改变了。主讲人要求当月过"戒酒生日"的人举手。有的人已经戒酒好几年，还有的都戒了好几十年了。一个印度人站起来说："真是不敢相信，这个星期我儿子就满十八岁了，他从没见过我或我妻子喝醉的样子。"直到那时我才真正意识到，戒酒互助会是一个多么依靠友谊的团体。都是因为这些想把自己得到的善意和友情传递给别人的人，这个团体才能维持下去。闭幕祷告开始的时候，我都快流泪了。"是吧？"安迪轻轻推了推我，心照不宣的样子。我向他点点头："是啊"。

　　在路边告别了安迪。我独自往地铁站走去。忘记拿外套了，但这没什么要紧的。空气中暖意荡漾，皓月当空，像枚钱币闪闪发光，又像成熟欲滴的脆桃。经过街角，我看到个八岁左右的小女孩，在一栋公寓楼外面滑轮滑。她牵着一个保姆模样的波多黎各女人，使劲转圈，有些骄横地喊着："再来！再来！就一次！"就一次。刚才集会上的男人女人们，心里一定也曾发出过这样欲望汹涌的呐喊。我转过街角，往爱丽舍走去的时候，还能听到小女孩在大喊："七！八！十！"看来她已经贪心地来了很多"就一次"了。

· · ·

　　我把这两次小小的"朝圣"作为让自己融入酒瘾世界的开端（现在想想，我这样的体验派和约翰·契弗所偏爱的"冷水游泳法"也别无二致：跳进水去，最好一丝不挂，不要一直在边上矫揉造作，做光说不练的假把式）。但我犯了个愚蠢的错误，没有考虑到，一整天都听别人聊喝酒的话题，可能会引发我内心深处与此有关的记忆。

　　我的酒店房间相当豪华。大堂稍带意大利风格，但整体看上去是法国的城堡（后来，下去吃早餐时，我发现餐厅像英国式的乡村小图书馆，有一架钢琴，还有些打猎的元素）。我的床头上挂着一幅画，一群走私犯围着篝火在纵情享乐。我躺在画的下方，试图整理自己的思绪。脑子里浮现出一只只跳跃的鸭子，我也知道原因。我母亲的戒酒伙伴在接受治疗时给我寄来一张卡片。我想她一定是在第八步和第九步之间，第八步是："列出一份所有自己伤害过的人的名单，并使自己甘愿对这些人做出补偿。"第九步是："在不伤害他们的前提下，尽可能直接向曾经受到我们伤害的人当面认错。"

　　我躺在鼓鼓囊囊的软床上，想起来的，是坐在母亲书房的书架前，读着那张卡片，上面画着一只鸭子。不是可爱的卡通画，是一幅正经的绘画作品，那是一只野鸭，或者针尾鸭。羽毛上的渐变色真是美得无可挑剔。我对这只鸭子印象深刻，也还记得卡片的两面都用黑色圆珠笔写满了密密麻麻的小字。但现在，除了依稀记得那些文字都是在道歉，我一点也记不起具体的内容了。

我是到最近才意识到自己的记忆里这些空白的。多年来，我都非常小心地避开这段被酒精"浸淫"的童年时光。它无处不在，从房门下面，从窗户之间的缝隙中渗透进来，无孔不入，缓慢而声势浩大地污染我的生活，像洪水猛兽。我头骨下那个"杂物堆放室"里应该藏了很多东西，对，术语应该是"海马体"。那张画着鸭子的卡片、气枪、和警察共度的一夜，我一直以为，如果愿意的话，我可以把这些记忆一一召唤出来，细细审视。然而，现在，我开始意识到，它们其实和戒酒互助会那个主讲人所说的被撕碎的破布一样。有种学说认为，自主性的失忆是治疗心理创伤的有效方法，打个比方，就像让那条神经通路废弃不用，荒草丛生。我对这个理论不以为然。要是连自己的过去都记不起来，你的人性也就有所缺失。我把那只鸭子放到一边，准备白天再去回想。

· · ·

小号吹奏的乐声把我唤醒，躺在这巨大的床上，融融的暖意让这一切更显奢华。第二天我就要坐火车去新奥尔良，去参加田纳西·威廉斯诞辰一百周年的纪念活动。所以我还有三十个小时左右的时间，能在纽约"游荡"一番。还没定什么具体的计划。接下来的几个星期日程相当满，我希望今天能随心所欲一点，作为南下前的轻松休闲。最后，我做了最爱做的事情：走路。我搭地铁去了东百老汇大街，穿过喧嚣的唐人街和下东区，走到这座岛的侧翼。

纽约给我最深刻的印象，是一些不断重复的流动景象。一辆辆黄色出租车和一架架避火梯；一个个冬青花环和用作装饰的拴着苏格兰格子风缎带的甘蓝，挂在赤褐色的砂石墙面上；堆满烟熏猪腿和大块奶酪的熟食店；一箱箱满满的芒果和李子；冰块上冻着鱼，珊瑚鱼、银鱼、青鱼和灰鱼，都是小心翼翼地堆起来，用手一摸滑溜溜的。我经过唐人街的一家店铺，水箱里注满了绿幽幽的水，待售的龙虾游弋其中。水箱的玻璃壁脏脏的，全是龙虾排出的黏液，还有其他什么东西，只有天晓得。我只驻足看了片刻，刚好瞥见龙虾们"全副武装"的身体彼此倾斜，布满条纹的钳子在狭窄的空间中高举着。这景象有些令人作呕。

　　我在凯兹熟食店吃了个牛肉三明治，继续走到第二大道。这真是个肮脏而美丽的城市，彻底诱惑了我。我几乎是一路走到皇后大桥的，就是在这里，约翰·契弗曾经目睹两个妓女用一把旅馆钥匙玩跳房子的游戏。东河波浪起伏，水纹反射着天空的蓝与阳光的金。我斜靠在岸边的栏杆上，注视着来来往往的船只。

　　欧洲之旅结束后，田纳西·威廉斯回到自己厌恶的老家圣路易斯。直到1939年才又来到纽约，因为他创作参赛的一部剧作赢得了纽约一家代理商的青睐。当时他已经改了名，且远离了那个令人无法忍受的家庭。几年后，他会以自己的家庭为背景，写下《玻璃动物园》，也是让他声名鹊起的剧作之一。不过，那时候的他还是在"穷游"全美，要么搭便车，要么骑单车，上午写作，下午游泳和放纵。漫游流离的一生中，他一直坚持着这样的时间安排。

　　到纽约的第一个秋天，他主要栖身在西63街的基督教青年会。他给普林斯顿大学的一位编辑写信，说纽约很可怕，人们都像子弹一样呼啸着穿过空气，连那些站着不动的都是。事实上，步履匆匆的人是他。在曼哈顿的头十一天里，他就辗转了三个地方。接下来的一年中，他的信件不仅仅来自纽约，更是穿插着密苏里、新奥尔良、普罗温斯敦、基韦斯特和墨西哥南部的阿卡普尔科。他在最后那个城市偶遇了一群令人不快的德国游客。多年以后，他们被写进了《巫山风雨夜》。

他有一大堆几乎是不断发作的心理疾病：焦虑、失眠和他称之为"蓝色恶魔"的躁郁症。在家的时候，他习惯的治疗方法是摄入大把大把的溴化钠[1]和安眠药。现在，这危险的"处方"上又多了两种东西。他在纽约的经历，是"持续不断的焦虑和令人神经崩溃的兴奋，而我用痛饮和做爱来逃避"。在他的余生，但凡遇到困境或面临重大的压力，从失败的恋情到才思枯竭写不出剧作，他都喜欢用上述方法来发泄和解脱。

他平时很害羞，喝了酒却一反常态。有时候他的害羞几乎到了病态的程度，成为一种痛苦。在《回忆录》中，他就曾说过自己只有喝了酒才不会那么害羞，几杯酒下肚就能变成另一个人。根据他那个时期的日记，夜晚他几乎都是在一杯杯苹果白兰地、啤酒或威士忌中度过的。有个晚上他不小心栽倒在桌上，把所有的酒都打翻在地，令他无比沮丧。不过，纽约的生活仍然要比家乡好上太多。在圣路易斯那些令人窒息的漫长夜晚，他总是独坐到凌晨，一边创作故事，一边经历一波又一波的恐慌，他总是深信自己马上就要心脏病发，倒地而亡。有时候，那种寂静本身就让人无法忍受，他会站起身来，冲出家门，要么在街道上踯躅好几个小时，要么找个最近的泳池，疯狂地游上好远。

酒精就像一剂良药，舒缓了心中的焦虑与不快。但良药也有副作用，就是会影响他正常的工作。1940年夏天，在一封写给朋友——舞蹈家乔·哈珊的信中，他就说需要约束一下自己的行为，开始了相当自律的生活。特别低落的时候，他每天只喝一两杯酒。学会冷静地去舒缓，而

---

1 药品，用于治疗神经衰弱、神经性失眠、精神兴奋状态，有毒性。

不是马上又陷入狂饮中。他又就此写了几段，然后警告乔要警惕"点滴损耗"积累起来的巨大力量，说自己比乔更容易陷入这些事情中。他过去有很多次这样的情况，只是每每到了危险的临界点，都会从热衷变成厌恶。

然而，尽管存在这些点滴的损耗和令人分心的事情，他仍然笔耕不辍，创造了数量惊人的诗歌、小说和剧作。后来又不断把这些资料重新排列组合，创造出新的作品。他有过很多说走就走的疯狂旅行，其中一次是1941年到基韦斯特那个度假胜地去。旅途中他开始写作一篇美妙的短篇小说，逐渐发展成为后来的《玻璃动物园》，这是他所有剧作中最克制和内敛的一部。初读这部作品，还是我十几岁的时候，浅绿色的封皮，书里还收录了《欲望号街车》。事实上，我把这本书一起带到了美国。它现在就在爱丽舍旅馆我的房间里，之前被我遗忘多年，已经十分破旧，翻开书页，还能看到很多多愁善感的批注。

田纳西的所有剧作都很幽闭。但只有这一部用最简单的方法就达到了最好的效果。没有那些夸张的诸如强奸、愤怒的暴民、阉割或自相残杀等爆炸性桥段。而且这是他所有作品中最贴近圣路易斯的，里面的很多情节都是发生在他母亲和姐姐身上的真人真事，里面的"汤姆"也跟田纳西想要永远留在圣路易斯的那个紧张兮兮而又彬彬有礼的男孩几乎一模一样。故事很简单，一个年轻小伙身处无法忍受的环境中，与另外两个家人劳拉和阿曼达·温菲尔德一起，困在一套公寓里。他的父亲在之前的某个时候消失了。他在一家鞋厂工作，就像真实生活中的田纳西和父亲科尼利厄斯一样（当然后者从事鞋业比前者长很久，也勤奋得多）。有限的业余时间里，这位年轻人以看电影为乐，丝毫不顾母亲的强烈反对。

第四幕的开头我非常喜欢。深夜，"汤姆"酩酊大醉，踉踉跄跄地回了家,钥匙掉在避火梯上了。值得一提的是,田纳西非常执迷于用"火"来做隐喻。很多剧作都在中间或结尾出现大火的情节,包括非常早期的《天使之争》和非常后期的《夏日旅馆衣装》。两部剧作中都有引火自焚,被活生生烧死的情节。《夏日旅馆衣装》中,这个不幸的人是泽尔达·菲茨杰拉德,而田纳西多次将泽尔达作为剧作女主角的人物原型。真人也的确是于1948年死于所住精神病院的一场火灾中。那场火灾夺去了顶楼被锁在病房中的十三名女性的生命。而《玻璃动物园》中这个"避火梯",舞台提示中说得好,说这设施本身的名字就触碰到了事实,这些巨大的楼好像一直在缓慢地燃烧着,处处都跳动着人们绝望的火焰。

"汤姆"的母亲被吵醒之前,体贴的跛足姐姐劳拉来开了门。寒冷的夜色中,"汤姆"有些摇摇晃晃的,一边语无伦次地对姐姐讲述刚刚看过的电影:一部葛丽泰·嘉宝主演的电影;一部米老鼠的动画;最后还有一位魔术师精彩的舞台秀,他能让水变幻成红酒,还能变成美味的波旁威士忌。"汤姆"之所以知道那是威士忌,是因为魔术师抽了个观众上去帮他,而"汤姆"就是那个观众,还上去了两次。每每演到这里,看剧的观众都会哄堂大笑。而"汤姆"继续踉踉跄跄地绕着圈,像一条上钩的鳟鱼。魔术师最棒的戏法是"棺材戏法"。观众把魔术师装进一口棺材里,用钉子钉牢。而他一个钉子都不用拔掉就出来了。"汤姆"说,这个戏法说不定自己用得上。

事实上,上述这些蠢人蠢事原稿里都没有。1944年冬天,在芝加哥第一轮排练时,同时饰演"汤姆"的导演埃迪·道林即兴创作了一场相当粗糙的醉酒场景。田纳西当时被吓住了,但最终同意再费点神多写两句,于是就有了那生动无比的有趣一幕。不知是有心还是无意,"棺材戏法"这个优雅的比喻成为全剧大意的一个象征:上流社会越来越没落贫穷和互相依赖的噩梦。应该说一句,田纳西的父亲科尼利厄斯,中间名就是"棺材"[1]。而他才刚刚逃出父亲的压迫，就像从一口棺材中挣扎出来。

《玻璃动物园》的观众从来没真正目睹过"汤姆"的"棺材戏法"，只是听他用抒情的旁白来口述，再加上劳蕾特·泰勒出色地演绎了阿曼达，吸引了大批的话剧迷，先是在芝加哥引起轰动，再横扫纽约。"汤姆"就站在那个"避火梯"上，背后是闪烁着灯光的窗口，母亲正在安慰悲痛欲绝的姐姐。此时此刻，他说出了一段抒情的旁白，说自己去了比月球还要远的地方，因为两地之间最远的距离就是时间。他因为在鞋盒盖上写诗被解雇，之后就离开圣路易斯，最后一次走下"避火梯"的台阶，四处漫游。城市就像一片片枯叶闪过他身旁，虽然颜色依然鲜明，但已经从枝头飘零。他说自己本来要停下，但好像有什么东西在不断追着自己，而且总是在出其不意的时候袭来……

1945年4月，这部话剧在纽约的剧场首演，台词余音绕梁，令人印象深刻。从那时候起，田纳西就身不由己地进入了另一个世界。他变成了一个公众人物，随着盛名而来的，除了机会，还有大家如影随形的目光，以及无处不在的压力。眼下的情况对于他来说，绝不是什么好的改变。尽管他在体弱多病的童年时期就曾渴望功成名就，光环加身。那时候的田纳西，躺在密西西比州哥伦布市祖父家的床上，独自演着"特洛伊的陷落"，没有观众，没有演员，只有一沓一面黑色一面红色的卡片。

几十年后的1981年，在接受《巴黎评论》的采访时，田纳西回望过去，对于这种命运的突然转向，他的两个说法自相矛盾。一开始，他说这部话剧的成功"很糟糕"。首演那天晚上一共谢幕了二十四次，他也被人从座位上拉到台上，接受排山倒海般的掌声，但他还是说，从

---

1 Coffin，音译"柯芬"。

第二天早上刊登出来的照片来看，他的沮丧之情溢于言表。几句话之后，他就似乎要推翻自己这番言谈，说："《玻璃动物园》大获成功之前，我的人生已经到了最低谷。我很有可能穷困而死……所以，要是没有《玻璃动物园》突然把我从普罗温斯敦解救出来，我可能都撑不过一年，应该是撑不下去的。"

幸运的是，普罗温斯敦还送了其他的东西给他，否则，天知道他怎么面对接下来几年的巨大压力。1947年夏天，在普罗温斯敦的山中，他和英俊的美籍西西里男人弗兰克·梅罗共度了愉悦幸福的一个小时。他们几乎一见钟情。但当时田纳西正在和其他人纠葛不清，所以两人并未保持联系。一年后的某个秋日傍晚，在莱克星顿大道上，田纳西在熟食店里看到那个年轻男人。"真是美妙的意外。"大概三十年后，在自己的生活几乎完全分崩离析之时，他描述了两人的再次相遇。

弗兰克重回田纳西在东58街的公寓，两人来了一场"午夜盛宴"：烤牛肉配着黑麦面包，加上腌黄瓜和土豆沙拉。他后来在《回忆录》中说，两人一直对视着。我猜想，两个鲜衣怒马的少年，注视着彼此，眼中闪烁着耀眼的光辉，散发着不可阻挡的青春欲望；他们的头发光泽动人，他们的心，大概跳得有些快吧。公寓的房东是个雕刻家。公寓内部是一片白，毛玻璃墙背后有个充满异域风情的花园。卧室布置得像人鱼的洞穴，有个发光的水族箱，一大堆贝壳、浮木和渔网交织在一起。他说大床上的毯子仿佛魔毯，好像有着某种神奇的力量。

但要说真正相爱，还是花了点时间。直到田纳西待在圣路易斯他母亲的家里，他才意识到自己有多么想念弗兰克。因为弗兰克长长的脸，田纳西还给他起了个爱称叫"小马驹"。他给弗兰克发了封电报，让他在那间公寓等他。但到了那里，发现公寓似乎空无一人。后来田纳西回忆说，那一刻自己感到无边无际的荒凉。他走进那间有魔力的卧室，而他的"小马驹"就躺在那张大床上熟睡着。接下来的十四年里,他都是田纳西忠诚的伴侣和护卫。

· · ·

天色渐晚。我经过萨顿广场,回到旅馆,洗了个澡,换了身裙子,穿上高跟鞋,又走进城市的暮色中。这个点儿来杯鸡尾酒最适合不过。专业电影人也许会说这是一个魔法时刻,就像那个电影,《豺狼时刻》。天还没完全黑下来,那种蓝色逐渐加深,令人震撼;突然间,各种颜色都汇集在一起,仿佛有人一下打开了颜料的水闸。在那一刻,整个城市像极了巨大的水族箱,晦明变幻的灯光中,摩天大楼如同水下的植物;街道上来来往往的出租车就是成群结队的鱼。掉个头,往北开,绿灯一闪而过,一路往中央公园去了。

我取道第55街,去瑞吉酒店的国王科尔酒吧。这个城市今晚大概有上万个精彩的节目,而这里举行的是《热铁皮屋顶上的猫》话剧表演开幕派对。要是想感受纽约旧时的魅力与光辉,广场酒店和这里都是不错的选择。对了,也可以去卡莱尔酒店的贝莫曼酒吧,墙面上画着活泼可爱的兔子,身处一个奇异美丽的公园,正准备淘气一番。

科尔酒吧灯光昏暗,到处都擦得亮亮的,但显得很低调。我点了一杯"国王激情"鸡尾酒,坐在门口一张铺了软垫的长凳上。我的斜对面有个俄国女人,穿着一件丝滑的白色宽松上衣。毫无疑问,我这是来到了契弗的领地。约翰·契弗,这位身材矮小的"美国郊外契诃夫",虽然不修边幅,头发凌乱,却通身有种干净的气质。虽然一直和北部的富人小镇奥西宁有着千丝万缕的联系,却从二十二岁起就住在曼哈顿,直到过了三十九岁生日的早上。

他在纽约的最后住所就在附近，东59街。瑞吉酒店大概是他最爱的去处之一。他喜欢那种带点"祖传财产"意味的东西。1968年，他离开纽约已经很久了，出版商把他安排在瑞吉酒店参加为期两天的记者招待会。其间他点了一瓶杜松子酒和一瓶苏格兰威士忌，给一个记者留下了深刻印象（"猜猜多少钱？"大家来的时候，他特别愉快地大声说，"二十九美元！让克诺夫[1]看看！"）。那是1968年，再过五年，他就要到艾奥瓦去工作以维持生活，和雷蒙德·卡佛厮混；再过七年，他就要进入"史密瑟斯酒精治疗与培训中心"，和生意失败的熟食店店主共处一室，学习如何同时摆脱痛苦和酒精的"安抚"。

我对契弗非常着迷，因为他和很多酒徒一样，不可救药地陷入谎言与诚实交织的矛盾中。他伪造了自己的贵族出身，实际上他是在麻省的昆西区长大的，经济窘迫，情感上也没有什么安全感。尽管他后来功成名就，但永远没能摆脱那种令人痛苦的羞耻感和自我嫌恶。他和田纳西几乎是同时代的，尽管两人不是朋友。但在二十世纪三十年代和四十年代的纽约，两人的世界常常产生交集。事实上，就是在《欲望号街车》的百老汇首演上，玛丽·契弗才第一次意识到，丈夫不是完全的异性恋。

布莱克·贝利曾为契弗写过精彩的传记，里面提到，演出中，布兰奇死去的同性恋丈夫有专属的主题音乐，而这样的旋律萦绕在玛丽脑中，让她模模糊糊地意识到，丈夫的性取向并不像自己以为的那样。她从来没和契弗谈过此事。"哦，天哪，不能说，"她向贝利吐露心声，"哦，天哪，绝对不能提。他自己已经够害怕的了。"而她丈夫则在日记里写，这是"我在舞台上看过最颓废的剧"。他爱这部剧，用十分欣喜的笔触写道：

1　契弗的出版商。

除了颓废，还有很多其他的东西。肮脏污秽的公寓和美丽的傍晚，有种美妙的囚禁感。尽管很多时候人物好像接近疯狂。嗯，应该说是焦虑，在这压抑的空间和其他类似因素的催化下产生的情绪。另外，他不仅没有使用司空见惯的陈词滥调，连那些不怎么常见的惯用词也不见踪影。而我经常压抑自己，不听使唤地落入俗套。

日记以他给自己开的"处方"结束，"不要那么压抑，要更温暖……去写作，去爱"。在他的人生接下来的三十年中，他都在这样的思想中抗争着。

约翰·契弗是在波士顿的一场销售人员宴会之后被怀上的，于1912年5月27日出生在麻省的昆西市。和田纳西·威廉斯一样，他是一对十分不搭调的夫妻产下的次子。契弗很爱自己的哥哥弗雷德，也很清楚自己不是父亲最爱的孩子。事实上，从一些文字记录来看，听说妻子怀孕了，老弗雷德里克的第一反应是邀请当地的堕胎医生来家里吃晚饭。他已经有个很喜爱的儿子承欢膝下了，干吗还要一个？契弗从未在弗雷德里克那里感受过父亲的关爱，这种被忽略却又渴望爱的感觉，充分体现在他的短篇小说《全国消遣》中。故事里的小男孩努力说服父亲教自己打棒球，其实是热切地希望爸爸把那种美国式的男子气概传递给自己。弗雷德里克是鞋业推销员。"大萧条"时失了业，他变得古怪又忧郁，开始借酒消愁。啊，他的父亲好像也是个酒鬼，最后死于震颤性谵妄。

好在契弗的母亲玛丽·莉蕾是个相当能干的女人，尽管她对人冷漠，缺乏同情心，比较神经质，控制欲很强。她有幽闭恐惧症。成年之后的契弗不无羞恼地回忆起她在剧院的表现。她一般都得紧紧抓住包和手套，强迫自己进去，剧院里那种铺天盖地的压抑让她难以承受。不过，在二十世纪二十年代中期那些黑暗日子里，是她挣钱养家，维持丈夫和孩子的生活。丈夫一蹶不振之前，她就已经把自己那种冷冰冰却又用不完的精力投入到各种出色的工作中。现在她在昆西开了家礼品店，亲自打理，然而她势利的儿子却羞于承认这个店的存在。

童年时期的契弗局促而孤独，像个女孩子，忧郁文弱，自然不擅长运动。但他拥有讲故事的天赋，编出来的故事特别精彩，充满扣人心弦的起承转合。他在昆西公立高中上过学，但很短暂，其他的求学生涯基本都是在私立学校度过的。他的学业表现并不出色，只在英语一科显出了超乎寻常的资质。他上的最后一所学校是萨尔中学，十七岁时，他自愿退学，学生生涯就此终止。带着从母亲那里遗传到的一点点进取精神，他写了个故事，充满心机地描述自己是被学校开除的，然后寄给了《新共和周刊》。

看中这篇故事的编辑马尔科姆·科里是斯科特·菲茨杰拉德的好友。他很喜欢契弗，算是他开始文学事业的领路人。另外，马尔科姆大概也是引导契弗体验"纽约式享乐"的第一人。他办了个午后派对，邀请了这位后辈。五十年后，契弗回忆起这段令人有些恶心的经历：

（他们）有两种酒。一种泛着绿色，另一种是棕色。我想，两种都是在一个浴缸里混合出来的。他们告诉我，一种叫曼哈顿鸡尾酒，另一种是绿茴香酒。我只想表现得成熟老练一些，于是点了一杯曼哈顿。马尔科姆热心地把我介绍给各位客人。

我一杯接一杯地喝着曼哈顿，生怕有谁会看出我是个来自麻省昆西这种小城市的"土老帽"。四五杯曼哈顿下肚，我感觉自己要吐了。我冲到科里太太身边，感谢她邀请我来派对。又跑到房子的走廊上，全吐在墙纸上了。马尔科姆对我造成的"烂摊子"一直闭口不提。

也许觉得自己需要点城市的"熏陶"，1934年夏天，契弗搬去了曼哈顿，在哈得孙街633号的一栋楼里租下了四层的一间公寓，没有电梯，周租三美元。对于当时的他来说不算便宜。邻居都是码头工人、船上的厨师一类的。他的房间也充分体现了那个时期的穷困潦倒。著名摄影师沃克·埃文斯还专门去拍过（契弗和他有过短暂的联系），作为"大萧条记录"系列照片之一。这幅照片经常出现在关于那个时期的纪实文学作品当中：低矮的天花板让整个房间显得幽闭阴暗，唯一的家具是一张单人床，仿佛从照片中就能闻到刺鼻的防虱水味；墙上的石膏已经有些剥落；夜色中，两片过短的窗帘被勉强拉上了。

在这里度过的第一个冬天实在冷得令人无法忍受。契弗靠牛奶、不新鲜的面包和葡萄干充饥，整天就去华盛顿广场与流浪汉和穷困潦倒的无业游民为伍。他在寒风中裹紧衣服，谈论的话题总也离不开食物。他零零散散地接了一些写作的活计，但这些工作没有一项能带来稳定的收入。不过，马尔科姆·科里再次解救了他。一次晚饭的时候，他建议年轻的契弗不要纠结着写那永远也写不出来的长篇，用短篇小说试试水。说要是接下来四天能写四篇左右，就试试帮他发表。这个建议救了契弗的命。几周以后，契弗收到了生平第一张稿费支票，是《纽约客》寄来的。他的短篇《水牛》发表了，就此开始了他一生中坚持最久的事业。

契弗正式成为一个作家，且声名鹊起。但很长一段时间，他的城市生活仍然是拘谨而局促的。接着，1939年11月，他去拜访自己的文学代理人，在电梯里遇到了一个教养很好，长相漂亮的黑发姑娘。我就想要这样的姑娘，他心想。"二战"爆发前不久，他和玛丽·温特莱兹喜结连理。接下来的十年里，夫妻俩从格林威治村搬到切尔西，再到奢华的萨顿广场。在九层租了个带下沉式休息厅的公寓，窗外就是东河的美丽风景。

住在萨顿广场期间，契弗写出了作家生涯中最优秀的一些短篇小说，比如《巨型收音机》《猪掉进井里的那一天》《普通的一天》和《再见了，我的兄弟》。这些故事有两种魔力。一种是表面上的，运用文字来调动光线与天气变幻，让麻省离岸岛屿上那些上流社会的鸡尾酒会流动着灯红酒绿。他描写黑暗与阴晦让本来柔软的空气变得沉重，描写清晨的大海泛着石头一样的青光，描写天边云的颜色和翻卷的形态。接着，当打破这绚烂的表面后，从里面升腾而起的战栗感则让人十分不安。契弗最出色的作品里，存在着一种几乎永不止息的暧昧，那种在讽刺和纯粹的魅惑之间游刃有余的写法，大概只有斯科特·菲茨杰拉德才能与之比肩。比如下面这一段：

季末时分，天光消失得甚为迅疾。上一秒还是阳光普照，转瞬间就暗无天日。麦可比特和周围的山脊被落日余晖照出清晰的棱角。在那个时刻，很难想象山的那边还存在着什么，这难道不就是世界尽头了吗？年久失修的墙壁反射着纯粹无比的黄铜色霞光，仿佛从天地初开就一直存在。接着星星升起来了，整个土地仿佛在轰隆隆地下陷。让人错觉天地变成一个深渊。努德太太环视四周，时间和地点似乎有着异样的重要性。这不是在模仿，她心想，这也不是谁依据风俗造出来的，这是一个独特的地方，有着独特的空气，我的孩子们在这里度过了最好的年华。但一想到孩子们都没什么建树，她又颓然陷在椅子里。闭了闭眼，把泪水挤出来。到底是什么，让夏天总是变成一个岛，她想，这么狭小的一个岛屿。他们到底犯了什么错误？到底做错了什么？他们一直关爱友邻，尊重他人，谦虚谨慎，视名誉重于所得。那么他们是在哪里丢失了自己的竞争力、自己的自由和自己的伟大呢？她周围这些彬彬有礼的好人，为什么看起来就像悲剧故事中的人物一样呢？

"还记得猪掉进井里的那天吗？"她问道。

评论家都说契弗是现实主义作家，他的作品中也越来越多地出现对上流社会地区景色的描写，但他本人比字里行间透露出来的要更怪异颠覆，更特立独行。有时候，会出现一个没头没脑的"我"，突然就变成叙述的主体。要么就出现怪异的"我们"。他的故事在时间上总是"爆炸性"推进，要么就会出现"假结尾"、"假开头"、中途陡然转向，或者在一些节点出现突兀而严重的割裂。契弗对笔下的人物总是很不负责，常常将他们中途抛弃，而他似乎从其中得到无穷的乐趣，随心所欲地操纵着他们，偶尔逃避一下碰撞与爆发，接着又忙碌地旋转起来。

契弗五十年代创作的短篇小说《金罐子》中，有些语句常让身处曼哈顿的我回味。小说里写到两个女人定期在中央公园见面聊天，在昏暗的暮色中和她们的孩子坐在一起。契弗描写说城市南边仿佛一个巨大的熔炉在燃烧，空气里弥漫着煤烟的味道，湿乎乎的卵石像炉渣一样发着光，而公园本身就像一个煤烟城市边缘的一块孤木。那句"熔炉"的描写，我总是情不自禁地大声念出来，觉得很生动，很透彻。我所知的其他作家，没有一个能像他这样，不费吹灰之力就构建起一个世界。

读过契弗日记的人都知道，真正的问题在于，尽管外表和内里之间的鸿沟让他的故事令人沉醉，但也让他的生活充满了欺骗性，而且还没有故事里那么愉快。尽管契弗已经逐渐跻身中产阶级，且在这个阶层还算受尊敬，但他始终摆脱不了那种自卑感，总觉得自己是"混"进来的骗子。部分原因来自经济状况。是啊，每天早上，他都给女儿叫专门的出租车送去私立学校。但他还是痛苦地知道，手上根本没有什么余钱，给不起门房小费，更没法及时付清各种账单。"房租没付，"1948年，他在日记中绝望地写道，"我们的食物也所剩不多了，只有一些罐头食品和鸡蛋。"

有一件多年流传在萨顿广场的逸事，说契弗每天早上都要去乘电梯：身材矮小却西装革履，打着领带，和那些每一层都挤进来的穿着体面的上班族没什么两样。但当上班族们从大厅鱼贯而出，各自步履匆匆奔向城市中不同的工作地点时，契弗则继续来到地下室，脱得只剩内裤，坐在打字机前写作。等到午饭前大家例行要喝一杯时，他又出现了，还是那副衣冠楚楚的样子。他把自己作为一个物件来"伪造"，真是刺激。但日记里的契弗则语气忧伤哀婉："离开地下室，我才能寻回那些所剩无几的自尊。"

作家总在某种程度上是不合群的，就算是那些最擅长社交、一直过得不错的也不例外。因为他们的工作本质就是深入审视和见证人性。即便如此，契弗的"两面三刀"似乎比其他同仁更严重。在富人区和一些有钱的朋友共度新年之后，他用困惑而狂怒的语气，写下自己在叠花押字毛巾时冒出来的想法：

> 我很早就下了决心，无论如何要让自己潜入中产阶级的世界，像个间谍一般。这样我就能占据攻击他们的有利位置。但现在我似乎不时会忘记自己的任务，把自己这个伪装看得太认真了。

这种欺骗别人也欺骗自己的心理负担，这种把那个笨拙隐秘的自己永久隐藏的需要，不仅仅是阶级焦虑那么简单。契弗痛苦地发现，男人也能挑起自己的性欲。而这些欲望与他所一直渴望的社交上的安全感相违背，甚至可能将他完全毁灭。"每个长相标致的男人，从银行职员到送信的小伙，都像一把上了膛的手枪，瞄准我的生活。"这段时期，他的失败感和自我嫌恶达到极点，令他十分痛苦，有时会在日记中提到自己有自杀的倾向。

　　在如此情况下，又有谁不想一醉解千愁，让酒精来消融这种苦苦维持伪装生活的巨大压力呢？和田纳西·威廉斯一样，契弗在十几岁的尾巴上，就一直在尽最大的努力，用它平息严重的社交焦虑症。在二十世纪三十年代和四十年代洋溢着波西米亚风情的格林威治村，酒依然是无处不在的"社交润滑剂"。即便深陷穷困的深渊，契弗依然能搞到钱去度过这些狂饮的晚上，来一打曼哈顿，或者一杯又一杯威士忌，第二天起来头痛欲裂。他有时候在家喝，有时候在朋友家喝，在树顶区（他出身富贵的妻子在新罕布什尔州的祖产）喝，在布雷沃特酒店喝，在广场酒店后面隐秘的房间里喝，在57街的蒙妮萨酒吧喝。从学校接了女儿之后，他就出入这些场所，把她甩在一边吃樱桃蛋糕，而他自己就随心所欲地猛灌杯中物。

　　醉酒当然免不了失态，但契弗对于体面生活的憧憬中，酒是不可或缺的核心。只要摄入量得当，他就能从长期如影随形的自卑和羞惭中暂时解脱。和玛丽结婚前那个夏天的一篇日记中，契弗写下了自己的幻想：

　　　我发现自己正驱车行驶在前往树顶区的路上。车很大。我看到惠特尼一家在打网球，我对此运动一无所知。我给了查尔斯餐厅的领班五美元，让他去买点花，再拿一杯加冰的香槟酒。我翻看菜单，犹豫着是点蔬菜牛肉锅还是鳟鱼汤，仿佛看到自己等在吧台边，穿着一身蓝色的羊毛呢西装，品尝着一杯马天尼，把一瓶白葡萄酒倒进随身杯里，准备带去琼斯海滩。从海滩回来，我全身晒得通红，一身海盐味……接着我穿梭于那些迷人的客人之间，又忙于到门口招呼迟来的人。

在这场令人飘飘然的白日梦中，喝酒不是什么粗俗且轻浮的口腹之欲，而是一种公认的社会礼仪，在合适的时机喝了合适的酒，就能带来一种近乎拥有魔力的归属感。他点了那杯加冰的香槟，但没有喝，也仅仅"品尝"了一点马天尼。而白葡萄酒只是从一个容器倒进了另一个容器。喝酒要看季节、看时机、看地点。

后来，1941年9月的一篇日记里，又出现了类似的内容，当时契弗在参军，休假十天。"玛丽等着我，"他的笔触欢快愉悦，"盛装打扮，散发着美丽的光辉。家里洁净如新，一尘不染。橱柜里摆着一瓶瓶苏格兰威士忌、白兰地、法国红酒、杜松子酒和苦艾酒。床单也洗得干干净净。冰箱里装满了大块的牛羊肉、贝类和做沙拉用的蔬菜。"这些叙述的语气让人想起童话《柳林风声》中，小老鼠不断喜滋滋重复着的那顿野餐。有趣的是，契弗的回忆同时强调了清洁和宽大这两个要点。洁净如新、一尘不染……这也许是对肮脏贫乏的军营生活的一剂良药。但对类似词汇神经质的重复，也让本来美好的意向变成了一句咒语，好像念多了就能获得安全与健康（毕竟，"清洁"一词在医院最为常用，甚至会让人想起停尸房，真是令人不寒而栗）。于是乎，我们很难不把那些一溜儿摆开的酒瓶解读为药品，能够预防肮脏不洁与繁杂无序，而这两者在今后的岁月里，年复一年地尾随着契弗，不管他逃向何处。

我突然从漫长的思绪中回过神来，因为听到酒吧里一个男人清楚无误地说了一句"奥西宁"。真奇怪。奥西宁是维斯切斯特的一个小镇，从曼哈顿要顺着哈得孙河往北走六十多公里。契弗声称这里才是自己的故乡。他故去后数年，这里依然因此而闻名（契弗去世时，奥西宁所有的公共大楼全部降半旗十天致哀）。巧合的是，田纳西·威廉斯那个患有精神疾病的姐姐露丝也在这里度过了成年之后的大部分时光，是田纳西选择了这里的一家医院，并支付了所有的开支。这种地方总会隐隐存在读者的心间，永远和契弗过去写给《纽约客》那些悲怆的郊区故事联系在一起。

我抬头扫视。那个说"奥西宁"的男人和一个女人坐在一起，女人的上衣很对我的胃口。对，就是刚才说的那个俄国女人。男人有秃顶的趋势，穿着那种时髦的海军蓝运动上衣，扣子闪着光，赋予穿衣者一种海军的气派。他俩之间的关系显然不一般。

"那么，"她说，"你的婚姻到底怎么样？你婚姻幸福吗？你家里是什么情况？"

"幸福？嗯，'幸福'这个词挺确切的。我想我的婚姻是幸福的吧。但我被你吸引，而我控制不了。"

"我只是想知道你今天上午到现在都干了些什么。"

"事实上，我中午回了趟家。跟老板说我要去招待个很重要的客户。我说我婚姻幸福，你别伤心，也别疑惑。真的，要是我真的很幸福，就不会在这儿和你待在一起了。"

我的老天爷。有那么一会儿我怀疑他俩是演员，在排练什么俗套的肥皂剧。眼前就是一部现实版《窈窕淑男》啊。男人站起来，绕到桌子那边，坐到女人身边。"我想大多数男人和俄国女人做爱的时候，都会把钱包捏在手里，"他说，"俄国女人都是财迷。"她眼神空洞地看着他，他又自顾自地说，"哦，快别装了，你以前肯定听过这种说法。"我开始收拾东西，又听到他说，"那是我人生中最重要的时刻。每一分每一秒我都记得。现在这记忆被你毁了。"

如果这是田纳西·威廉斯的话剧，女人此时肯定没有台词，要开始尖叫了。或者她会狠狠敲他一把，像《青春浪子》（*Sweet Bird of Youth*）里的亚历桑德拉一样。她绝不做任何人的牺牲品，就算她美色渐消，惧怕死亡。而要是眼前的两人处在约翰·契弗的短篇小说中，他会如愿以偿和她共享鱼水之欢，然后回到奥西宁的妻子和孩子那里，肯定还有人在岁月静好地弹着钢琴。他会调一杯马天尼，走到露台上，俯瞰果园和远处的湖泊。一家人冬天的时候会去那里滑冰。男人迷幻的眼神穿透傍晚幽蓝的薄暮，会看到一只狗，一只叫"朱庇特"的狗，昂首阔步地走过西红柿藤蔓之间，嘴里叼着一只晚礼服鞋。夜色在他无限的想象中来临。

当然，这是契弗《乡下丈夫》（*The Country Husband*）的结尾，那些文字在那一瞬间突然摇摆起来，飞了出去，冲出壕沟，冲出凡尘俗世，仿佛地球的重力只是个笑话，而我们就像身处飞机之中不断俯冲又拉升。最近，我开始留意契弗小说中这些看似无足轻重的元素，似乎这也是他消极避世的表现，而这样的心态让他更有了酗酒的倾向。然而，现在，这些话看上去都十分可爱，是缓解这世间万物艰难困苦的良药。我拿出几美元，放在桌上，离开国王科尔酒吧，绕出旋转门，带着一点微醺的醉意，逃到了外面那被城市灯火照亮的凛冽空气中。

第三章　垂钓黑暗中

　　我告诉一个美国朋友，要坐火车从纽约到新奥尔良，她难以置信地望着我。"现在可不是《热情如火》[1]的年代了。"她说。但我主意已定。坐火车是我的所爱。我喜欢望着窗外，看城市的风景在眼前倒退着滑过。躺在卧铺上，黑暗之中穿越蓝岭山脉，清晨在亚特兰大或塔斯卡卢萨醒来，还有比这更惬意、更舒服的事吗？

　　出于节俭，加上整个车程只有三十个小时，我决定不买包厢，反正普通加长座位的宣传语也很诱人，"宽大、舒适、令你一路随心所欲"。从爱丽舍出发去纽约宾州车站前，我再看了一眼此行的地图。纽约、新泽西、宾夕法尼亚、特拉华、马里兰、弗吉尼亚、北卡罗来纳、南卡罗来纳、佐治亚、亚拉巴马、密西西比和路易斯安那，一共十二个州。虽然漫长，但我想不会艰难过田纳西·威廉斯初访新奥尔良。1938年12月，他从芝加哥坐巴士出发，在圣路易斯停了一下去看望家人，到南方时，刚好赶上新年，他给亲朋好友打了个电话。还处在"大萧条"期间，他是个无业游民，几乎身无分文。但到达目的地之后三个小时写下的日记里，他显然已经对这里有了家的感觉，说这里是全世界他待得最舒服的地方。

1　20世纪福克斯家庭娱乐公司于1959年出品的爱情喜剧电影，由杰克·莱蒙、玛丽莲·梦露、乔治·拉夫特等主演。

火车站人潮汹涌，大家步履匆匆赶往四面八方，不过我找到正确的柜台后，一切都顺利迅速地进行。一个身穿制服的行李员帮我把行李搬到火车上，建议我不要选择轮子上方的座位。恍惚间我似乎回到了一个更为文明的时代，有那么一小会儿，我还真感觉回到了《热情如火》的年代。当然我可能不是那个风情万种的秀珈[1]，也至少像杰克·莱蒙男扮女装的"达芙妮"，笨拙地踩着不合脚的高跟鞋，在站台上快步走着。

　　第一站是费城。我挑了一个靠窗的座位，放好行李之后，就把我那些随身的小物件都放在触手可及的地方：这能给人一种家的感觉，好让寂寞的旅人熬过火车上的漫漫长夜。ipod音乐播放器、笔记本、水，还有一袋葡萄干，是我在又听了一遍关于铁路公司的食物如何如何难以下咽之后买的。我把格子毯盖在膝盖上，突如其来的幽闭恐惧症突然紧紧攫住了我。当时我的周期性失眠正好还没结束。我在自己的床上，戴着耳塞，蒙着眼罩都不怎么睡得着。多年以前，我的公寓遭遇了小偷入侵，从那时起，我那错综复杂的应激系统就一直处在高度紧张的"红色警戒"状态。

　　只有那种长期失眠的人才会明白，当自己进入睡眠的条件可能无法满足时，你会感到多么恐慌。济慈说过，失眠是很多问题滋生的温床。"滋生的温床"这个词实在用得很好。凌晨三到五点还睁着眼睛睡不着的人，谁没有经历过思想如昆虫般缓慢爬行"滋生"的那种感觉呢？好的睡眠有种神奇的效果，能让白天的烦琐和纠结全都舒展开。而失眠，则会让一个人躁动不安，接近精神失常的边缘。

　　就像狂饮过的人都知道，酒精和睡眠之间的关系十分复杂。刚开始，

1　电影中梦露饰演的角色。

酒精就像镇静剂，那种向下坠落的昏昏欲睡之感，喝过酒的人几乎都体验过。但酒精也会打破睡眠的模式，降低睡眠质量，缩短或者推迟我们的"快速眼动睡眠"时间。而这个积极睡眠时期非常重要，人体在心理上和生理上都会得到能量补充。所以宿醉后的睡眠通常都很浅，而且支离破碎。

长期习惯性的酗酒对睡眠的扰乱更大。有个可爱的术语叫"睡眠电路"，这个电路遭遇酗酒破坏之后，可能在彻底戒酒后很长一段时间都无法恢复。精神病学教授柯克·布劳尔曾经写过一篇题为《酒精对酗酒者睡眠的影响》的论文，里面提到，相比普通人群，酗酒者更容易出现睡眠问题。另外，"睡眠问题可能会让一些人染上酗酒的毛病"，而且也会导致一些本来已经戒酒成功的人故态复萌。

斯科特·菲茨杰拉德和欧内斯特·海明威都深受失眠困扰。他们为此写下不少文字，字里行间也不难找到酗酒的踪迹。两人第一次见面是1925年5月，在巴黎德朗布尔街的"疯子美国酒吧"。菲茨杰拉德二十八岁，海明威二十五岁。那时候菲茨杰拉德已经是美国最著名且收入最高的短篇小说作家之一。他在几周前发表的三部小说《人间天堂》《漂亮冤家》和《了不起的盖茨比》让他名利双收。他长得很英俊，整齐的牙齿小颗小颗的，很可爱，举手投足透着一股无法忽视的爱尔兰风情。他带着妻子泽尔达和小女儿斯科蒂周游欧洲，边工作边玩乐。"泽尔达画画，我喝酒。"他在当年四月的账本里写道。到六月又加了一句："参加了一千场派对，没有做任何工作。"

从某种程度上来说，这狂欢作乐也没什么大不了的，毕竟他才刚写完《了不起的盖茨比》这么有分量的作品。这部作品的力量，来自那种久久萦绕于人心、令人难忘的感觉。那些文字潜入你的内心，留下一连串影响，仿佛乘着汽车望着窗外的风景。乔丹[1]的手轻轻给自己晒黑的地方抹上粉；盖茨比甩出一抱衬衫给黛西看：堆成小山似的，色彩丰富，苹果绿、珊瑚红、浅橙色，绣着蓝色的花押字；奢华的派对上人来人往，有的客人骑在马背上扬长而去，背后似乎还有人在斥骂他；烟雾缭绕的房间里，一只小狗打了个喷嚏；一个女人靠在铺着花毯的沙发上血流如注；图书馆里有着猫头鹰眼睛的男人；少年盖茨比的日程表；热得香汗淋漓的黛西，用她那略带沙哑的可爱嗓音说希望女儿是个漂亮的傻瓜；闪烁的绿光；盖茨比把尼克称为"老伙计"；考虑坐火车回圣保罗的尼克，和他看到冬青花环投射在雪上的影子。

如果换个人，在写出了如此美妙、可以传世的作品之后，大概纵情狂欢一场也不会有什么影响。但菲茨杰拉德生来有着强烈的不安全感，无法容忍自己选择的生活步调。多年来，他和泽尔达步履匆匆地在全世界辗转流离，像水上浮萍，从纽约漂到圣保罗，再到长岛大颈区，也在法国昂蒂布的朱安莱潘暂作停留，每次都留下一片狼藉。就在他来到巴黎之前，刚发生了特别令人恼火的事情。泽尔达和一个法国飞行员发生了婚外情，举止言行都很古怪。而与此同时，菲茨杰拉德天天喝得酩酊大醉，四处惹是生非，有一次在罗马甚至还被关进了监狱。当时他恰巧要动笔写长篇小说《夜色温柔》，后来也把这段经历写了进去，表现书中人物迪克·戴弗的失控人生。

而那时的海明威刚刚开始自己的美妙人生，他后来回忆说，那是他一生中最快乐的日子。他和第一任妻子哈德莉·理查森正是伉俪情深，两人养育了一个小儿子，海明威还昵称他为"撞撞先生"。有张海明威在那个时期拍的照片，他穿着厚厚的毛衣，衬衫领带，看上去有点胖。

---

1 《了不起的盖茨比》中女主角黛西的好朋友。

新留起来的小胡子遮掩不住脸上那种孩子气的柔软和温情。三年前的1922年，哈德莉不小心弄丢了一个装满他手稿的箱子，所以他刚刚出版的短篇小说集《在我们的时代》是完全重新一字一句写出来的，至少和那些丢失的手稿有很大的不同。

两个男人可谓一拍即合。随便瞥一眼两人的通信，就能看出两人是多么惺惺相惜，字里行间全是朋友间亲昵的揶揄，也有赤裸裸的"表白"："真是无法用语言形容你的友谊对我来说多么重要""我的天哪，真想见你"。在那一年里，除了做海明威的好伙伴，菲茨杰拉德还为他提供了事业上的帮助。甚至在两人还没见面之前，他就已经把海明威推荐给自己在斯克里布纳尔出版社的编辑麦克斯·珀金斯，建议他签下这个前途无量的年轻作家。两人在"疯子酒吧"见面后的几个星期，海明威写信给珀金斯，说自己和斯科特频繁见面，用热情的口吻描述两人在里昂驾车同游的事情。

第二年夏天，菲茨杰拉德又帮了海明威一个忙，这次是阅读修改他的新小说《太阳照常升起》。他写了一封很具有个人风格的信，单词拼写错误百出，但充满了真知灼见。信中他建议删掉前面的二十九页，说这些内容全是居高临下、自作聪明的调侃和嘲笑，毫无意义。不过最终海明威只舍得删掉了十五页。但批评之后，菲茨杰拉德又说："你是我第一个想在欧洲相见的美国人。"想来是想缓和一下严厉的语气。几行之后，他又承认说："看到别人没有一直发挥自己的最佳水平，我会发狂的。"

菲茨杰拉德写这封信的时候，海明威正在"自找麻烦"。他爱上了富有而有些男子英气的美国女人宝琳·费孚。那个夏天他、哈德莉和宝琳一起在菲茨杰拉德位于朱安莱潘的旧别墅度假。这段时间，婚姻破裂的征兆越来越明显。9月7日，他写信给菲茨杰拉德，说大家都生活在水深火热的地狱之中。他独自一人在巴黎度过了秋天，整天想着自杀。1927年1月27日，海明威和哈德莉正式离婚，到春天就下定决心要娶宝琳。

闹离婚的时候，他被痛苦的失眠深深困扰。就是在那封9月7日的信里，他还用了一次"地狱"一词，描述自己遇见宝琳后的状态。说因为失眠太多，整夜出去游荡，对周围的地形已经很熟悉，都喜欢上这里了，很乐意带人到处参观，既然身处地狱，就要学会随遇而安。

他把失眠形容为一盏明灯，照亮他去探寻这地狱般的环境。显然他被这想法所吸引，因为很快他就以此为基础写了篇故事。还没和哈德莉相遇的很久以前，"一战"时期，他曾在意大利做红十字会的救护车司机。给前线战士送巧克力的时候，他被炮火击中，腿受了重伤，在医院度过了一段漫长的日子。1926年11月，他以这段经历为灵感，写了个故事，当然要比实际丰富很多。

短篇小说《我躺下》的开头是，尼克·亚当斯（这位主人公并非海明威自身的写照，但可以说是某种程度上的化身，童年与战时的经历和作家本人有很多共同点）躺在房间的地板上，已是深夜，他试图入睡。他静静躺着，听蚕啃食桑树叶子的声音。尼克解释说，出于本意的话，他是不想睡觉的，因为他一直觉得如果闭上眼睛放松自己，灵魂就会脱离身体。这个状态已经持续很长时间了，自从他某天晚上被炮火炸伤，灵魂脱离身体又侥幸回来之后。

为了避免这可怕的事情发生，尼克每晚都会举行特定的仪式。他躺在一片黑暗中，听着上面传来的蚕声，脑子里出现小时候熟悉的河流，而他在河边认真地垂钓。那是密歇根州游弋着肥美鳟鱼的江河，湍急的水一路流淌，形成深湖和浅滩。有时他会在开阔的草地上找到活蹦乱跳的蚱蜢，用作鱼饵。有时候又去抓林蝉、甲虫或有着棕色小头的金龟子幼虫。有一次居然逮住一只火蜥蜴,但后来再也没有这样的运气。有时候,这些关于河流的回忆会引起无穷无尽的想象,让他兴奋不已,不知不觉就到了天亮。这些头脑中的"垂钓历险记"清晰明白,细节翔实,有时候很难记得它们都不是真的,它们是虚构的小说中的虚构:一个男人在无声地对自己讲故事,他在脑海中为自己构建了这个世界,否则他可能真的要夺门而出,真正开始这混乱的夜间旅行。

　　而这个晚上,尼克听着蚕啃噬桑叶的声音,房间里还有另外一个人,他也辗转难眠。两人都是老兵,"一战"时在意大利服过役。尼克是美国人,另一个虽然出生在意大利,但也曾在芝加哥待过。两人都躺在黑暗中,开始聊天。约翰问尼克,为什么从来不睡觉(事实上,开着灯或者太阳升起以后他还是和常人一样)。尼克满不在乎地说因为他去年早春遇到了一些不开心的事,晚上就胡思乱想睡不着。他没有再解释什么,只是说了下故事开头就写明的在夜晚被炮火击中的事。梦中的河流边,他仍然带着受伤的身躯。越是努力避讳,越显出受伤的严重性。他肯定不会告诉读者的是,躺在那儿的感觉真是太糟糕了,觉得自己随时可能一命呜呼。

　　菲茨杰拉德自己的"失眠地狱"在七年后来临,随之而来的是一篇题为《睡与醒》的文章。1934年12月,文章发表在《君子》杂志[1]上,当时他正逐渐深陷精神崩溃的泥潭。十八个月后,他在《崩溃》中坦诚了这段经历,这是一系列的散文,一共三篇,也先后发表在《君子》杂志上,比前面提到的那篇要著名得多。写这一系列散文时,菲茨杰拉德和女儿住在巴尔的摩,妻子住在精神病院。他自己成天酗酒,巴黎与蓝色海岸边那些无忧无虑的日子,正如同《夜色温柔》中迪克·戴弗的好

1　美国老牌男性杂志,于1933年创刊发行。

时光一样，一去不复返。不过，你也可以说，他们那种无忧无虑，其实如同被拉紧的绳索拴在高处，他们自以为有所保护，所以无所顾忌。就像凭借绳子的力量不费吹灰之力地跳着踢踏舞，全然不知一旦断裂，便万劫不复。

多年后，约翰·契弗写了赞颂菲茨杰拉德的文章，说他在呈现细节方面有着卓然的天才。服饰、对话、饮品、酒店、偶遇的音乐：一切都准确无误地交融，让读者情不自禁地进入蓝色海岸、西卵村或好莱坞等迷失的世界中。《崩溃》也是一样，尽管这绝对不是他最华丽、最精彩的"舞台布置"。除了一段在纽约某个酒店房间的短暂停留，文章的整个背景局限于作家本人在巴尔的摩的卧室里，偶尔来个小小的转场，进入书房或门廊。

在这个房间里，他深为精神疾病所苦，可以说睡眠就如同一块被扯得支离破碎的布，有时候整夜清醒，有时候一下子就坠入毫无知觉的梦乡，但深度的睡眠一般都要等东方破晓的时候才会到来。他借用《圣经·诗篇》中深奥晦涩、没有翻译的拉丁语，说这样的时刻总是会感到"Scuto circumdabit te veritas eius: non timebis a timore nocturne, a sagitta volante in die, a negotio perambulante in tenebris"，意思是："他必用自己的翎毛遮蔽你。你要投靠在他的翅膀底下。他的诚实是大小的盾牌。你必不怕黑夜的惊骇，或是白日飞的箭，也不怕黑夜行的瘟疫。"

那些"白日飞"的东西当然是问题的一部分。他的小说里写到尼克·亚当斯难以入睡，是拜参战后遗症所赐（虽然对黑暗的恐惧听起来很孩子气，但这个原因真的很男人，甚至有英雄主义的色彩）。而菲茨杰拉德写自己却正好相反，强调引起他失眠的原因是多么荒谬，多么微不足道。开始是两年前在纽约一家酒店房间，被一只蚊子叮了。在文章里，他讲述了一件这之前的小事，说一位朋友的失眠症是在被一只老鼠咬了之后开始的，更强调了自己这次发病的荒唐与富于戏剧色彩的琐碎。也许他只是简单地陈述了两件事的事实，但我情不自禁地觉得，这两件事代表了那种奇怪、细碎却影响深远的小事，菲茨杰拉德总是热衷于讲这种故事。

如果"蚊子事件"发生在1932年，那就正好是菲茨杰拉德顺风顺水的人生开始走下坡路的时候。2月，泽尔达第二次精神崩溃（第一次发生在1930年），入住巴尔的摩约翰·霍普金斯大学的亨利·菲普斯诊所。她在那儿写了本小说《永伴沃尔兹》（*Save Me the Waltz*），用了很多和《夜色温柔》重合的材料。而过去七年来菲茨杰拉德一直用持续上涨的狂热写这本书。所以他怒火中烧地写信给泽尔达的心理医生，要求对泽尔达的书进行大面积的删减和修改。

那年春末，他租下了巴尔的摩市郊的"和平别墅"，房子很大，花园里荒草丛生，山茱萸肆意疯长，多花紫树浓荫蔽日。夏天，泽尔达回家了，一开始只是白天回家，晚上还是要回到医院去。但后来两人只要在一起就疯狂争吵，1933年6月，她在一个废弃已久的壁炉里不知是烧衣服还是烧纸的时候，不小心把整个房子给点着了（有趣的是，在田纳西·威廉斯的《夏日旅馆衣装》这部关于菲茨杰拉德的剧中，他写了那么多有关菲茨杰拉德的征兆、大火等，却对这件事情只字不提）。菲茨杰拉德在账本上记了一笔："这场火灾之后，我们向母亲借了第一笔钱，还向别人借了一些钱。"

他们别无选择，只能搬家。不过，斯科特坚持说，先在这四处被烟熏得黑黢黢的房子里再待几个月，等他完成难产很久的小说。一开始，书名是《他杀了他妈妈》。主人公叫弗朗西斯，偶然遇到一群张扬的亡命徒，被他们所吸引，最后搞得精神崩溃，谋杀了自己的母亲。不知怎的，这么吸引人的题材，菲茨杰拉德却写得不起劲。当时他糟糕的行为令人难以忍受，这种文思枯竭的挫败感应该也是诱因之一。

后来，他意识到自己真正想讲的故事完全没这么奇异华丽。他把整个小说完全打破，重头来过。主人公变成了迪克·戴弗和妮可·戴弗，故事讲述迪克如何将妻子从疯狂和崩溃中拯救出来，而在这个过程中又是如何毁灭了自己。小说的结构就像一个跷跷板，妮可带着那双纯洁的、充满欺骗性的眼睛，恢复了过来，迪克反倒陷入酗酒和筋疲力尽的紧张之中，虽然他曾经吹嘘自己是活着的美国人中唯一能享受睡眠的。

最糟糕的是在罗马，迪克送走去世的父亲后去那里放松作乐。在罗马，他被年轻的电影明星罗斯玛丽吸引。他以为自己爱她。结果两人不知怎么走得太近后，反而对彼此失望。满心酸楚和困惑的迪克出去借酒消愁，迷迷糊糊中卷入一系列事件，从跳舞到对话到吵架再到拳脚相加，最后被抓进监狱。当然，比起《了不起的盖茨比》，《夜色温柔》的流畅性和连贯性都逊色一筹，但我很难想到还有什么书能用如此优雅的语言描述一场急转直下的连续事件，而且笔触精准得令人心生畏惧。

小说完成后，菲茨杰拉德和十三岁的女儿斯科蒂搬进了公园大道1307号的排屋。而泽尔达再次住院，这次是在谢泼德·普拉特医院。住院期间她至少两次自杀未遂。所以，菲茨杰拉德在账本里写，那年是"十分诡异的一年，工作，喝酒，越来越不开心"，也就不足为怪了。手稿的最后面还有一张草稿纸，用铅笔写着："最后一点真正的自信也消解了。"1934年，《夜色温柔》终于出版，但好像也没有什么实质性的帮助。卖得比想象中的好，但《出版人周刊》畅销书排行榜第十名的成绩，很难说是什么"夙愿得偿"。

1934年11月，大概就在写《睡与醒》期间，他貌似坦诚地向永远忠实的朋友、编辑麦克斯·珀金斯承认："我酗酒太严重，显然拖慢了写作的进度。然而，要是不喝酒，我都不知道自己能不能撑过这段时间。"
这种矛盾的情绪，恰恰可以解读为他拒绝把酒精看作引起自己一系列麻
烦的原因，而认为酗酒是一个结果，对人生愁苦的对抗。在《睡与醒》
这篇文章中，这种情绪也多次显露出来。文章开头他就宣布，自己的失
眠是因为"完全的筋疲力尽——工作太繁重，各种连锁反应更让工作加
倍辛苦，自己和周围的人都疾病缠身，反正就像老话说的，祸不单行"。
写了一两段之后，"喝酒"这个字眼看似漫不经心地进入了字里行间。"我
在喝酒，断断续续，但每次都肆意痛饮。"

　　"断断续续"，说明还能克制。"肆意痛饮"则说明他喝酒时十分愉
悦，有种"慨当以慷"的豪情。不过两个词都不太准确。第一，当时
菲茨杰拉德并没把啤酒也看作酒精饮品。"没喝酒"可能是说没有喝杜
松子酒一类的烈酒，而一天喝了二十来瓶啤酒。托尼·芭提他（Tony
Buttitta）出过一本不那么值得信赖的回忆录，里面提到1935年夏天菲
茨杰拉德说的话："我在戒酒。不喝烈酒，只喝啤酒。啤酒也喝得太多
的话，就喝可乐。"说到酒精，那时候菲茨杰拉德的朋友、巴尔的摩的
散文家门肯回忆说，菲茨杰拉德一喝酒就会变得很疯狂，可以一下子掀
翻晚餐桌，甚至开着车撞向街边的大楼。

　　几句话之后，又来了一条隐藏得更深的线索，可以发现他酗酒的毛
病有多严重。他写道，酒精可以帮助他停止那噩梦般的失眠（"滴酒不
沾的晚上，离上床的时间还早，我就开始神经质般地想，到底睡不睡觉
呢"）。既然失眠如此痛苦，为何不一醉方休睡个痛快呢？几段以后他回
答了这个问题：因为喝了酒，第二天会觉得很"糟糕"。在辞藻如此丰
富华丽的文章中，"糟糕"这个用词显得很平淡。就像在海明威的作品
里，他越是语焉不详，极力掩饰某种痛苦的强度，越能凸显这种痛苦有
多么强烈。所以这个过于平淡的词很是惹眼，相比起他事无巨细地描述

失眠带来的恐惧，这显然是为了弱化酒精的坏处，否则的话，恐怕这杯中物要成为他"天才走向毁灭"的罪魁祸首之一。

没喝酒的话，在清冷残酷的下半夜惊醒时，菲茨杰拉德会从床头柜上的药瓶里拿一颗快速起效的安眠药服下。等着安眠药起效的这段时间，他会在房间里来回走动，或者看看书，要么看着窗外深夜的巴尔的摩，一般都隐藏在深灰色的迷雾中。过了一会儿，药开始起效了，他又回到床上，把枕头垫在脖子下面，像海明威一样，试图给自己制造一个迷梦，好借此进入梦乡。

一开始（我竟然对此产生了同情和共鸣），他想象着自己已经想象已久的东西。当时他还是寄宿学校的一个不合群的男孩，身材矮小，不擅运动，整日耽于幻想，创造了一个与现实世界抗衡的想象世界。橄榄球队缺一个灵魂人物四分卫，他从球场边线上走过，被教练一眼相中。这是耶鲁大学的比赛。他虽然只有区区135磅[1]重，但比赛已经进行到四分之三，场面胶着，急需他救场……

没用。这个梦做了太多遍了，早已丧失了当初那抚慰人心的魔力。他开始想象自己在一场战争中所向披靡，结果后来也变得索然无味。他用相当精彩的文字总结了这个梦："最终长夜将尽，我只是百万黑影之一员，乘着黑色班车，驶向一片未知。"这句话究竟是什么意思呢？他还在说那些共同参战的士兵吗？还是这眼前的景象就是死亡本身的召唤，如同那些黑色班车一样，吉凶难料，阴晦无比？对于一个总是将恐怖和阴暗描绘得非常真实的作家，这实在是他笔下最虚无的场景之一。

两个幻想都源于菲茨杰拉德年少时的失败。他没能选上橄榄球队的四分卫，在军队里也表现平平。他没能去法国参战，没能长成自己所崇

1　约为61.23千克（1磅约等于453.59克）。

拜的那种身材高大、皮肤黝黑的男孩。他没能顺利拿到学位。而他去普林斯顿的原因之一，是为了参加三角俱乐部，他为俱乐部写了一部话剧，自己却没能拿到剧中的主角。现在，在这似乎永无尽头的夜里，他对愿望达成的幻想彻底烟消云散，无情地让他陷入对那些失败本身的注视与沉思中。

字里行间开始潮水般涌来逐渐加深的恐惧。菲茨杰拉德在屋子里疯狂地走来走去，听到自己过去说的那些残忍而愚蠢的话在每个角落回荡，在安静的夜色中显得那么刺耳。

我看到最真实的恐惧在连绵的房顶上聚集，通过夜班出租车刺耳的喇叭四处传播蔓延，在深夜归来的寻欢作乐者们的喧闹声中悄然显现。恐惧与迷醉，迷醉与恐惧。我过往的一切所作所为，全都失落了，挥霍了，沉迷酒色，放浪形骸，再也无处可寻。所以我要克制隐忍，也要重新开始。在曾经怯懦的时候鼓起勇气，在曾经横冲直撞的地方谨小慎微。

我没必要那样伤害她的。

也不应该对他说那样的话。

也不应该试图去打破无法打破的东西，而让自己支离破碎。

此时此刻，恐惧如同风暴席卷而来。若是今晚便是死亡后夜晚的预演；若是这一切都是在深渊边缘永恒的颤抖；一个人心中最本源的恶驱使着他前进，而前面就是全世界最本源的恶。没有选择，没有道路，没有希望。只有那肮脏污秽，掺杂着闹剧的悲剧在重复上演，永无止境。或者，这也许是站在人生的门槛上，迈不开前进的脚步，也没有回头的路。钟声敲响凌晨四点，此刻的我已经是个幽灵。

这位堕落的天主教教徒其实一直都有着敏锐的直觉，他知道自己所做的一切恶事都记在上帝的生死簿上，总有一天惩罚会降临。这令人恐惧、消解所有斗志的想法在脑中一闪而过，他突然就坠入了梦乡。梦里出现洋娃娃一般的女孩子：不带任何性别色彩，美丽的女孩子们，有着真实可触的金黄头发和棕色的大眼睛。他听到一首歌，似乎是从他二十出头时纵情狂欢的舞池传来的。那时他刚赚了第一桶金，新婚宴尔，声名鹊起。他突然间就春风得意，清晨坐在出租车的引擎盖上，在第五大道招摇过市，用多罗茜·帕克[1]的话来说，就像一个刚刚从太阳里迈步走出的男人。他睡着了，睡得很沉，却突然被一阵契诃夫笔法的对话吵醒。这些对话源于那看似不重要的外部世界，猛地进入他的耳膜和脑海。但菲茨杰拉德一直清醒地知道，这个世界比任何富可敌国或魅力无边的个人都更有翻手为云，覆手为雨的神通。

"……好的，埃西，好的。哦，天哪，好，好，我自己来接电话。"

· · ·

列车正在接近费城。相反方向呼啸而过一列货车。车厢是深棕色、锈棕色和铁红色的混合，每个车厢上面都印着"赫尔佐格"的标志。坐在我旁边的女人正拿着热狗大快朵颐。"我也不知道你该叫他什么。"她边吃边打电话。我在听帕蒂·史密斯[2]的《冲破桎梏》，上次听这首歌，我还在新罕布什尔州一个朋友小别墅外的雪地打一溜儿啤酒瓶。

1　多罗茜·帕克（Dorothy Parker，1893年—1967年），美国幽默家、作家、批评家，以机智闻名。

2　美国创作歌手和诗人。

等我再次抬起头来，列车已经在穿越一片树林，有一种树正在开花。我看应该是紫荆，花朵是粉中带点红，蓬松得不可思议，提前传播着春天的消息。列车经过一片湖，周围是木质的防波堤，再远一点的地方环绕着一些白色的木头房子。湖中间一艘绿色的船上坐着三个人，正在钓鱼。农场里不知谁在烧烤。"太冷啦，我的天哪。"我旁边的女人说。近旁是一片草地，有莎草，还有不知名的黄褐色小草。远处又是一片树林，还是那红粉相间的开花的树，被落日余晖镀上淡淡的金色。一只鹰在树林上空盘旋。是红尾鹰吗？夕阳下我看不太清楚，只能看到它修长羽翼的轮廓。

等到了巴尔的摩，太阳已经降得很低。眼前出现一座座岩石堆积而成的山，山上有那种波纹铁板搭起来的仓库，周围堆的板子似乎被烧过，烟熏的痕迹非常明显。一排被废弃的联排房子让乘客们都吃了一惊，墙上的砖像一排排牙齿，参差不齐。商店的门都用木板钉死了。我看到窗帘也都被扯破了。然而楼道之间狭窄的缝隙里，樱桃树依然在兀自开花。

公园大道1307号，菲茨杰拉德写《睡与醒》时的住处，离火车站也就两个街区。而他在这座城里的最后一个住址，一间位于七层的公寓，则要向北再走个将近两公里。那里现在是约翰·霍普金斯大学的学生宿舍。1935年12月，海明威给菲茨杰拉德写了两封信，都是寄到后面这个地址的。第一次见面后的十年里，两人的关系经历了影响深远的转变。菲茨杰拉德的生活逐渐陷入囹圄，挣扎着要完成《夜色温柔》；而海明威则相继出版了畅销小说《永别了，武器》、短篇小说集《没有女人的男人们》和《胜者一无所获》，以及两本纪实文学《午后之死》和《非洲的青山》。与此同时，他还和第一任妻子离了婚，梅开二度另寻新欢，搬去了基韦斯特，又生了两个儿子。

比起昔日好友，现在的海明威显然更富有，更高产，家庭更幸福，更春风得意。但他没有给老朋友温暖的帮助，表现得更像个"恶霸"。十二月的第一封信里，他长篇大论地指责菲茨杰拉德，说他整天喝得烂醉如泥，把自己和朋友的脸都丢尽了。不过很难说海明威自己是不是也这样（指责之后他的语气又缓和下来，说很想念菲茨杰拉德，想见面聊天）。

他大概是想起了两年前在纽约，两人和埃德蒙·威尔逊[1]在纽约吃的一顿饭。当时的菲茨杰拉德醉得丑态百出，躺在餐馆的地上，装作睡着了，但偶尔又冒出一两句简短深刻的真知灼见，或者挣扎着起来到卫生间去吐。后来，威尔逊送他回到广场酒店的房间，他自己上了床，安静地躺着，看着自己这位普林斯顿的老朋友，"一双鸟儿一样的眼睛空洞无神"。在菲茨杰拉德所创造的"镜像世界"里，广场酒店正是盖茨比、黛西、尼克和汤姆在某个酷热的夏日午后开了个房间的地方，他们畅饮薄荷朱利酒，争吵逐渐升级，把小说编织的华美锦缎残酷地撕开。

几天后，海明威写了第二封信，他说起自己的失眠症状，可能是在回应菲茨杰拉德相关的抱怨或祈求（菲茨杰拉德的信已经无从寻找了）。海明威自己最近也为失眠所苦，不管什么时候睡觉，都会在凌晨一两点就醒来，然后再也睡不着。但他又说，自从不去想过去的事，失眠也没那么让他烦恼了。要是睡不着，他就躺在那儿一动不动，也是一种休息，和睡觉差不多。

这样的叙述结构具有很明显的"海明威风格"：首先简单地承认痛苦的存在，接着用一种"禁欲主义"学派的态度拒绝承认被痛苦影响。海明威当然知道怎么对付失眠，就像他深谙很多体育运动的技巧。拳击、钓鱼、射击，不一而足。他可不会哭哭啼啼地四处诉说失眠给自己的困

---

1 美国著名评论家和随笔作家。毕业于普林斯顿大学，先后做过报纸记者和杂志编辑。

扰。你当他是什么，大腹便便的野狗吗？而相反地，菲茨杰拉德则有着强烈的自我表达欲望，即使这意味着自降身价。你看，《睡与醒》最开始的一句话就那么谦卑："几年前，我读了海明威那篇《我躺下》，还以为这篇文章把失眠这个事情给说尽了。"这话简直是"低到尘埃里"，就差没让自己钻到海明威靴子底下了。不过容我提醒各位，这也可以解读为一种技巧，一种假装谦卑，实则自我抬高的做法。因为他其实是在说，海明威没能把相关的话题写得淋漓尽致，完全没有，现在由他菲茨杰拉德来完成。

我靠在靠背上，反复掂量着这些来自过去的"供词"。火车一路向前，天光渐晚。小说、文章和信件，一切都围绕着类似的话题展开。没有一篇是直截了当的，以我们的观点来说，没有一篇是完全可靠的。在第二封信里，海明威还请菲茨杰拉德驾船找个地方了结了自己。当然，他是在说笑。但在局外人看来，这样的玩笑显然带着恶意。你要是读到这些文字，很有可能会觉得这人是个神经病（他在信中还说可以把菲茨杰拉德的肝脏送去普林斯顿博物馆，心脏献给广场酒店）。

文学类的传记通常会有共同的问题：一个作家可能会很深入地描述他们的经历和感觉，但他们从来都不会直截了当地说出具体事实。所以你也不能把他们的话全都当真。就连一篇如《睡与醒》这样的文章，也是为了稿费，貌似诉说着寻常事，却修修剪剪，把这生活写成了艺术。而互相之间的通信呢，由于受众就是他们自己，更是很少符合常人的思维。在《巴黎评论》对田纳西·威廉斯的采访中，他有些尴尬地谈了些相关话题，说最近出版的他写给唐纳德·温德姆[1]的信，"其中有很多恶意的幽默。我知道他喜欢。既然是写信给好这口的人，我也就努力去取

1　美国小说家，回忆录作家。

悦他"。

当作家恰好是个酒徒，而这种对真实经历的加工和遇事抵赖、否认的习惯纠缠在一起，更加不可靠。《精神疾病诊断与统计手册》这本收录了一切心理疾病的标准指南中写道："否认是酗酒者的常见行为。几乎所有酗酒者都会否认他们有酗酒问题，或者找各种各样的理由将其合理化。他们通常会迅速把自己的酗酒问题归咎于外部情况和其他人……酗酒者诊断中主要的障碍，就是他们本身对问题的否认，而大多数医师又很少对他们产生怀疑。"

于是，喝酒的强烈欲望，以及因此引起的对酒徒生理、心理以及社交生活的反作用，就被埋藏在无数的借口、语焉不详与完全的谎言之中。可以这么说，一个酒徒其实过着双重生活，一个隐匿在另一个之下，如同地下河在道路之下蜿蜒流淌。首先是表面上的生活，可以说是他们的掩护；接着就是作为"瘾君子"的生活，重中之重永远是能多喝一杯是一杯。前面提到的"十二步骤"里，第一步就是"我们承认，在对付酒精上，自己已经无能为力。我们的生活已经被搞得不可收拾"，这可不是随意写下的。要真的迈出这一步，勇敢面对问题，有的人可能需要穷尽一生，有的人也许到死都没做到。

那又说到酗酒的作家这个特殊人群，他们的自传材料需要被更认真地筛查和选择。因为他们的否认造成了大量材料的失真，在诚实的叙述中夹杂着很多自我的神秘化与酒精作用下产生的幻觉。"只是偶尔喝酒。""对我没什么大的影响。""糟糕。"这些话都不能信。它们有个秘密的功能，有时候甚至和作家想要表达的主题明显背道而驰。也许正是这样的特质，让《我躺下》如此引人入胜：就像一片平静明亮的水面，而一根钩子正在很深的水下垂着，似乎钓到了什么东西。

我曾经读到过一个观点，十分准确地捕捉了这种隐藏和否认的倾向，让我都兴奋了起来。我读的是一本篇幅短小但深刻的书，有关心理分析的，作者是珍妮特·马尔科姆，书名叫《不可能的职业》。书中说到心理分析这个职业的基本原则，引用了西格蒙德·弗洛伊德的话，来描述全人类在"性"这个问题上显而易见的遮遮掩掩：

> 他们不会自愿和我们谈论性生活，而是想尽办法遮遮掩掩。人们基本上都在性这个问题上不够坦诚。他们不会自由地展示自己的性，而是编织了一个又一个谎言，如同厚厚的外套一样将其包裹起来，就算他们的"性世界"已经电闪雷鸣，亟待拯救。

而酒徒的世界似乎也是电闪雷鸣。而这个世界里的所有人也喜欢那件厚厚的外套。不过，为了不在浪漫主义的甜蜜陷阱里沉沦太深，我也清楚地意识到，所有这些作家还存在另一个欲望，就是暴露和审视自己，而且有着超越常人的勇气。想想菲茨杰拉德是鼓了多大的勇气才写下自己的四分卫之梦，更别说拿去投稿了。这就像在众目睽睽下把自己脱得一丝不挂——不过，必须承认，这大概也是菲茨杰拉德想做的事情之一。二十世纪二十年代的时候，他当着一群话剧观众的面，脱得只剩下内衣裤。门肯回忆说，还有一次，菲茨杰拉德在巴尔的摩的一个晚宴上，"在晚餐桌边站起来，脱掉裤子，露出他的'家伙'"。但有时候，就连这种"脱衣秀"也是为了隐藏什么东西。就算你脱掉了裤子，露出了"家伙"，内心深处可能还是惧怕暴露真实的自己。

· · ·

下午六点，火车到了哥伦比亚特区站，扩音器里传来歌一样的声音：

"停靠此站，供抽烟歇脚。"人们纷纷站起来，窸窸窣窣地收拾着包。我已经饥肠辘辘。等火车再次出发时，我才站起来走到餐车。哎，先不想那些作家乱七八糟的都市传奇了，餐车的饭菜还真好吃：牛排、带皮烤的马铃薯配一点酸奶油，再来一个巧克力花生黄油派。晚饭后我打了个盹，晚上十点半被自己的手机闹铃吵醒。我旁边那个女人还在跟谁"煲电话粥"。"哎呀，我是不是按到免提了？不，不行。她说要不要减少预算，我说绝对不行。"她身材肥硕，穿着一身黑，皮夹克的兜帽戴在头上。虽然是个膀大腰圆的女人，她的声音却异常轻柔，带着点小女孩的感觉。虽然戴着耳机在听音乐，我仍然能听到她不时地"嗯哼，嗯哼，嗯哼"。

我浅浅地睡了好长时间，突然间坠入了噩梦之中，仿佛掉进海明威想象中的某个鳟鱼游弋的深深池塘。梦中，我的一个前男友正要上吊自杀，对了，他也是个酒鬼。我惊醒了，心跳得厉害。很晚了。我看着窗外。列车正经过山丘起伏的乡村地区。是蓝岭山脉吗？我想了想几乎已经烂熟于心的路线，从时间上来推断，应该是接近克莱姆森了，美国历史上有个从副总统位置上辞职的人就来自这里。天啊，我真是筋疲力尽了。我感觉自己的皮肤好像完全不对劲了，好像被谁从里面拉扯出来，彻底翻了个面。

我终于还是挣扎着站起身去上卫生间。车厢里熟睡的人们横七竖八地躺着，蜷缩在外套或毯子下面。情侣们互相紧靠着，几乎是脸贴着脸。我还看到一个女人抱着她小小的婴儿在喂奶，她是整节车厢除我之外唯一醒着的人。这一屋子酣睡的人可是人生难得一见的情景，至少在什么事情都要装腔作势的西方国家是少之又少的。医院、寄宿学校、收容所，这些地方我都很少去。所以眼前的情况让我觉得几乎有些怪异和可怕。就像雕塑家亨利·摩尔塑造的"二战"期间那些在伦敦地下防空洞里躲避轰炸的人。他们一排排地躺着，大约都是在睡觉，然而雕塑中传达的那种柔弱无骨、静止不动，竟让人以为这是个临时的太平间。

我回到座位上，又看向一片漆黑的窗外。火车仿佛追随着菲茨杰拉德的堕落轨迹。1935年，他离开巴尔的摩，去了北卡罗来纳的阿什维尔休养，因为医院诊断他得了肺结核。他住在丛林公园度假旅馆（Grove Park Inn），又大又破。大概在那群山之间，在那清洁而轻盈的空气里，有什么东西对他伤痕累累的肺有好处吧。那个夏天他交了个朋友，手相家劳拉·格思里，也住在这家旅馆。他雇了她，既做同伴，又做秘书。劳拉用日记的方式记录下那个夏天的点点滴滴。后来，安德鲁·特恩布尔写了一篇温柔而有深度的传记，就叫《斯科特·菲茨杰拉德》，发表在《君子》杂志上，其中收录了劳拉日记的大部分内容。

特恩布尔是菲茨杰拉德在巴黎和平街住时房东的儿子。他和斯科蒂年纪相仿，比那些从未和菲茨杰拉德产生过交集的传记作者显然更有优势。当然他也看到了这位狂傲天才体贴温柔的一面，他是那么富有同情与悲悯，人格高贵，注重名誉，天赋异禀而又勤奋努力。人们总是说，有的人会被痛苦锤炼得更优秀，特恩布尔笔下的菲茨杰拉德正是如此。和他写的对象不同，这位房东的儿子看上去也是个比较可靠的目击者，很诚实直接地写下菲茨杰拉德的失败，从来没有遮遮掩掩、欲言又止。

他描述了菲茨杰拉德在丛林公园旅馆的房间里永无止境地列着单子。"有骑兵军官、运动员、流行歌曲之类的。后来，他意识到自己正在经历人格的分裂和瓦解，把这种感觉比作暮色阴沉之时，一个男人站在荒凉的山脊上，手里拿着一把没有子弹的步枪，而想打的目标就在下面。"这些都出自菲茨杰拉德的《崩溃》。但引用在这篇传记里却不知为何产生了更强大的冲击力。与此同时，菲茨杰拉德也试图写一些东西来养家糊口，不过过去那种万众追捧、洛阳纸贵的盛景已经一去不复返。住院的妻子和上私立学校的女儿的开销都很大。他还在努力戒酒，就算不为别的，也要为了他病入膏肓的肺。然而，实际生活中，他一边高喊戒酒，一边狂饮"不算酒"的啤酒。

过了一段时间，他放弃了，又喝起了烈酒。一天，劳拉发现他在房间里工作，睡衣外面裹着厚厚的羊毛衫，双眼通红，双腿抖若筛糠。他告诉她，他是想多出汗，把刚喝下去的杜松子酒给逼出来。但他一边抖还一边喝，这个方法注定是要失败的。过了一会儿，他说他可能要吐血了。劳拉赶快打电话喊了个医生，菲茨杰拉德被送往附近的医院。类似的事情在巴尔的摩发生过好几次。他在医院里住了五天，特恩布尔的文章里也写到了相关细节，说他在"避难所般的病床上写完了手里的故事"。

还是那年夏天的某个时候，他告诉劳拉："喝酒让感觉更敏锐。喝了酒，我的情感更清晰，可以写进书里。但越喝得多，就越难保持理智和情感的平衡。我在清醒的时候写的故事很蠢，比如那个算命的故事。都是按照理性写完的，一点儿感觉都没有。"真是很难不把这段话解读为对他自己酗酒的开脱。他本来还在后悔以醉酒的状态写了《夜色温柔》的很多内容，结果就说了这番话。后来，他和劳拉在阿什维尔的群山间漫步，从"烟囱石"山上下来时，他又换了个说法："喝酒能提供一个逃避现实的出口。所以那么多人沉溺于其中。如今的世界充满着悲观厌世和不确定性。所有敏感的人都能感觉到这一点。旧的秩序正在逐渐瓦解，那么新的秩序又将是怎样的呢？到底会不会有新的秩序？这是我们烦恼的问题。"

我喝酒，是因为酒精有利于工作。我喝酒，是因为我太敏感，无法在没有酒精的世界生存下去。这种借口至少成百上千，但最让我印象深刻的却不是出自菲茨杰拉德之口。这借口来自海明威写于1950年的一封信，那时候距离菲茨杰拉德在好莱坞心脏病突发而死已经过了差不多十年。当时他正在吃一块巧克力，读着普林斯顿的新闻通讯，就那么毫无预兆地去了，死亡的威力谁也逃不过啊。海明威的信是写给阿瑟·麦兹纳的，后者是为菲茨杰拉德作传的第一人。信里海明威自说自话地写了些遮遮掩掩的实话。他深入到故去老友生命困境的最深处，像个"事后诸葛亮"一样，说酒精是个"巨人杀手"，但他很多时候也不能没有这东西。至少离了它会愁思百结。而对于菲茨杰拉德来说，这不是什么佳酿美餐，而是致命毒药。

这话真是既纠结又奇怪。巨人杀手般的东西，令你欲罢不能的毒药。这话直击人心，如同《麦克白》中，门房那番关于酗酒的言辞："所以多喝酒，对于淫欲也可以说是个两面派：成全它，又破坏它；捧它的场，又拖它的后腿；鼓励它，又打击它；替它撑腰，又让它站不住脚。结果呢，两面派把它哄睡了，叫它做了一场荒唐的春梦，就溜之大吉了。"

· · ·

我应该是又睡着了，列车有节奏的摇晃很容易让人平静入眠。醒来的时候，天空已经泛着粉白的霞光。远处有成群的楼房，其中一栋上竖立着无处不在的"富国银行"的标志。亚特兰大到了。果然，车上的喇叭又响了起来，说："列车已经到达佐治亚州亚特兰大站。想下火车呼吸新鲜空气的旅客请自便。但请不要离开站台。佐治亚州亚特兰大站到了。"站台上的钟指向7:50。但我有种感觉，昨夜我们肯定跨越了一个时区。我浑身僵硬，肚子很饿，四处走着，嗅着这新鲜的、似乎比纽约的要柔软和芬芳的空气。

一个小时后，列车再次启程，天边的粉白已经完全变成了金色，经过的所有树都绿得郁郁葱葱。啊，这一片绿意！昨天晚上感觉还是冬天，现在一下子就进入暖春了。鸽子成群结队地飞着，翅膀伸展开来，看上去快乐极了。天空之下的城市边缘看上去有些荒凉。我拍了张照片，记录了一个废弃的砖墙厂房。屋顶已经不知所终，低一点的窗户被板子封死了，上层则敞开着，任凭风吹日晒。工厂旁边有个玻璃温室，看得出是有人故意砸烂的。有的地方根本没有玻璃，暴露着一条条铁梁，缠绕着野葛。这种凶悍的藤蔓植物虽然是外来物种，但已经成为美国南方最引人注目的野生植物。后面我还看到一整座山都覆盖着野葛，不过都是死气沉沉的稻草的那种棕色，散发着诡异的气息。除了几棵半死不活的松树，什么也没有。

坐我后面的女孩正在和乘务员说笑。"我们还没通过哥伦比亚特区？"她问道，"我们睡了好一阵子了，不知道到哪儿了。"乘务员回答："你可把我问住了，问住了。"几分钟后乘务员又发现一个穿洋基队[1] T恤的小伙子。"洋基队！在南边儿你还敢穿洋基队的衣服？哦，天哪，你在想什么呢？赶快偷偷换件叛逆队[2]之类的衣服，这样就没人注意你了。"我去了餐车，吃了顿胡乱混搭的早餐：咖啡加橙汁，麦片粥加一块玉米面包。桌上的花瓶上插着一枝红色康乃馨，窗外掠过丛林与农田，带前廊和美国国旗的白房子，宽阔的道路和铁轨平行。列车从一片松树林呼啸而过，林子里有一条条小溪，倒映着蓝蓝的天空。还有我在华盛顿见过的那种红顶树木。

我还在回味海明威的话。对于菲茨杰拉德来说，酒不是佳酿美餐，而是致命毒药。但海明威显然觉得酒是自己的生命之源。1935年8月，就在海明威写信严厉斥责菲茨杰拉德的几个月前，他在基韦斯特写了一封信，主要就是为自己的酗酒开脱，像位忠诚的教徒。

1　纽约市的棒球队。

2　克利夫兰市的棒球队。

我从十五岁就开始喝酒，很少有东西能给我带来如此的愉悦。一整天都从事着繁重的脑力劳动，一想到第二天还要这么绞尽脑汁、冥思苦想，那除了威士忌，还有什么能让你摆脱这样的愁思，暂且轻松痛快一番呢？只有写作或打架的时候，酒精才对你没好处。这两件事情都得清醒着来。但喝了酒以后我拿枪一般都更有准头。说起来，现代生活往往是对人的一种机械的压抑，而酒精呢，则是唯一的解脱。

直至生命尽头，当他几乎被抑郁症、酒精和头部伤痛复发这三座大山压垮，当他的生活几乎完全失去平衡时，他仍然坚定不移地相信酒是世间神物，能提升人的意志，丰富人的生活。他的所有文字都洋溢着酒气，但最明显的还是在《渡河入林》和《流动的盛宴》这两本后期的作品里。第一本是一部长篇小说，出版于1950年，主人公是位身在意大利的美国上校（又是意大利），战后不久来到威尼斯，打野鸭子，见他的爱人，那个十九岁的伯爵小姐。他还爱称其为"女儿"。海明威也是这样称呼所有令他喜爱或产生欲望的女性的。书里描写了很多奢靡的场面，人们暴食狂饮，令人在厌倦之后仍然感到有些不适。上校是那样执着于事情的真实与否，对错误或虚假的东西感到深切地焦虑，却又不敢说出自己的想法。他这种近乎强迫症的行为，似乎是因为战争带来的心底的伤痛与崩溃。不过在海明威同一时期写下的书信中，也能发现一些端倪。

《流动的盛宴》在1964年海明威作古之后才得以出版，由他的遗孀编辑。这一部通篇都要比上一本更为轻盈。虽然字里行间还是充满了要做海明威最佳作品的好胜心。这是一本有关巴黎生活的回忆录。那时的他新婚宴尔，有个小儿子承欢膝下，每日在咖啡馆写作，品尝烤栗子、柑橘和香肠。有时候会发个呆，注视着一辆辆单车轻快地飞过。有时候也去奥地利福拉尔贝格的高山间滑雪。真是简单而美好的时光。书里还写到他们去格特鲁德·斯泰因[1]的公寓拜访。她招待他们喝"用紫李、黄李或野覆盆子经过自然蒸馏的甜酒。这些都是气味芳香而无色的酒，从刻花玻璃瓶倒在小玻璃杯里待客的"[2]。光看文字，这便是无上美味的美酒佳酿，一口下去，该有多么甜美，多么滋养人的心肝脾肺啊。

但菲茨杰拉德肯定没有这么享受。书里一直有提到他，字里行间都在呈现他作为一个酒徒的形象。这些令他泥足深陷的饮宴就是在野狗酒吧开始的。菲茨杰拉德喝醉了，就海明威的作品发表了一番令人难堪的演讲。海明威则坐在那儿，脸部抽搐着，怀着恶意打量着这位老友：长长的、具有明显爱尔兰风格的上唇，微微出了些汗；"布克兄弟"牌的衣服和假的名牌领带，后来菲茨杰拉德恼羞成怒地否认自己的是假货。海明威甚至还评价了菲茨杰拉德的双腿有多短（再多来几厘米，就是"正常的"长度了。海明威能说出这样的话，显然已经和老朋友之间生了嫌隙，要迫不及待地自己来做文学的标杆了）。

他们喝了一两瓶香槟。过了一会儿，奇怪的事情发生了。菲茨杰拉德脸上的皮肤本来有些松松垮垮，这时突然紧了起来。接着他的双眼深深凹陷下去，他突然"脸色蜡黄。这不是我的想象。眼前真的是一个已经死亡的头颅，或是一副死亡面具"。海明威想叫救护车，但酒吧里另一个菲茨杰拉德的熟人却没那么上心。他说，酒精对他就有这样的作用。所以，他们就把他送上了回家的出租车。但海明威还是一直为此心神

---

1 美国作家与诗人，但后来主要在法国生活。

2 译文引自海明威著作《流动的盛宴》，汤永宽译，上海译文出版社2009年版。下文所有出自《流动的盛宴》的文字皆源于该译本。

不宁。

几天后的傍晚，两人在一个露天平台上又见面了。他们坐在一起，看着来来往往的行人。这次，菲茨杰拉德充满了魅力，很会巧妙自嘲，而且富有幽默感。虽然喝了两杯威士忌和苏打水，脸上却丝毫没有野狗酒吧里那种可怕的"化学变化"。谈话中，他建议来一次更大的"冒险"。他有辆车落在里昂了，问海明威愿不愿意和他一起去取车，再开车回来？当然，这就是1925年6月，海明威在给珀金斯的信中提到的那次"美妙旅程"。

我们来看一看《流动的盛宴》里描述这个旅程的"新版本"，完全就是灾难。菲茨杰拉德没按时赶上火车，那辆车连车篷都没有。一天早上，他们漫无目的地闲逛，花钱吃很贵的食物，又不怎么好吃，真是浪费。他们回巴黎的路也布满坎坷，一路风雨交加，很多时候都躲在树下寸步难行，只是一瓶又一瓶地和对方干着葡萄酒。几个小时后，菲茨杰拉德觉得自己得了肺炎，坚持要去找个旅馆。他像蛮横的女明星一样大吵大闹，非要海明威去买个体温计，还说如果一命呜呼，要他照顾自己的妻女。几杯威士忌下肚后，他终于不说胡话了。很快他就恢复过来，还出去吃了顿美味大餐，当然少不了一瓶"蒙塔尼"（Montagny），这是附近产的一种低度美味的白葡萄酒。

这个故事挺有趣的，但读完后心里总感觉不是那么回事（约翰·契弗读完这个故事，说感觉好像遇到了"那种乳臭未干的青春期小伙子，一直没变过"）。菲茨杰拉德面对酒精的无力和臣服显然让海明威既困惑又鄙视。作为一个医生的儿子，他以带点医生专业的口吻写道：

要把他看作酒徒并不容易，因为他只受到那么少量的酒精的影

响。当时在欧洲，我们认为葡萄酒是一种像食物一样有益于健康的正常饮料，也是能使人愉悦、舒畅和喜悦的伟大的赐予者……我无法想象吃一顿饭而不喝葡萄酒，或者连一杯果酒或啤酒都不喝……我从没想过，喝几瓶相当低度的白干竟然会让菲茨杰拉德身上发生化学反应，把他变成一个傻瓜。那天早上我们喝过威士忌和巴黎水，但那时候我对酒精（对他）的影响一无所知，无法想象一杯威士忌会对一个冒雨驾驶敞篷汽车的人造成伤害。酒精应该在很短的时间内就会氧化掉的。

他觉得喝酒"和吃饭一样自然"。后面他又自相矛盾地补充说："不论他喝什么，似乎对他都太刺激，接着便使他中毒。"

他的整个分析都不太准确。首先，酒精就是毒药。每个单位含有7.9克乙醇，能够抑制中枢神经系统，还会对人体产生可观的短期和长期影响。迅速摄入大量酒精可能抑制呼吸，甚至引起昏迷和死亡。而长期摄入酒精会对肝脏和其他多个人体器官造成严重损害，比如外周神经系统、心脏、胰脏和大脑。

所谓"酒精氧化"的说法也是伪科学。酒精会在血液里聚集，因为其吸收比氧化和消失的速度要更快。很多时候都是通过肝脏来完成的。不过，他最生动的描述，还是关于菲茨杰拉德对酒精的敏感。菲茨杰拉德所经历的这种突然而持久的耐心缺失，大概就是酗酒后期的一种临床表现。海明威认为这是一种罪恶的标志。不过很明显，他有个错误的观点，他认为对酒精的高耐受性是身体健康的表现，也是"爷们儿"所追求的品质。

海明威对酒精的耐受程度简直是个传奇。里昂之旅结束后的几个星期，他写了封信，吹嘘说喝威士忌可以千杯不醉。但至少在那个时候，他不知道，对酒精的耐受力正是酗酒的主要症状之一。如果一个人对酒精有着很高的耐受力，那此人的身体通常相当依赖酒精。最近的研究也证明，对酒精的低敏感度和天生的高耐受度也许在酗酒这种病症发生、发展的过程中起到了很大的作用。

《默克诊疗手册》中提出："有证据表明，某些人在基因或生物化学方面具有这样的趋势。包括一些数据也显示，某些酗酒者比较不容易喝醉，也就是说，他们中枢神经系统的承受能力比较强。"约翰·契弗的情况也比较相似，他甚至和那些他总是拼不对名字的整天豪饮的俄国作家叫板："我能把他们喝趴下。一杯接一杯，都干了。什么问题也没有。而我的酒友们都喝得烂醉了。"

看看这些豪言壮语，很显然，十五岁起就迷恋上杯中物，比起与人对话，更信赖朗姆酒的海明威，也和菲茨杰拉德一样，陷入了嗜好酒精的危险之中。他每天都需要喝大量的酒。想想《流动的盛宴》是怎么写成的就知道，不用提到里面那个滑稽又心酸的故事，他们也会直截了当地否认自己有酗酒的毛病。

据说，《流动的盛宴》灵感源于一次偶然的发现。1956年11月，海明威和第四任妻子玛丽住在巴黎的丽兹酒店。管理人员给了他两个发霉的箱子。这是他1927年时自己放在这儿保管的，但完全抛在脑后，忘了取回。海明威去世后，玛丽写了很多回忆文章，其中一篇中写到，管理人员交给他"两个盖着布的长方形小箱子，都有些开裂了……行李部的人很容易就撬开了生锈的锁，海明威眼前出现了写满铅笔字的一本本黄蓝色封面笔记本和一摞摞打了字的纸，还有老报纸的剪报，老朋友们画的拙劣的水彩画，几本发黄褪色、几乎开裂的书。还有几件发霉的汗衫和几双很旧的凉鞋"。

还有人给出了些微不同的说法。海明威的朋友霍齐纳声称箱子开锁时自己也在场，说只有一个箱子，里面"装满了旧衣服、菜单、发票、备忘录、打猎和钓鱼的用具、滑雪装备、赛马新闻、报纸，等等。最底下的东西让海明威发出开心的惊叹：'哦，笔记本！原来它们在这儿呢！'"。一丝不苟的作家卡洛斯·贝克为海明威作传时，把他存储箱子的时间纠正了，是1928年。海明威和当时的妻子宝琳·费孚正好离开巴黎，前往佛罗里达。不过，虽然在细微之处有些争议和差别，但大家几乎一致认为，是那些笔记本的发现催生了《流动的盛宴》。

当然也不是所有人都这样认为。学者杰奎琳写过一篇文章，标题很吸引人，叫作《丽兹酒店文件之谜》。文中指出了上面这个故事的疑点。根据她的说法，海明威是个酷爱写信的人，但翻遍他那么多的信件，却没有留下关于这次发现的只言片语，当时没有，之后也没有。杰奎琳怀疑，这次发现其实是伪造的，给海明威提供另一个有力的借口来——描写评述老朋友们。在文章结尾，杰奎琳引用了海明威的一段话：

> 最好的作家都是谎言高手，这再寻常不过了。他们的主要工作就是编织谎言或者发明创造。喝醉的时候，他们一定会撒谎，要么骗自己，要么骗陌生人。他们常常无意识地撒谎，过后回忆起来时总是追悔莫及。如果他们得知其他作家也会撒谎，一定会非常高兴的。

我不知道这些生锈的旧箱子是不是真实存在过，但我开始意识到，这个关于《流动的盛宴》诞生的故事中，其实有完全不同的另一层意思。玛丽·海明威写这次发现的文章最初是发表在《纽约时报》上的，她提到，当时丈夫"严格遵守非常清淡的饮食要求，以求减少血液中的胆固醇含量"。不过，再挖掘深一点，我们就会发现，写这本书的同时，海明威在遭受着酒精对自己身体前所未有的荼毒。

. . .

1956 年，海明威到达巴黎前的几个星期，马德里的医生胡安诊断他患有肝炎，血压和胆固醇含量也在升高。遵照医嘱，他需要遵循清淡的饮食，减少饮酒（一封信里说，每天最多喝五盎司威士忌和一杯葡萄酒），但效果不佳。几个月后，在海明威位于古巴的庄园，他的家庭医生制定了更为严格的食谱。从海明威的书信往来可以发现，这个过程很不容易。1957 年 6 月 28 日，在一封写给朋友阿奇·麦克利什的信中，他说自己的体检结果不太好，所以晚上那杯葡萄酒也不能喝了。但也不能一下子戒断，否则对神经的伤害太大了，因为他从十七岁甚至更早的时候开始就用酒来"泡饭"了。他又说酒精对自己的精神和社交也造成了一定的困扰，但又说再戒三个月的酒就又可以喝了，那时候再来检测下自己的酒量。他写到在人生遭遇困境时，真是杯酒解千愁。本以为酒能陪伴自己一辈子，没想到要暂时割舍。紧接着又说，无论如何十个小时以后他要去喝一杯好酒，才吃得下晚饭。

夏末，他的身体开始康复，于是又开始喝酒，只是比之前收敛了些。不过，我还是很好奇，海明威与自己对酒精的依赖对抗的过程中，到底告发了多少对菲茨杰拉德的攻击。其中大部分是在戒酒那一年写成的（玛丽说，自己帮他打了三百页三倍行距的相关内容）。毕竟，人人都更愿意扮演医生而不是病人。正如这之前的多年，菲茨杰拉德写给珀金斯信中悲伤的措辞："我是他的酒瘾患者，正如有人比我更严重。"

不过，让我心烦意乱的还另有其事。海明威在信中怎么说的来着？

说酒精是个"巨人杀手"，但他自己很多时候也不能没有这东西。至少离了它会愁思百结。而对于菲茨杰拉德来说，这不是什么佳酿美餐，而是致命毒药。"巨人杀手"到底是什么意思？我很欣赏一位批评家阿尔弗雷德·卡津，他说"巨人"就是美国，还有那种喝酒给人带来的高人一等的优越感。我不是很赞同这个说法。想象菲茨杰拉德在丛林公园旅馆的房间里，睡衣外面套着厚衣服，一边灌酒，一边试图通过流汗把酒精排出去。《默克诊疗手册》中如此描述酒瘾发作的表现：

> 包括滥用酒精在内的不正常饮酒可能源于想攀升到更兴奋的精神状态的欲望。一些酒徒发现这种感觉相当好，所以不断试图去达到那个状态。长时间滥用酒精的人在性格上都有一些共性：被孤立的感觉、孤独、腼腆、抑郁、依赖、满怀敌意、自我毁灭的冲动和性晚熟。

我想巨人就是以上这些东西组合在一起。但最大的巨人应该是恐惧。格里高利·海明威为父亲写了回忆录《爸爸》，文字酸涩而温柔。他回忆起1942年夏天，躺在哈瓦那的家里，医生说他得了小儿麻痹症，在当时是致命的疾病。而父亲晚上也和他肩并肩躺在小床上，给他讲在密歇根的河里钓鱼的故事，讲小时候很害怕的一些场景。海明威回忆起那些日子不断造访的一个噩梦，毛茸茸的巨怪，每天晚上都在长高，每次都在就要张开血盆大口吃掉他时跳过栏杆跑远。他说恐惧是非常自然的感觉，不用为此觉得羞愧。克服恐惧的最佳方法，就是控制你的想象。

真有趣，那些鱼儿游弋的小河是他内心深处对抗恐惧的良药，也能够安慰一个深夜感到害怕的孩子。控制想象是一方面，但除了给自己讲宽慰人心的故事，也许还能找到其他替代品，神奇的替代品，能够让你不费吹灰之力就得到安慰，让你能在这"机械的现代世界"里得到解脱。成瘾研究所所长佩特罗斯·勒弗里斯说这就是"自我治疗"：用酒精摆脱那些无法忍受的感觉。

问题在于，我们都能看到，一杯酒，无论是一小杯无伤大雅的葡萄酒或威士忌，还是在巴黎格特鲁德·斯泰因的客厅里喝下的香甜果酒，这些都会影响中枢神经系统，创造出一股突如其来的美好冲动，用海明威的话来说，让人感觉"满足、幸福和愉悦"，接着恐惧和冲动就渐渐消失了。但接着，当一个人对酒精产生依赖，大脑就开始针对酒精的抑制作用做出补偿反应，增加兴奋性的神经递质。这就意味着，一旦停止喝酒，即使只是短短一两天，兴奋性的神经递质就会表现出来，变成突然的焦虑，情况前所未有地严重。一份以此为主题的医学报告用非常优雅的语言做了解释：

> 依赖酒精的人停止饮酒后，生理上的反应是化学性的，让神经系统过度激动兴奋，易受刺激，因为那些使人产生冲动、压力或兴奋的化学物含量水平改变了。停止喝酒时，大脑会产生更多的降肾上腺素，这种化学物质可能会引起一些戒断症状，比如血压升高和心率加快。大脑的这些"假运动"使得患者迫切需要平静下来，只能通过酒精的再次摄入达到目的。

一团糟，真是一团糟。我想象着那时候的海明威，身在1926年秋天的巴黎。他浑身僵硬地躺在床上，听着淅淅沥沥的雨声。他在脑子里虚构着一个男人，而这个男人又虚构出一条条河流，在船上与他们坐在一起，钓鱼谈笑，偶尔又消失不见。他就这样躺着，想着，直到旭日东升，他才略感安全地闭上了眼睛。

. . .

亚拉巴马州是一片无垠的红土，树上缠绕着紫藤。在乡间路上松树林的深处，火车停了。周围特别安静。一根松针在温暖的空气中懒洋洋地掉落。我旁边的女人又开始喋喋不休地打电话："现在到塔斯卡卢萨了，估计一点十五能到。咱们三点见。好的，宝贝儿。"又一辆货运火车从旁边缓缓开过，车厢还是涂着那种带点泥土感觉的棕色和红色。

塔斯卡卢萨到默里迪恩之间全是绵延的森林。山丘上堆满了骨灰色的原木，一根根被劈开，因为风蚀的作用，显出各种奇妙的形状。接着列车开到开阔的草地，奶牛在悠闲地吃草；远处布满波纹铁板房的树林里也有一块块可以放牧的空地。小房子有的漆成白色，有的漆成薄荷绿，或者直接露着铅灰色，布满餐盘大小的锈迹。

我和餐车的一个女服务员攀谈起来。她来自纽约，头发挑染成金色。"到了新奥尔良，"她说，"我们都要出去找找乐子。"又有货运火车咔嗒咔嗒地开了过去。沙色的奶牛在沙色的草地上小憩。另一个服务员小伙子麦克专门走到我餐桌前，颇有深意地小声提醒："小心有熊。"沿路看到的房子我都特别喜欢：房前屋后都缠绕着紫藤，前廊上有秋千，还有电影《与歌同行》里那种挂在架子上的渔网。田野上有一棵巨大的橡树，下面是一片墓地。有的墓碑边散落着几束脏脏的丝绸扎花。

我望向远处，又将目光收回。有的坟包上还没有立墓碑，很空旷，显得无比忧伤。目之所及，几乎全是这片墓园。而尽头是一排圣诞时可以装点千家万户的树木。等我再转头望向窗外，铁轨边是一排木屋。每一栋都有前廊，外墙漆成了海边常见的那些颜色：纯白色、奶油色、橘黄色、天蓝色。一栋房子门口的台阶上铺着绿色的地毯，另一栋的前门上挂着一个粉色的手工花环，用的是假花。

中部时间18:30，列车停靠在密西西比州的皮卡尤恩。阳光照着水塔和加油站，晃得我看不清楚。对面的铁轨上也停着一列火车。这站开出去以后，景色就开始变了。我们正向着有着宽广河流的乡村驶去。树从水塘和浑浊的河流中长出来，枝叶的阴影罩在银、蓝和浅金色交织的水面上，仿佛林间奇异的光。

我后面的女孩们热络地聊着天。列车就要到终点了，她们有点兴奋。"我认识不少男的，比较喜欢用女人的除臭剂。"其中一个说。说着说着又逗起旁边一个有深色头发的小男孩："你喜欢钓鱼吗？你钓到什么了，小乖乖？最大的有多大？七磅，哇！"突然间窗外出现了宽阔的河流。我一开始以为列车正经过墨西哥湾。不过几天之后我才意识到，应该是庞恰特雷恩湖。卡特里娜飓风经过以后，湖的两岸一直满目疮痍。

湖上的大桥很长很长。日落时分，坐在右边的我算是占着个上好的"观景位"，被夕阳的余晖笼罩着。光影中有两个男人在钓鱼。远处似有烟雾飘过，接着还有像是海上油田类的东西，在玫瑰色的天际线旁边呈灰色模糊的一团。也许只是远处的海岸线，因为再定睛一看，有三四座酒店模样的建筑，有着圆圆的穹顶。从这儿看这一切都太可爱了，仿佛某种悬浮城市的哨所。过了十几分钟，我才意识到，眼前这就是新奥尔良啊，毕竟这是个靠海的城市，在密西西比河三角洲上拔地而起，建立在湖泊、河流与海湾之间的沼泽地上。

列车开到海岸边时，天边真是风云变幻，气象万千。云朵的上半部分有点淡淡的紫色，下半部分则是斑驳的橙色。万物的影子都被镀上了紫罗兰色的边，棕榈叶直指玫瑰色的天空。接着奇怪的事情发生了。列车突然停了一会儿，等重新开车时，我看到一个男孩站在铁轨上，一只胳膊抱着一个纸箱，另一只手比着手势。他的嘴巴一张一合在说着什么，但周围又没有其他人。

我们经过了梅泰里公墓。"这些墓怎么没沉下去？"我后面那个女孩问道。她的朋友回答："他们在地下打了桩。地下不到一米的地方就全是水了。"接着，列车开到了一个地方，毫无疑问是个大城市的市郊。桥墩上架着高速，但我看到了红色的尾灯和停车标志，让人有点困惑。乘客们纷纷从座位上站起来，在过道上走来走去，从包里拿出外套披上。前面的那个墨西哥男孩还穿着他的洋基队 T 恤。我心里突然涌起一阵难以抑制的激动。车门开了，空气涌进来，很温暖，很潮湿，像一颗美味的太妃糖。"如果说我曾有家，"田纳西·威廉斯曾经写道，"那就是在新奥尔良。这里所赐予我的，比全美国任何地方都要多。"《欲望号街车》里斯黛拉的台词也为这句颇有深意的话做了补充，她说："新奥尔良完全不同于其他城市。"

第四章　起火的房屋

　　我迅速下了火车，走入新奥尔良潮湿的空气中。那一刻我突然意识到，想把新奥尔良拼成一个完整的意象，几乎等同于痴人说梦。这里和我去过的任何地方都完全不同。只是有时候那种驳杂的风情让我想起埃塞俄比亚的首都亚的斯亚贝巴，尤其是夜晚。花园区的富人们住在姜饼屋一样华丽的豪宅里，街道空空如也，只偶尔慢悠悠地开来一辆货车，用和步行差不多的速度绕几个圈，车身上很小心地刷着一个私人保安公司的标志。那里的空气仿佛有种魔力，飘散着茉莉花的香味。但是乘一辆公交车来到老城的法国区，就完全是另一番景象，骡子随意在街道上吃喝拉撒，空气中散发着恶臭，久久挥散不去，仿佛含着剧毒，恰如《欲望号街车》结尾，布兰奇·杜波依斯的台词。他说教堂的钟是这里唯一干净的东西。

　　我从没见过如此破败的地方，也从没见过能够以如此面貌示人、勾引着所有游客最原始冲动的地方。我在波旁街上看到闪亮的巨大招牌，提供"大臀啤酒、鱼缸鸡尾酒和樱桃炸弹"。目之所及，到处都是真人般大小的半裸女郎，穿着风骚的内裤，或者两两骑在双人自行车上，头发还扎成女中学生的麻花辫。"法律边缘俱乐部""靓宝贝卡巴莱舞""拉里弗林特的妓女""波旁街的布鲁斯"。这些字眼从我脑海中闪过。一个女孩怒气冲冲地尖叫着与我擦肩而过。那边的街上一个简陋的爵士乐队正开始尽情摇摆。

我想要寻找的是二十世纪四十年代田纳西曾经栖身的那个神奇城市。那是1946年的秋天，他住的公寓是一生中最棒的。就在圣彼得街上，那栋房子属于一个古董商，公寓里摆满了美丽古朴的家具，天窗下有一张很长的餐桌。阳光从天窗照射进来，上午在房间里写作的感觉真是棒极了。田纳西一直保持着这个习惯，即使在人生最糟糕的阶段也没放弃过。每天东方破晓，他就早早起床，拿着一杯黑咖啡坐到桌边，在哈特·克莱恩的照片旁边摆好打字机。多年后，他在沉思中回忆起略低于海平线的新奥尔良，对那里低低的云和天空，以及密西西比河上飘来的水汽颇显怀念。

　　就在前一年的冬天，《玻璃动物园》在纽约首映之前，他已经开启了新剧本的创作。1945年3月，他给代理人奥黛丽·伍德写信，他提到自己的新作品已经写了五十五页到六十页的样子，是关于两姐妹的，两人是南方没落望族的后人。妹妹斯黛拉下嫁给了一个英俊但很粗俗的男人，搬到另一个南方城市。而姐姐布兰奇一直待在破败的家中，五年来一直挣扎着维护旧的秩序。接着他提出一系列备选剧名："飞蛾""布兰奇的月中之椅""原色"和"扑克之夜"。当然，最后这部剧作定名为《欲望号街车》，也成为他所有剧作中最著名的一部。

　　在圣彼得街明亮的天窗下，他又开始写这部剧。整个夏天他都有些忧郁：有种沮丧和低沉的感觉。腹部长时间间歇作痛，让他不堪重负，怀疑是不是胰腺癌早期的征兆。到十二月，他确信自己就要驾鹤归西了，所以饱含着新生的怒气疯狂地开始写作新剧，从一大清早一直写到下午两三点。接着出门去，要么找个酒吧一醉方休，要么找个游泳池减轻压力。

　　一般来说，他喜欢去街角的"维克多酒吧"，他会点一杯很棒的白兰地亚历山大鸡尾酒，把有《如果我不曾在乎》这首歌的唱片放到唱机上。一个三明治下肚后，他会慢慢走到兰帕特街上只对男性开放的运动俱乐部，围着优雅栏杆的走廊下面有个温泉泳池。在这里，你可以欣赏泳者们的美妙身躯和姿势，也可以享受别人目光中的欣赏。

这个大都市市井亲切，包罗万象，毫无羞耻之意，处处荡漾着性爱的春潮。这些特质在《欲望号街车》里得到了深切的体现。确切地说，这座城市是第一个出场的"人物"。翻开剧本的扉页，就能看到田纳西热衷的那种歌一般的"定场长句"。他说新奥尔良有着粗鄙的魅力。那些山形墙繁复美丽，各个种族欢聚一堂，所有的窗口都飘着钢琴弹奏的布鲁斯，五月的天空是特别柔和、近乎绿松石一般的蓝色。你甚至能感觉到河边仓库外河流的温暖气息，还有淡淡的香蕉和咖啡的味道。

我可闻不到香蕉的味道。但等到天色渐暗，我开始目睹他文字中的精妙。就连四层的大型药店CVS都很美，那一条条红色的霓虹灯闪烁着，说不出的迷人，棕榈树之间电车轨道穿行而过，夜幕降临之前，天色会呈现一种特别的苍白。我走进皇家街上的"皇家酒吧"，要了一杯啤酒和一盘烤牡蛎。时值下午六点，酒吧里还是空荡荡的。"今晚是狂欢节[1]"，酒保说，"我们等着瞧。"

出了酒吧，正赶上一个婚礼爵士乐队游行而过，大家挥舞着手帕，转动白色的雨伞。这是我碰到的第二个类似的婚礼了！新娘停了下来，一个男人拥抱了她。男人身穿紫绿相间的衣服，戴着小丑的帽子，正是狂欢节的服装。虽然我觉得这个脸上抹着金色颜料的男人只是当地招徕游客的伎俩，但他还是代表了这个城市的一些独有的核心特点：多姿多彩，鱼龙混杂，蔑视规则，天马行空。

布兰奇一下子闯进我脑中。也许是因为那白色的手帕，或新娘的蕾

1　全称"马尔迪·格拉斯音乐狂欢节"，是当地的传统节日。

丝婚纱。布兰奇就像一只飞蛾，展开羽翼，不顾一切地朝着光亮的地方飞去。她喜欢美好的幻觉和漂亮的影子，也因为同样的原因爱好饮酒：这些都是一种保护的方式，让她不去在乎周围凌厉的目光和恐怖的现实，纤细柔弱的她无法独自忍受这些。她来到妹妹斯黛拉的家中，第一件事情就是灌下了半杯威士忌，好平复就要一发不可收拾的焦虑。整部剧中她都离不开酒。到了什么地方都要疯狂地找酒。她脑中响着魔鬼一般的音乐，喝酒就是为了逃避，为了不让那种大灾将至的绝望感压垮她。而她那个强壮而粗鄙的妹夫斯坦利，暴露了她所有的秘密，毁掉了她本来唾手可得的幸福，接着在妹妹的床上强奸了她，最终把她送上了疯狂之路。

· · ·

第二天早上，我按照预订，去参加广告上说的"田纳西·威廉斯足迹寻访之旅"。正式开始的时间是上午十点。但我担心电车会不准时，于是很早就起了床，来到还空空荡荡的法国区。波旁街上有几个男人提着一桶桶肥皂水清洗人行道，昨晚的狂欢节留下一片狼藉，珠子亮片，烟头垃圾，他们把这些东西都处理掉，味道强烈的清洗剂混合着那种无处不在的气味更加刺鼻。

索尼斯塔酒店也很安静，门口"欲望"两个字的霓虹灯在白天显得有些忧伤。我在大堂找了个座位，大理石的花盆里插着那种像热带鸟类的尖嘴的花。大厅的远端有几排电话亭，复古的装置让我心中怀旧的情感更浓，对于什么事情都习惯早到的人，这种感觉很熟悉，如同在演员还未上场前，独自一人来到空荡的舞台上，看着眼前的布置。

我旁边的椅子上坐着一个在等待的男人，他周围有很大一堆行李。

男人有点胖，穿着一件橙色的运动服，脚蹬一双荧光白的运动鞋。过了一会儿，一个女人顶着蓬松的蜜糖色头发，"噔噔噔"踩着高跟鞋向他走来，还隔着好几米远就风风火火地开了口。"我们还没准备好，你得等等。""那你为什么让我把自己的东西拿下来？"他问了个很合理的问题，她却把话堵了回去："我可没让你拿。"接着转过身，踩着高跟鞋走了。他坐在那把红色的椅子里，非常沮丧，心烦意乱。那张充满伤痛的宽大脸庞让我不禁想起爱丽丝在历险时从公爵夫人手里救回的那个抽泣的小婴儿。

我本想安慰他两句，但报团的众人已经开始在前台旁边一个小招待室集合了。女导游诺拉，脸上有星星点点的雀斑，脖子上挂的草帽非常显眼。这一屋子的人看上去都比我年长三十岁，我们一起走上街，像鸭子似的跟在诺拉后面。一个六十出头的男人走到我身边，说："听你口音，不是这边的人吧？"他很快告诉我，他的女儿就在苏格兰的大学学大提琴，还修了双学位，希望以后能做个律师。

接下来的两个小时，我们就并肩走在狭窄的街道上，有一搭没一搭地聊天，比如以前老区多脏，二十世纪六十年代怎么差点就被拆了，"graft"（嫁接、移植）这个单词的意思。接着是一个长长的故事，美国总统安德鲁·杰克逊对抗英国人，场景是新奥尔良市郊一片周围长满橡树的草地。与此同时，诺拉则带着我们走过田纳西停留过的各个地方。我们走过他最喜欢的两个餐馆，一个是格拉多尔餐厅，布兰奇和斯黛拉在这里共进晚餐，而斯坦利则攒了个牌局；另一个是比安维尔街上的阿尔诺德餐厅。"田纳西很讨厌一个人吃饭，"导游用轻快的语调告诉我们，"他会跑到一堆陌生人的饭桌那儿，和他们一起吃！"

我脑中浮现出他的样子，在生命中的最后十年，他孤独无依，迫切希望有人陪伴。穿着短裤，戴着厚厚的眼镜，走路歪歪倒倒，大笑起来却从街那头都听得到。接着，导游指着一个货币兑换处，那是个旅馆的旧址，田纳西常来这里寻找一夜风流。我本以为团友们会对此发出些不满之声，结果他们对此完全无动于衷，而是聚在一起，逗着门口的夜莺，看能不能让它开口唱两句。

继续往前走，经过田纳西曾经租住过的公寓楼，有的门窗紧闭，有的阳台装饰得很漂亮，是老区常见的样子。圣彼得街632½号的砖红色墙外，我们驻足欣赏一块介绍《欲望号街车》的黄铜牌。诺拉背诵了剧本里描写云朵的台词，我们都抬头看着清冽的天空，雨燕盘旋着，仿佛在写一封谁也读不懂的信。

我们在街角又停住了，诺拉像个快乐的魔法师一样，狡黠地笑着，变出杜梅因街1014号的钥匙。这是田纳西在新奥尔良唯一的一处产业，他也曾希望自己能在这里终老。我们鱼贯而入，一只大丹犬经过我身边，我伸手去拍它毛顺柔滑的头，它还警觉地闻了下我的手。花园里还种着《回忆录》中所描述的大片橡胶树林，还有个小小的肾脏形状的游泳池，池底有几片叶子在打着圈。

之后好像就没什么可看的了。于是一行人有些分散地走回索尼斯塔酒店。路上那位老同伴问我是干什么的。我说我写了一本关于弗吉尼亚·伍尔夫的书，他以为我在说戏剧家阿尔比的剧作，一下子激动起来。他说他夫人在大学时做过这部剧的导演，还告诉我那场年代久远的演出中的四个演员，如今有三个已经作古：一个自杀了，另一个因为肝病去世，还有一个，他说，是"喝酒吸毒，慢性自杀"。他直视着我的眼睛，告诉我这位慢性自杀的女人有多美，不过又用手腕比了个动作，补充说："但有点胖。"

我们握了两次手，但几分钟后，我在最高法院门口的台阶上坐着歇脚，开始整理今天的笔记时，突然发现自己根本记不清他的样子了。事实上，人群中他每次转头看向我时，我都没有觉得面熟，仿佛我的头脑中有个暗房，而关于他长相的那张照片没能成功冲洗出来。我对此略感慌张，但突然想起这恰恰应了田纳西很推崇的一个观点：人们总是抗拒去结识和了解别人，不管相遇时间的长短。

开始这段旅程前，我一直在读《日记本》，一本公开出版的田纳西日记选集。手稿是写在三十本便宜又不起眼的药店便笺本上的，比较集中的是1936年—1958年，接着是1979年—1981年。这书让人读得心神不宁。1940年5月30日星期四，田纳西用的是速记员专用的活页笔记本，他说德国的大屠杀让他很恶心，接着又说自己的反应很自私，怕德国人的毁灭会波及戏剧。接着他又就此写了一段。接着思维显然是跳跃了，重新用轻快的笔记写了个"我"。这就是他每天写下的只言片语了！

这样的情况总是不断出现，在我看过的所有作家日记中真是与众不同。田纳西写日记的风格也独树一帜，很少反映出作品中的那种笔法。事实上，他日记的宏大主题（顺便说一句，出版的《日记本》有厚厚的868页，全仰仗编者一丝不苟地加上了很多脚注）就是对自己身体这出戏剧的不断编排，也就是以酒精、速可眠药丸和被他称为"便宜酒"的镇静剂为形式产生的性行为、疾病、焦虑和自我冥想。不过从二十世纪六十年代开始，迅速的注射也开始出现在他的"剧本"中。

他在日记中的语气和行文与戏剧作品和文章中的大相径庭，有时候真是很难相信这都出自一人之手。一个胸怀博大，关注人类的痛苦和哀愁；另一个只以自我为中心，关注点不在外部的世界，而只注重内心，仿佛有人在那里举着一个火把，个人任何微小的变化都能让他上演一出好戏，从他的大便状况到他射精后的恶心感觉。

和另一个田纳西相遇并不是令人愉快的事，就像在海明威后期的信件中发现那个恶狠狠地对别人指手画脚，无情攻击的海明威，或者在约翰·契弗的日记中读到潮水般涌来的沮丧和绝望。相比文学作品,这些日记都更原生态,都是信手写来的,所以读者当然本能地相信这些材料才代表了作家们最真实和最隐秘的自我,也就是他们作为一个人的内核。但我不知道,事情是不是真的这么简单。1947年3月16日,田纳西写道,状况糟糕的时候他就会写日记,所以日记里的他看起来特别病态。这句话应该是个提醒和警告,一个人的自我可能是一栋巨大的庄园,而这些日记不过是其中一个小房间而已。

这种观点的一个版本成为《热铁皮屋顶上的猫》中的一个舞台提示。这是田纳西最伟大的戏剧作品,成书于《欲望号街车》之后。《热铁皮屋顶上的猫》像一部经典悲剧一样,发生在一段统一时间里的同一个地点:在"大爹"六十五岁生日的晚上,在密西西比三角洲一个种植园家庭的卧室兼客厅里。"大爹"靠种棉花奋斗成了百万富翁,拥有两万八千英亩最肥沃的土地。他以为自己已经完全摆脱了癌症,实际上却被搞得千疮百孔(癌细胞扩散到他全身的重要器官,包括肺部。现在尿毒症又越来越严重)。那天晚上,事实真相见了天日,不仅是关于他的病况,还有他儿子酗酒的原因。

布里克过去是个橄榄球运动员,用他妻子玛吉的话来说,已经沉溺于"回声泉"中很久了。他的脚踝上打着石膏,是前一晚喝醉了跑到一个高中去跳山羊弄伤的。第一幕的幕布拉开,布里克正在冲澡。玛吉急急忙忙地进来,连珠炮似的表达了对他酗酒的焦虑、夫妻之间的疏远、"大爹"的遗嘱和布里克的哥哥古柏和他妻子梅伊要控制一切的颐指气使。而布里克的思绪早不知道飘到哪儿去了,几乎完全没察觉到这栋大房子里即将到来的暴风骤雨。

第二幕,原本挤在布里克房间里的家庭成员们散开来。只剩下他和"大爹"两人。两人进行了一场充满担心和忧虑的对话,"大爹"带着几分不安试探性地说，布里克和最好的朋友斯基普的关系可能并不完全正常。布里克迅速否认，但剧中的他第一次显得不那么淡定和超然了。在这个重要的时刻，剧作家的自我也在剧本上爆发了，表现形式是一段很长的斜体舞台提示，就写在父子一行行的对话之间。

田纳西说"大爹"是小心翼翼而痛苦的，布里克是激烈和暴虐的，而他们对讨论的问题难以启齿，斯基普本人也不敢承认。也许就是这种为了保住脸面不敢去承认的情况，导致了布里克喝酒的毛病，也许这就是他精神崩溃和堕落的根源。不过也许这只是其中一个原因，甚至都不是最重要的。田纳西说自己希望在群像中找到那种激烈阴郁的真正的人性。他最后说，有些神秘的东西不必说出来，让人物慢慢去表现就好，生活也大抵如此，就连一个人对自我性格的认知也是一样的。

他听起来好像要用某个道理去说服谁，最后这句强调的话尤为明显。事实上，这段话是从角色自己的争吵中抽离了出来，是剧作者本人在和读者对话了。读完第一稿，田纳西长期合作的导演伊利亚·卡赞就相当欣赏《热铁皮屋顶上的猫》，但他觉得布里克这个人物有点不对劲。还有条舞台提示中说，这个结了婚的酒鬼竟然有种超然的气息，就是那种放弃了挣扎的感觉。威廉姆的初稿中，布里克丝毫不掩饰对妻子的冷漠和对家庭的憎恶之情，甚至他得知父亲身患癌症后，还是漠不关心的老样子。他的活力只能被一件很自我的事情唤醒，就是喝掉足够的"回声泉"，好得到那瞬间的灵光一闪：头脑中一切狂躁的声音都静默了，正如上帝突然赐福。

1954年12月29日，田纳西的日记言辞沮丧，说收到友人五页的信，朋友虽然没有明说，却还是对这部剧作表达了不满。他说明白朋友的意思，但觉得对方没能完全清楚自己的想法。不是一切都需要去解决，有个结果，人物也不一定需要"推进"。两天后，在贝弗利山庄酒店的套房里，他写了一封充满激情的信，详细解释了这种出自本能的写作，还详细阐述了他对布里克和他所代表的酗酒人物的想法。

在信中，田纳西详细解释了一个人为什么喝酒。其中有两个原因，第一是他非常恐惧某种东西，第二是他无法面对某种真相。这时候人很虚弱，当然会沉溺进一些习惯中。布里克和斯基普本可以隐秘而甜蜜地相爱，但一旦面具被撕碎，赤裸裸的真相摆在眼前，只好把一切的愁怨都用酒水来浇灌了。

信的结尾，田纳西强调这部剧对自己非常重要，甚至可以说是对自己一生的反映，他不能把它交到别人手里，任由其改动。当然，最后这一句可能是在夸张，想要赢得卡赞的同情。但我不这样觉得，因为在出版的剧作中，这句话也一直重复出现，一开头就开诚布公地对读者说，很多作品都与作者本人息息相关，这是很遗憾的。那些情绪搅得作者本人抑郁丛生，实在是一件很悲哀，很尴尬，且完全无法吸引人的事情。但他又说，无论外在如何改变，这些创作都几乎完全植根于艺术家本人的一些特别的思维和经历中。

· · ·

就算一个作家如此坦诚，如此直率地说了这番话，仍然会有人不服。生活和艺术的相互关系本来就十分敏感，如果说把艺术和受了污染的个人世俗想法剥离开来，有些人可能会觉得尴尬丢脸，而有些人也许乐于支持。不可避免的是，这个令人不悦的主题出现在了"田纳西·威廉斯研究学者讨论会"上，就在我到达新奥尔良的几天后。会议是在田纳西·威廉斯文学节期间召开的，这个文学节已有二十五年的历史，而这年恰好又是田纳西的百年诞辰。

整整一个星期，戏剧中的虚拟城市仿佛渗透进了现实里的城市。城里几乎每家酒店和剧场都在举行着什么活动。有表演，有讲座，街上还在举行一个比赛，参赛者们竞相模仿斯坦利吼"斯黛拉！"的样子，那是《欲望号街车》中令人难忘的一幕。

一天下午，我走过索尼斯塔酒店敞开的窗户，看到卡罗尔·贝克尔在吃午餐。数十年前，她曾在电影《娇娃春情》[1]中饰演了那个幼稚而性感的女主角。现在，她的一头金发已经斑白，褪去了原来的光泽，那张完美漂亮的脸蛋也有点浮肿。昨晚我还在小剧场听她讲述和田纳西长久的友谊。她说他在曼哈顿有一栋公寓，就算用那个几乎人人都"蜗居"的城市标准来看，也是小得过分了。"你为什么不搬家？"她问田纳西，他指指爬到窗口的一株夜来香藤蔓。当然她还说了其他的事情，但在堂厢昏暗的灯光下，我埋头记下的就这么一件。因为这件小事太打动人了。一个几乎永恒孤独不合群的男人，一个觉得自己必须不断努力才能保住在文学界和戏剧界地位的男人，竟然愿意待在一个如此逼仄狭小，令人窒息的地方，乘坐那让他惊恐症发作的电梯，只因为对一株植物的喜爱。

研究学者讨论会在查利街的田纳西·威廉斯研究中心举行。我仍提前到场，发现那里聚集了一群正相互攀谈的男人，都穿着沙色的运动上衣，头发好像故意打湿了，往后梳得整整齐齐，都让我有点思念英格兰了。现场发的论文资料涉及十分广泛，从《威廉斯戏剧中无爱婚姻的淫邪》到《〈玫瑰文身〉中意大利文化的作用》。

我是来听泽内尔·卡奥西欧格鲁医生的讲座的。他是土耳其裔美国人，过去是眼科医生，退休后多年研究疾病在田纳西的作品中所扮演的角色。他的论文《诊断田纳西：威廉斯和他的疾病》，在一开头就讨论

---

1 改编自田纳西的剧作。

了田纳西从孩提时代起就遭遇的漫长而无法摆脱的疾病困扰。有的只是抑郁症患者的幻觉，有的则有证可查，比如白喉、心脏瓣膜硬化、胃炎、消化不良、左眼的旧伤、尖锐湿疣和乳头下面一个良性的脂肪肿块，当然，在所有人的意料中，他面对媒体时，把最后一个病夸张成了乳腺癌。

医生说："田纳西在疾病方面的知识非常丰富，虽然很难说他到底是真的患了病还是只是假想。"他说在田纳西的很多作品里，都可以看出他对疾病带给人体的痛苦有着浓厚的兴趣。医生接下来说的话引起了比较大的争议。他提出一种可能性，说田纳西后期作品里混乱的结构可能是酗酒带来的脑损伤造成的。田纳西习惯性地使用碎片化的句子和不完整的对话，说明他可能已经罹患失语症，而这正是长期酗酒者的常见病症，得病者遣词造句都有困难。

这话引起与会者一片交头接耳。卡奥西欧格鲁医生讲完之后，一个男人举起了手，征得同意后站起来坚定地说："失语症的发现者是二十世纪初期的艺术先锋，达达主义艺术家塞缪尔·贝克特。"还有人补充说："这么注重病理学，其实是忽略了他的艺术价值。语言的缺失是他故意模仿南方人说话的特点。他是个很清醒的创作者。"卡奥西欧格鲁医生表示接受这些可能性，承认说也许田纳西明白自己患上了失语症，所以清醒而有目的地将这一情况暴露在作品中，迫使读者去探查"他内心世界的困惑和迷惘"。他又补充说，自己的假设当然需要证实，比如可以将他二十世纪四十和五十年代的作品和更为近期的作品中不完整的句子都找出来，进行一个量化对比。

恰巧，田纳西也想到酒精可能会影响自己的写作能力。1953年10月的一个清晨，他早早在马德里一家旅馆醒来，在那本黑色封底的笔记本上写道，对自己的新剧本很失望，不仅仅是因为里面的字字句句都毫无生气，没有特点，而是整个结构不完整，显得很张皇失措。他扪心自问，是不是脑子里发生了什么变化，没法清晰地思考了，还是就是因为饮酒过多？紧接着他又说，一想到要这么一败涂地地回到美国，心里的伤痛只有喝酒能填补，这实在是个令人无法脱身的黑洞。

如果单看这篇日记，我可能会以为说的是他很后期的作品，比如《东京旅馆酒吧》或者《夏日旅馆衣装》。两者都没有很鲜明的风格，而且行文比较慌乱，仿佛剧作者无法连贯地思考。然而，日记里所指的作品竟然是《热铁皮屋顶上的猫》，尽管这部剧的结构近乎完美，但从创作之初，它就与田纳西的酗酒深深交织在一起。

. . .

和《玻璃动物园》一样，《热》也源于一部短篇小说，《夏季比赛三健儿》，1952年11月发表在《纽约客》上。小说里的两个人物的身份和后来的剧作吻合：布里克·波利特，密西西比种植业农民，有酗酒的毛病；还有他的妻子玛格丽特。不过后者和《热》剧中玛吉这个角色的唯一共同点就是超凡的生命力。

这篇小说中那种怅惘而引人沉思的风格令人想起菲茨杰拉德。布里克办的那些浸淫在酒精中的沉闷派对，混乱而迷惑，很像《了不起的盖茨比》中汤姆喝醉后，打断情妇鼻子的那个晚上。布里克本人和迪克·戴弗如出一辙，是个温柔而自欺欺人的酒鬼，和《夜色温柔》中一样，布里克的死促成了妻子的得益。他对着来修自己房子的工人们大谈特谈戒酒的策略。过了一会儿，他走进屋里，待了半个小时。等再出来的时候，手里还是拿着一个高脚杯。

从这笔调忧伤的小说中脱胎而出的剧作，似乎在一些日记中也能找到不太明确的蛛丝马迹。大概是在1953年的某个时间开始写的。那时候在普通观众的眼里，田纳西简直是这个世界上最幸运的人。1948年，《欲望号街车》为他赢得了普利策奖，几个月后，他重遇弗兰克·梅罗，共沐爱河。那些美好的黄金时代，田纳西和"小马驹"在欧洲消磨了很多时光，在地中海沿线的城市和度假胜地玩乐。他们和诺埃尔·科沃德[1]、戈尔·维达尔[2]、佩姬·古根海姆[3]这些文艺界名流共进晚餐，和马德里、阿马尔菲和罗马街道上漂亮的男孩子们夜夜笙歌。也许在旁人看来这是梦寐以求的温柔乡、好日子，但田纳西总是熬到深夜，一边喝着苏格兰威士忌，一边潦草地写着日记，字里行间看不出任何对甜蜜生活的享受。

日记中第一次提到《热铁皮屋顶上的猫》是在1953年10月的一天，而且失望之情跃然纸上，他认为自己的文字没有生命力（第二年，田纳西给代理人写信，又提到了这一点，去年夏天在欧洲的时候，这部剧令他陷入了非常糟糕的境地，他觉得无法把控）。不过他还是勉强写了下去，一边写，一边改《娇娃春情》。冬日迫近，他从威尼斯迁居到罗马，接着辗转到西班牙格拉纳达，又从海路去了摩洛哥的丹吉尔。在那里，他用弯得厉害的手指，拿着铅笔，写下自己坐在空洞的白墙边，喝着酒，面对阳光时的景色。

到11月，他终于觉得自己受够了这种难民般的生活。于是飞回了美国，到纽约的时候，恰好赶上迪兰·托马斯的葬礼（约翰·贝里曼[4]也到场参加了）。一个月后，灾难轰然降临。12月27日的晚上，他惊醒了，

1　英国演员、剧作家、流行音乐作曲家。

2　美国著名的小说家、剧作家和政治评论家。

3　美国当代艺术收藏家。

4　美国诗人。

肠胃一阵翻江倒海，十分痛苦，也令他恐惧。两天后，他住进新奥尔良市郊一家条件简陋的小医院。

在医院的第一个凌晨，他在日记中说地狱的一切灾难都降临在自己头上了，这是对过往一切罪恶和未完成之事的惩罚。写完这句话之后的一个小时，他呼叫了护士，给他注射了吗啡。接着他又在日记中写了自己酗酒的情况，还提到最新剧作《夏日烟云》中同样沉溺于酒精的女主角艾尔玛小姐。

第二天他被转到另一家医院，在那里沮丧颓废地等着弗兰克来看他。医生最终决定手术，但推迟了两次。所以转院后的几个晚上真是如炼狱一般痛苦。他的日记也尽显绝望和无助，表达了想要冲进雨中，一走了之的冲动，不过之后又补充道："恐惧是所有感情中最有趣的，能把人影响到这样的地步。"

他又怀疑自己得了癌症，于是恐惧进一步加深。这种情绪如同火中的烟雾一样，蔓延在整部《热铁皮屋顶上的猫》里。《夏季比赛三健儿》并没有"大爹"这个人物，只有一个死于脑瘤的医生（对他的描述让人觉得恐怖，说如同"花盆里破碎的天竺葵"）。而他在剧作中加进这个人物，就是想表达自己的痛苦和情绪，如同狐狸尖利的牙齿啃噬着内脏。当死亡临近时，说出真相，表达自己的愿望就变得那么迫切。

手术最终没有做成。因为几天后，症状缓解了，田纳西被批准出院，回到基韦斯特的家中。接下来的几个月，唯一困扰他的是所谓的"心脏神经症"。但三月，他的双脚开始感到麻木，让人心烦意乱。他说只是浮肿，但医生很确定地告诉他，这是神经末梢炎症的早期症状，酒精是触发该症的原因之一，因为会对维生素B12的吸收起负面作用。田纳西在日记里说他不相信这个医生的话。由此可以看出，酗酒者是多么难以接受自己的行为带来的不良后果。

不过，生活还是在继续。在新奥尔良，他写完了《热铁皮屋顶上的猫》的第一幕，感觉比较失望，而且总觉得哪里缺点什么。与此同时，他又遭遇了一次心悸。幽闭恐惧症和失眠症也时时刻刻困扰着他，有时候他会喝杯牛奶，缓解状况。有时候又去求助于"老朋友"——速可眠和苏格兰威士忌。一次出访纽约的途中，他亲爱的宠物狗月亮先生在一天夜里去世，死前只是令人心碎地哀叫了一声，如同契诃夫小说里的鹅。他在西班牙读了劳伦斯的《儿子与情人》，观看了斗牛表演，后来还和海明威谈论。而那个夏天他也拜读了海明威的《午后之死》，十分赞赏。在喧闹的罗马，他心情焦虑，晒得一身黝黑。而1954年7月12日的清晨，他想直面自己的问题，从大局去着眼。

　　他认识到自己现在面临着一个进退两难的困境，要自由地工作才能获得精神的平静，而只有获得精神的平静之后才能自由工作。目前他还不清楚解决的办法。但无所事事，不工作也无法解决问题。因为那种工作的激情存在于他的心中，甚至会撕裂他。他觉得自己陷入了恶性循环，找不到出路。

　　他对自己的情况认识得很清楚，就是这样上上下下，起起落落。弗兰克从欧洲的另一个城市打给他充满爱意的电话。电影院里他突然受惊发作，等他脸色苍白地冲进一家酒吧，接连撞到两个酒瓶后才缓解。几周以后，在意大利的西西里，他坐在朋友弗朗克的酒吧里，一直待到打烊，接着和朋友沿着主街走下去，附近俱乐部飘出来的音乐让他觉得身心都甚为宽慰。但等他转身独自一人回家时，俱乐部关门了，音乐没有了，内心的恐慌再次升腾，他走得越来越快，眼前的路却好像延伸到无穷无尽的地方，永远也走不完。他的胸口开始发闷，呼吸也渐渐上气不接下气。在通往自己酒店的山丘上一切达到了极限，他停了下来，抓住一片野天竺葵的叶子，抬头看着星星。因为听说这样能帮人克服恐惧。他的肺里发出异响，等他终于回到房间，吃下一片速可眠，才惊魂未定地在日记里写下，某一天，可能某次惊恐发作会要了他的命。

之后，欧洲的日记就剩下了一篇，是在第二天早上写的。接着就有阵子没写，直到11月27日星期六才重新开始，地点已经变回了美国。这篇新日记的大多内容和第二天一篇长一点的都是在飞机上写成的。田纳西很怕坐飞机，总是感到恐惧。不得不喝很多酒，吃很多药，让自己几乎毫无知觉。他从基韦斯特到洛杉矶简直就是一场苦旅，在坦帕机场的状态似乎也很糟糕。近几天来，他一直患有精神疾病的症状，包括惧怕和别人说话，深夜突然惊醒然后失眠，等等。

上了飞机，他继续写作，记录下心情的每一次变化。他说毕竟焦虑是伴随自己最长时间的老朋友，老熟人了。接着飞行员宣布了计划飞行距离。田纳西又震惊了，因为他忘了还有时差这个概念。他拿着一杯水和他的酒壶来到卫生间，大衣口袋里还装着两片速可眠。他在那里继续写着日记，并且对自己保证，要在新奥尔良理个发，必须好好对待自己。这个男人实在太渴望别人的抚慰和陪伴了，都把自己撕裂成了两个人。

第二天一早，按照对自己的承诺在老城理了发住了一夜之后，他又登上了一架飞机，起飞前又喝下两瓶半的马提尼。这次飞行颠簸得厉害，他又躲到卫生间，喝酒写日记，说他后悔没有带最喜欢的作家哈特·克莱恩的书。他又一次在午后醉倒在地，不省人事。这次是在达拉斯机场。他在日记中急切地写道，不知道厄尔巴索有没有酒，估计酒壶里的酒不够自己接下来的五个小时喝。接着又自顾自地回答，没有。

从达拉斯机场，他又起飞了。飞机上，仍然回到往常的"避难所"，喝一口他口中的"万灵药"，看着镜子里自己的脸，真是老得不成样子。接着又透过窗口，从空中俯瞰远远的群山，正是日落时分。洛杉矶终于到了，他在日记中给自己下了命令，以后坐飞机必须带满瓶的酒！两天后，他在下榻的贝弗利山庄酒店醒来，给卡赞写了那封热情洋溢的信，自问自答了"男人为什么酗酒？"答案刚才提到了：第一，恐惧；第二，无法面对事实真相。

在《夏季比赛三健儿》中，最初的布里克做了一番生动的形容。"一个酗酒的男人，"他说，"其实是两个人。一个不顾一切地抓起酒瓶，另一个则严厉地让他放下。两个人都在争那个酒瓶。"我不知道这两个人是不是一直都在如此激烈地争斗，但这个观点倒提供了一个了解田纳西的途径，否则他真的是令人百思不得其解。这个男人，把自己锁在南加州群山上空三千米的飞机卫生间里，面对镜子里自己的脸沉思。想想"两个人争斗"的观点，也许能稍稍懂得他脑子里究竟在想什么，从自己的脸上又看到了什么。不然，如何解释在如此困惑迷惘、自我伤害的情况下，他还能写出《热铁皮屋顶上的猫》这样的伟大剧作呢？也许正是这种感同身受，让他如此准确地创造了一个不顾一切逃避事实的酒徒形象。

你也许了解，也许不了解，也许既了解又不了解。你可以选择站在真相的一边，但也可以让玛吉所描述的"紧锁房门的屋中之火"在你心中熊熊燃烧。就像短篇小说中的布里克所说，这可以归结为酒鬼的双重性格，或者就像田纳西在那年冬天，坐在佛罗里达的书桌前写下的一封信，说善与恶令人惊讶地共存着，一个人的心也有着二元性。真是令人目瞪口呆。

· · ·

会议室里闷热潮湿，我有点头晕。卡奥西欧格鲁医生已经讲完了，大家的讨论重心转移到《玫瑰文身》中的移民经历描写。我偷偷溜了出去，走到街角的蒙特莱昂酒店。那里有个很出名的酒吧"旋木"，酒吧中央有一条轴线，周围的座位都像旋转木马一样摇晃着旋转。田纳西就曾在那里举杯畅饮。威廉姆·福克纳、欧内斯特·海明威和与田纳西亦敌亦友的杜鲁门·卡波特也曾是这里的常客。我叫了一杯青柠甜酒，中午的酒吧人烟稀少，光线昏暗，我独自坐着，慢慢喝着。

大多数人不愿意把酒精作为话题来谈论。他们不愿去思考与之有关的问题，对这种物质的认识也相当肤浅。他们不愿去深入剖析酒精所带来的损害，但我觉得无可厚非。我也不喜欢。我全身上下每一寸筋骨都熟知那种逃避和否认的欲望会以各种各样不同的形式出现，并起到巨大的作用。这种欲望与我的身体和思想如此亲密，在我的血液中循环往复，是构成我整个人的一部分。回望童年，我眼前最常浮现的景象，就是祖母放在壁炉台上的一组黄铜猴子塑像，猴子的手分别蒙着眼睛，遮着耳朵，捂着嘴巴。非礼勿视，非礼勿听，非礼勿言：这是属于酒鬼家庭的《圣经》。

我第一次读《热铁皮屋顶上的猫》还是在十七岁，那时我苦苦哀求家里才得到读大学预科班的允许。学校是二十世纪六十年代修建的，建筑布局不怎么讨人喜欢，低矮的楼房呈蛇形分布，垒球场边有家玻璃房的自助餐厅和挨挨挤挤的临时住房。高级课程（A-Level）考试班的课都在楼上角落的教室里上，透过窗户可以看到一个小小的院子。秋天上课前，我会坐在暖气片上，鼻子抵着窗玻璃，看着雨水把丢在院子里的薯片袋和饮料盒冲到阴沟里去。

我们大声把这部剧作朗读出来，到现在我还记得读玛吉台词的时候心中那种愉悦。她说没脖子的魔鬼拿着一块滚烫的黄油饼干打了她。她指责和诅咒丈夫的冷漠。读布里克的台词的男生一头黑发，面色苍白，立志做一名演员。他的动作和发声都很有技巧，优雅无比。虽然大家都没明说，但谁都看得出来，他是同性恋。

剧作在那丑陋的小房间里展开，推进得很快，仿佛什么东西被猛地撕开，里面的一切都露了出来。布里克瘸着腿在酒柜附近走来走去，穿着睡衣，挂着拐。玛吉戴上手镯，赌徒一般倔强地向他要个孩子。百老汇的版本里，最后一幕，布里克依了她。但在最初的剧本里，他仍然沉浸在自己的矛盾中，不肯"就范"。我还记得自己当时很欣赏对话间穿插的舞台提示，比我读过的任何文字都要激烈和诚实得多。

我这辈子有一半时间都带着最初的那本剧本。我拿着一支尾巴上有银色齿状印记的廉价水笔，用派克的蓝黑墨水在剧本结尾潦潦草草地列了一些词汇：谎言，幻象／现实，疾病／治愈。在标题页，我用圆珠笔写了几个字：假性疗愈与实际疗愈。实际疗愈包括精神和感情上的成长。天哪，看这些年少时的文字，就知道我对这部剧产生了多么强烈的共鸣。大概这是一面镜子，正映射出我刚刚逃离的境遇。

1981年，我四岁，父亲一走了之。之后不久，我母亲通过一本城市生活类杂志的交友栏目认识了一个女人。戴安娜住进了我们位于查尔方特圣彼得的家，和我们一起生活。那儿和我当时上学的女修道院不过咫尺之隔。戴安娜为人热情，开朗，幽默，衣领总是酷酷地竖起来，说话像连珠炮似的，爽朗得像《警花拍档》中活泼的卡格尼。

她成了我家的一员，和我的母亲、我的妹妹、我家的瑞典帮工，还有两只猫生活在一起。两只猫一只叫卡特金，另一只叫小柳猫，最后都不幸夭折了。戴安娜有酗酒的毛病，但当时我们谁也不知道。过了三四年，我们搬到汉普郡，暂时住在一个住宅区边上租来的平房里。那是我一生中见过的最丑陋的房子。外面有块地，有一片小树林。每天我都希望能爬过铁丝网，拿着一本书和保温瓶逃到外面去。那个冬天下了场多年未遇的大雪。有一天我养的猫不见了。很久以后，我妈才承认，她在湿滑的结冰车道上倒车时，不小心把猫儿撞死了。

学校里的每个人都讨厌我，更听不惯我美妙的嗓子。我只好寄情于阅读。让自己陷进二十世纪三十年代那些故事里，比如《小妇人》，比如"小马驹"的故事。我从来都不是个特别快乐和无忧无虑的孩子，但那样被人孤立还是第一次遇到，真不知该如何应对。接着我们又搬家了。我们来到南方以后，住过的所有房子都是崭新的，其中有些屋子周围还有刚刚才翻新过的泥泞的土地。有一栋房子叫"高树"，花园里有棵橡树，不过在1987年的风暴中被吹断了。前门上方有一扇巨大的玻璃窗。偶尔，早上我们会发现飞到玻璃上撞死的鸟儿尸体。它们把这里错当成了天空。

在这个房子里，酒开始作为有形的物体出现在我们的生活中。那时候戴安娜总是喝得醉醺醺的，总是怒气冲冲的。晚餐桌上，大家的声音越来越高，争吵会一直持续到深夜，我和妹妹一起听着，心肝脾都被恐慌紧紧攫住。让我害怕的不仅仅是争吵，还有这屋子里的大人有了分歧，她们很快就要分开了。

多年以后，我第一次读到《故园风雨后》，对那段日子的理解又加深了几分。书中的主角查尔斯·莱德描述了亲爱的塞巴斯蒂安的酗酒成性对整个大家族的影响，而他在这个家里的境况和玛吉差不多：

> ……这个话题遍布家里的每个角落，如同船舱深处的火焰，在水位线之下，黑暗中闪烁着诡异的黑红。偶尔冒出一阵刺鼻的烟雾，从舱口呼啸而过，忽然间就从天窗和通气管中冲出来。

塞巴斯蒂安·弗莱特酗酒是为了逃避。但是到底逃避什么呢？是大家族施加在他身上的重压吗？他喝酒就像婴儿喝奶那样，抱着一只熊，仿佛小孩离不开玩具。而他喝醉时说的话也和孩子一样让人摸不着头脑：

"一直喝一直喝。图书馆里没有人了。大家都走了。只剩下妈妈了。真是醉得厉害啊。最好在这里吃点东西。不和妈妈吃饭。"

我常常想起那段关于火焰的台词，因为它几乎就是我长大的家的写照：空气中弥漫的气氛，各个房间的条件和情况。直到现在，我有时候还能闻到那种烟味，有时候残留在我的皮肤上，有时候是在一件旧毛衣的纹理中。那是二十世纪八十年代末，"第二十八条款"[1]的时代。相关法案禁止地方"在任何公立学校里宣扬和教授接受同性恋为一种家庭关系的形式"。我还记得在那段日子的尾声，和一个朋友一边翻看相册，一边恐慌不已的心情。因为我知道最后一页上是母亲和戴安娜勾肩搭背的合影。我们不应该对任何外人讲述家里这种情况。替别人保守秘密真是沉重而可怕的负担，但我也明白其必要之处。我还记得当时心里掠过的恐怖感觉，怕她发现了背后的秘密，把这件事告诉学校里的女生们。我知道她们会说什么，都是些恶意满满的悄声议论。我猜当时我自己也知道，反响肯定会比想象的更大更剧烈。

危机还是来了。什么时候呢？应该是我十一二岁的样子，八十年代末，那时撒切尔夫人还坚守在首相岗位上。虽然记忆已经很模糊，仿佛在透过毛玻璃回望过去，但我还是记得那些被尖叫声吵醒的时刻。每一次都像在目击别人被恶魔附身。莎士比亚的剧中也写到了类似的场景。《奥赛罗》里，伊阿古灌醉了凯西奥，后者开始完全违背本性地与人争吵殴打起来。第二天，清醒的他满含羞愧和恐惧地大喊："上帝啊！人们居然会把一个仇敌放进自己的嘴里，让它偷去他们的头脑！我们居然

1　指的是1988年英国颁布的《地方政府法》中的条款，规定地方当局"不能有意识地宣扬同性恋或出版以宣扬同性恋为目的任何读物"。法案波及英格兰、威尔士和苏格兰。尽管不是刑法条例，从未有谁因为该条款被判罪，但还是影响到很多相关组织，有的被迫关闭，有的行动变得审慎了。

会在欢天喜地之中，把自己变成了畜生！"

我们住的那栋房子有个很大的厅堂，楼梯也是开放式的，走廊两边有栏杆，在楼梯上直接就能看到前门。我记忆中的场景是，自己穿着睡衣，和妹妹在楼梯最上面的一层抱在一起。戴安娜站在台阶上，尖叫着咒骂我们所有人。接着，警察突然出现，把她和我们的气枪都带走了。这是那天晚上我唯一还记得清清楚楚的细节。

他们离开之后，我们连夜收拾细软，逃走了。我们挤在海边一家旅馆的小床上过了夜，吃了早餐。第二天的某个时候，我们应该在上学，而妈妈给我们找了另一栋房子，是十年来的第七个住处。在朴次茅斯附近，家具都摆放好了，墙壁薄得像纸。我们在那里开始了新的生活，周围是一个陌生人丢掉不要的东西，包括她／他的书。

. . .

我跑到酒吧里来干吗？我迅速付了账，想搭乘电车回酒店。但在酒精和暑热的双重作用下，我刚才想的那些事情让我精神迷乱，搭错了车。车里很挤，乘客里面有个小家庭：母亲、父亲和两个剃了头的小男孩，三四岁的样子，脸上有很明显的挫伤和其他伤口，像得了脓包病。两个孩子脏兮兮的，穿得也很破旧，身子后面都拖着安全绳套。父亲应该是长期吸食海洛因的瘾君子，双眼萎靡地垂着，眼神空洞，脸上和手臂上有很多文身。其中一个男孩抱住他的双膝。但我从座位上远远看过去，也能感觉到他施加给这个家庭的暴力。

那个星期，我在新奥尔良见闻颇多。我在一条开满鲜花的后街发现了一个隐藏的公墓，麝香豌豆花、玫瑰、茉莉和木槿竞相开放。人行道上落有被打得稀巴烂的金橘，坟墓之间野草丛生，像一块厚厚的毯子。

这个墓园里有很多不同的植物，比如海绿、草木樨、野天竺葵、野豌豆和大片大片的苜蓿草。但没有一只蜜蜂造访。道路两旁都是精美的大理石陵墓和石膏筑成的坟。有的已经裂开了，内部一览无余，像正在烤面包的烤箱，两个砖搭的架子在黑暗中显得空荡荡的。墓碑上大多是一些德国名字：柯尼希、图佩尔、沃斯、朔伊，等等。

我在"博派斯"炸鸡饼干快餐店门外看到一个新娘站在温柔的夜色中，一头红发，美丽极了。她朝对面的路人眨着眼，拿着奶油色系的新娘捧花。我看到一个全身涂成蓝色的男人在和一个坐轮椅的女人搭讪。我看到一朵巨大的灰粉色的蘑菇云在超级碗赛场上空翻卷着，变幻着。我看到乌云一般的黑色蝴蝶和一只毛茸茸的红色蛾子爬过电车的地板。蛾子的翅膀有一美元的纸钞大小，其中一只已经被毁了。我看了一场《玻璃动物园》的话剧演出，所到之处都能听到鸽子如泣如诉的悲鸣。但在这一切所见所闻之中，让我最最难忘的，还是那两个剃光了头发的小男孩，这仿佛是一个我正需要的警告，告诉我酒瘾和毒瘾从来都不是抽象的事情，其所带来的，是——想到这里，"伤害"这个看似无足轻重的词涌到了嗓子眼，在那里卡了好一会儿。

第五章　血色文章

　　我开始理解田纳西·威廉斯对旅行的迷恋。要前往新的目的地时，全身活力的运行速度仿佛都在加快。我在新奥尔良待了一个星期，到最后一天，我把一件泳衣和几件衣服装进一个帆布袋里，打了辆车去机场。我的下一个目的地是佛罗里达州，关上花园门的那一刻，我的精神突然为之一振，仿佛被奔向远方的潮水推动着，冲刷着。花园里的橡树在人行道上投下斑斑点点的阴影，我抬头一看，枝条上挂满了庆祝狂欢节用的珠子：绿色、紫色、金色，就像一只鸟儿身上闪耀的毛色。

　　在路易斯·阿姆斯特朗国际机场的出发大厅，一名穿着考究的妇女正在研究一摞简历。手机紧紧贴在耳朵上。"哦，我会给你看的，"她说，"我会给你看的。我告诉你，那事儿真是毁了我的前程。嗯，她不是研究生院的正院长，可能是副院长吧。但这可不一样啊。她居然想违反……好吧，明天我还是老时间跑去你办公室，给你看看。"

　　要去基韦斯特，我要先去夏洛特转机到迈阿密，然后租辆车，开将近两百公里。这种在路上的感觉让我兴奋不已。在一个地方停留太久，你开始沉迷于自己的思想，其中的酸楚和苦涩也变得不自知。最好赶快动起来，最好往南方去，那里的水都泛着暖意，而你可以在淡季进行那些美好夏日的活动，可以浑身涂满防晒油，把自己浸在水中。

　　飞机很小，我还没反应过来就升空了。我周围的人坐在蓝色皮质座椅上，几乎都是一副昏昏欲睡的样子。飞机迎风而行，一路向东，新奥尔良消隐在厚厚的云层中。我拿着塑料杯子喝了杯姜汁汽水。没有信号，也没人会打给我。现在一切都得等一等。我可以借这个时间回忆不堪回首的过去，或者为未来烦心忧虑。但是现在，我却无法控制，一切听天由命。

挺久之前了，我在纽约公共图书馆研究博格收藏中约翰·契弗的那些文章，正好看到了一段关于乘飞机之怪诞之处的文字。他描述了在大西洋上空观看凌晨一点半日出的景象，也算是一生奇遇。之后又补充说："人们旅行其实也很刻板，不过就是把杂志上的一张照片剪下来，粘到另一个地方去。"

我把这些字句都抄了下来，因为这似乎抓住了他作品永恒的特质：对时间和空间的彻底撕裂与破坏，造就了一种神秘而可怕的感觉。现在，穿行在路易斯安那上空稀薄的空气里，我又回想起这些语句，而此时此刻，它们激发了不同的联想。二十世纪七十年代早期，用契弗自己的话来说，他开始被一种叫作"格格不入"的咒怨缠身。说得通俗一些，就是人格分裂、神游症或者短暂性失忆。每当病发，就会引起嗅觉、听觉或视觉上的幻觉，同时让他大脑停滞，无法读写，也想不起别人的名字。有时候他觉得自己陷入了过去的泥沼，有时候他又恐惧地发现自己完全不知今夕何夕："我不在这个世界上，我只是在下降，下降。"

1972年，去艾奥瓦大学教书的前一年，他写道：

> 宿醉低烧一夜，我本能地觉得自己同时身在两地。我很清楚这里是什么样子的，雨点落在山毛榉树之间；但又闻到昆西的老房子中那种煤气味，看到里面的种种家具陈设。我是不是疯了？

并不完全如此，他之所以受如此症状之苦，正是拜多年酗酒所赐：

一瓶瓶的琴酒和波旁酒，他真正是不羁豪饮。到1972年，契弗已经长期酗酒达四十年。他本来住在奥西宁的一栋豪宅中，娇妻相伴，三个称得上美丽可爱的孩子承欢膝下，还养了几只金毛猎犬。无论从哪个角度来衡量，他都获得了成功，眼前的一切值得好好珍惜。然而，在回忆录《天黑前回家》中，苏珊·契弗回忆说："我们越来越清楚地意识到，父亲是那种最糟糕的酒鬼。他似乎随时随地都想自我毁灭。"早在1959年，契弗就用"酗酒"一词来描述自己的行为，他毫不留情地写道：

> 早晨我非常非常抑郁，我的身体内部好像已经停止了运转。肾脏剧痛，双手颤抖。走在麦迪逊大街上，我担心自己随时可能一命呜呼。然而等到夜晚降临，甚至只是到中午，各种神经紧张交织在一起，我对威士忌产生的负面影响渐渐模糊，忘记它给我的身体和工作造成的损害。我轻易就能毁了自己。现在还是上午十点，我就已经想睡午觉了。

酒精通过多种途径影响大脑，但最显而易见的，就连偶尔小酌几口的人也能感觉到的，就是它能破坏一个人对过去的回忆。短短一夜，如果你喝得够多，酒精就能完全攻破大脑对记忆的储存，就是一种"顺行性遗忘"，俗称暂时性意识丧失。这种症状很常见，尤其是那些喝得太快或者空腹喝酒的人。一般分为两类：部分意识丧失和完全意识丧失。经过一段完全性意识丧失的时间，喝酒的人完全想不起来醉酒时发生的任何事，不管当时的他们显得有多么活跃和热情。

暂时性意识丧失是由酒精作用于海马体引起的，那是人脑的记忆中心。研究发现，喝酒能抑制记忆细胞的活跃度，对外部信号的反应变得迟钝，从而抑制海马体的活动。这样一来，尽管短期记忆还在形成，却无法转化成长期记忆了。

这种记忆的碎片化使得酗酒的人无法回忆起前一晚究竟做了什么。而契弗多年来都为这种状况所苦。他每天早上都觉得记忆模糊，有种不太确定的愧疚感（1966年，他写道，"我记不得自己是何等的失态与可鄙了，因为酒精破坏了我的记忆"）。而另一方面，"格格不入"的魔咒则是新近入侵的，却更令人困扰，虽然也应该同酒精对记忆力和认知力的影响有关。随着时间的推移，大量持续摄入的酒精损坏了大脑的认知功能，使得一个人难以集中注意力，引起失语症，情绪不稳定，最严重的时候，酒精还有可能引起痴呆。这些令人痛苦的变化是所谓"弥漫性大脑萎缩症"的结果，影响到整个大脑区域，包括制造和存储记忆的地方。

另外，因为营养不良、消化功能受损、肝功能被降低或破坏，酗酒者总是缺少硫胺素，也就是维生素 B_1，这是对神经细胞功能至关重要的营养物质。缺乏硫胺素会引起严重的认知障碍，以及科萨科夫（健忘）综合征，这是一种神经紊乱症，几乎只在酗酒者身上出现。症状包括因为大脑获取长期记忆的能力被破坏而引起的健忘症、思维混乱，虚构症（假性记忆）和幻觉。受科萨科夫综合征影响最大的是情景记忆，而人们正是通过这种记忆来确定时间的推移。

布莱克·贝利那本引人入胜的传记中写道，契弗在1975年去戒酒之前，接受了X射线断层扫描，发现大脑已经因酒精严重萎缩。这种损害早已经由他的一些病症昭示得一清二楚，而这些病症通常是由失语症和幻觉引起的（后期，他还经历过好几次痉挛）。但契弗的"格格不入"中，最奇怪的是，好像一切都和他过去一些隐藏的伤痛有关。也许那时候发生过什么事情，触发了他的悲剧人生。他所有的幻觉中最令人不安的，是一个反复出现的场景：两个朋友坐在沙滩上，其中一个唱着一首他怎么也想不起名字的歌，不过他有种感觉，如果自己想起来了，就会陷入最深最黑暗的记忆库，这里有已经丢失的回忆。他悲伤地说："心理医生会说这是'创伤性排斥'。"

他的过去也许就与现在的窘境息息相关，这种可能性对契弗来说也不算新鲜。虽然他对那种正式的分析和研究不太感冒，但多年来也进行过好几次治疗。前面说过，我在图书馆找到了他写的关于飞行的片段，也是在同一个箱子的文章里，多次提到了那些"庸医"，以及他们对他优雅运作的大脑的误解。每次，当他发现这些医生想要瓦解他为自己的生活建立起来的虚构之家时，就会礼貌地终止治疗。只有最后一次坚持下来了。

比如戴维·海斯，1966年给他进行治疗的医生。1963年，契弗写了《游泳者》，这个故事的行文几乎是颤抖着推进的，节奏和力量都是由主角的暂时性意识丧失来构成的。那些记忆的死角，比任何东西都更有力地表达了奈德·梅里尔的穷途末路。写这个故事的时候，契弗突然灵光一闪，"季节可以随时变化吗？"他在日记中自问。

树叶会突然变色，然后掉落下来吗？能突然下场雪吗？但这有什么意义呢？人不可能在一下午的时间里就老去。哦，先写写试试吧。

他就这么写写试试了。几年后接受《巴黎评论》采访时，他说起这个故事："当他发现周围一片黑暗，刺骨寒冷，一切都是真实发生过的。向上帝发誓，真的是发生过的。写完那个故事之后，我都觉得周围黑暗和寒冷了一段时间。事实上，那之后我很长一段时间都没写小说了。"说到这个故事和他在现实中的酗酒与记忆缺失的关系，可以从之后他写的一篇措辞悲伤的日记中寻到踪迹："我的回忆里全是空洞和坑谷，"接着又写，"在教堂里，我跪在高坛之下，终于看清，酒精具有毁灭性的力量，而我又是那么依赖它。"

1966年，《游泳者》被拍成了电影，伯特·兰卡斯特饰演奈德。拍摄地离奥西宁不远，所以1966年的夏天，契弗定期跑过去找乐子。第一次见面大家都有些拘谨，一些威士忌、几瓶马提尼、几杯红酒和一颗"眠尔通"（甲丙氨酯）下肚以后，尴尬就彻底消失了。他很高兴地在电影中当了个小配角，所以电影里也能看到那一年契弗的形象：五十四岁的男人，皮肤晒得黝黑，身材矮小，穿着蓝色衬衫、白色外套，在拍摄地十三个游泳池中的一个波光粼粼的水边，和兰卡斯特握着手，亲吻一个穿比基尼的漂亮女孩。

看看他第一天喝的那些酒，就知道即使以那时候宽松的标准来衡量，他的饮酒量也早就过度了。不去拍摄现场的日子，清晨他通常都在写作（主要是在写《弹丸山庄》）。到十点半，你可能会发现他在厨房里抽搐着，等家人走开，好赶快喝每天的第一口苏格兰威士忌或琴酒，那真是美哉快哉。如果他们没那么快离开，他就会迫不及待地去卖酒的商店，买上一瓶酒，然后开车去某条美丽的后街，坐在那里大喝特喝，通常免不了把酒洒得满下巴都是。

就是在这样的情况下，他约了海斯，但第一次见面的时候，他就言之凿凿地说，找海斯是为了帮助恢复妻子阴郁的情绪，而他觉得这种情绪也造成了他自己难以忍受的孤独、沮丧和忧郁。他的日记里写满了对玛丽的抱怨：她很冷漠，说话太尖锐，每次他充满柔情地接近她，都会被她迎头痛浇一盆冷水。然而，海斯不信这些话。和玛丽谈过之后，他在与契弗的第二次会面时说，这一切都是因为他自己的神经质、自恋、以自我为中心和孤独。"还说我过分沉浸于自我保护的幻觉中，甚至捏造了一个忧郁的疯老婆"。那天晚上，契弗饱含怨怒，在日记中记录下医生的诊断。

接下来的治疗完美遵循了经典的"弗洛伊德分析法"。（"我告诉他我喜欢游泳，他说：因为你母亲。我说我喜欢下雨，他说：因为你母亲。我告诉他我喝酒过量，他说：因为你母亲。"）到夏末的时候，他已经受够了，于是结束了治疗。但在那之前他送给海斯一本题了字的书，是他的第一本小说《瓦普肖特纪事》。不过很莫名其妙，那个男人居然没找到时间阅读这本佳作。

海斯的分析很老派做作，所以契弗很生气。对方显得漫不经心，想当然地下了结论。但"母亲"这个因素显然对他有所影响。所有的作品中，契弗总是会追溯到他过去经历的悲惨和困扰，以及这些经历在他后来的颓丧中所扮演的角色。无论是在信件、小说还是日记的字里行间，无论是现实还是想象抑或两者的交织，处处可见童年和少年伤痛的影子。真实事件也包装上了"趣闻逸事"的保护性外壳，再加上一些假名字，什么埃斯塔布鲁克、科弗利之类的，在所有他出版的小说中不时出现，令人困惑。

在思考相关主题时，他最常引用的是一篇"血色文章"，也收藏在纽约公共图书馆的博格收藏中。塞在一个奶油色的箱子里，和一些打印出来的日记和小说草稿放在一起，很多都被翻得破破烂烂的，很难找到两页连在一起的内容。而"血色文章"是个例外，这是契弗早期作品收藏中比较连贯，没怎么受到损坏的。

文章第一页，他写到洛瑞·李在《罗西与苹果酒》如何精准巧妙地捕捉了母亲的特点。"我回想起自己的父母，"他有些憧憬地下了结论，"却完全做不到他那么清晰明了，如在眼前。这让我十分苦恼，因为我那断断续续的模糊回忆，似乎在暗示，我从来都不情愿承认生命最初的一些事实。"

他硬着头皮胡乱写下一些貌似生动的场景。他还记得美国向德国宣战时，母亲玛丽·契弗把父亲收藏的陶瓷啤酒杯一股脑儿扔到后院，拿锤子砸了个稀巴烂。他还记得大人叫他打扫厨房的地板，结果手里的扫帚被一把抢走，因为他"扫地有气无力，像个老太婆"。他还记得把自己的名字刻在母亲的缝纫机上，结果被一根粗粗的皮带抽到流血。他还记得，父亲失业以后，母亲就开了个礼品店。"那之后，我想起她，没有一点家庭或者母亲的感觉，只是一个在店里走到顾客身边的女人，有些凶狠地问：'想买什么？'"

看来这个礼品店给他留下的创伤不小。但很难说他所抗拒和反感的，到底是母亲在工作，还是他所说的"与她所做的事情有关的深深挫败"。他满怀恶意地列出她做的其他生意：汉诺威和加福利的餐馆，因为门可罗雀，龙虾几乎都放坏了；生产箱包的工厂；还有一段时间，她爱上了画玫瑰，一种很怪异的爱好。

> ……因为她把玫瑰画在几乎所有的东西上。火柴盒上，托盘上，桌面上，椅背上，肥皂盒上，甚至卫生纸卷筒上。她在变老，而这些随处可见的笔调笨拙的玫瑰仿佛耗尽了她原本用之不竭的活力。那些玫瑰画得都很粗糙原始，几乎没人愿意买她的作品。她总是满怀热情，但一切努力最终都会化为失败后的怨恨和气恼。

他也总是不忘小小讽刺下那些心理医生，写一下他们痛苦的假笑，那种无限纡尊降贵的优越感；还总是小题大做，就算是他最无害的梦，也能被他们解读得阴沉不堪。接着父亲这个人物就出现了。他还记得老弗雷德里克在那佳斯科特的一个游乐场威胁说要跳水自杀；还记得他从放手帕的抽屉里拿出一把上了膛的手枪，朝大儿子开枪；还记得有一天还在上学，却被他突然劫走，去布罗克顿的集市看赛马。父亲参加了非法赌马，应该是赢了。他经常赢的。他还记得父亲打在母亲脖子上的重拳；还记得他的好色与淫荡，以及浪漫的花言巧语。"哦，那个蜘蛛网有着多么不可承受之轻啊！"父亲曾经感叹道。而急于求得父亲认同的儿子说："这是他的风格，也是我的。"

接下来的几页也是用打字机打印出来的，言语缓和了不少。接着契弗又回忆起那个游乐场。他之前说，那里让他既不生气，也不苦涩，只是困惑。然而此时他笔锋一转，一点点释放的怒气慢慢聚集：

我不仅发现难以下笔写作，今早还感到一阵轻微的反胃。我为什么就放不下关于我父亲的回忆呢？那些个庸医，都声称挖掘了我的过去。我花了很大一笔钱，跟他们叙述我的"自传"。困扰我的问题之一，就是那些庸医都觉得我的痛苦像个笑话似的，好看得很……

案例：一天晚上我回家吃饭，发现父亲不在。我问他去哪儿了，母亲叹了口气说："我不能告诉你。"我感觉家庭危机就要爆发，说她必须告诉我。她说，他是五点左右离开家的。他说他要去那佳斯科特把自己给淹死。当时是夏末，大海很平静，我不知道里面是不是有他的遗体。游乐场开门了，我听到那边传来大笑的声音。一群人正在过山车前围观。我的父亲正摇晃着一个酒瓶，假装威胁说要从上面跳下来。等他终于来到地面上，我扶着他的手臂，说，爸爸你不应该这样对我，不能在我人格形成的时候做这样的事情。我忘了我从哪儿学来的这个说法，也许是从某个青少年专栏上看到的。他酩酊大醉，不可能有什么真正的忏悔。回家的路上我们一句话也没说，他没吃晚饭就上床睡觉了。我也是。之所以说这个，是因为我讲这个故事的时候，有个庸医居然咯咯笑了。

这个故事总是被契弗反复提起，每次细节都有些小小的变化，但语气总是非常讽刺和疏离的。在生命快要走到尽头时，他把这个故事写进了第四部长篇小说《猎鹰者》，还写进了一部独立的短篇《折叠椅》。两次他都带着一种有些残忍的感觉，补充说，那晚父子俩没吃的晚餐，有土豆甜菜焖碎牛肉和水煮嫩蛋。但在这么真实的故事里，地点却是他虚构的。在任何地图上都找不到那佳斯科特这个地名。不过可能是他童年时住的昆西附近某个游乐场的名字。

· · ·

在如此的境遇里，人总会出于本能寻找"同路人"，所以，在浸淫酒精的后期，契弗对斯科特·菲茨杰拉德产生了浓厚兴趣，也就不足为怪了。菲茨杰拉德的背景和对这个世界的敏感和他的确非常相似。在描述和海斯第一次见面的那篇日记里，他还描述了在露台上捧读菲茨杰拉德描写自己痛苦的文章的一个下午。他用热切的言辞写道："我的现在，他的曾经，我们读着那些以酗酒来自我毁灭的作家痛哭流涕的忏悔，手里拿着一杯威士忌，泪流满面。"

从契弗应邀给《短暂的生命：艺术文学史名人传记》[1]写的一篇短文中，能感受到他满含热泪地表达这种惺惺相惜之情。他写了与菲茨杰拉

1　由《大西洋月刊》出版的一本书，找了当时很多文艺界名流，为西方文学、艺术和音乐等领域的1103位名家作传。

德同样不幸福的童年，认为孩提时代的菲茨杰拉德"觉得自己是落入寻常人家的迷路王子"，而这一切的原因显得那么绝望和无助，"他的情感是那样充沛啊"。

两个人都对自己的过去羞于启齿，而契弗更严重些，一提起相关的话题，他大概都会感到下体一紧。菲茨杰拉德说母亲的家庭是"1850年遭受了爱尔兰大饥荒的赤贫家庭"。他母亲姓麦奎兰，虽然一家人从爱尔兰来到新世界一般的美国之后，日子一直过得红红火火，通过经商一跃成为中产阶级，但菲茨杰拉德还是觉得有辱荣誉。两人都不是受欢迎的孩子，不擅长运动；在私立学校作为最贫穷男孩中的一员，又十分脆弱敏感。不过，他们两人都拥有讲故事的天赋，能用如簧巧舌让一屋子人听得目瞪口呆。

作为作传者，契弗的话也不可全信。比如他说菲茨杰拉德的母亲"残忍无情"，这根本就毫无根据。当他评价说，"这位严肃作家努力工作，要养活一个美丽却反复无常的妻子"，很容易让人怀疑这是他在借题发挥，抒发自己心中的怨怼。尽管如此，只有他能如此透彻地理解菲茨杰拉德与生俱来的善良。虽然他"酩酊大醉时会有恶作剧、失态和可怕的玩笑""令人震惊的缺乏自律""多年流浪在外，穿梭于各个旅馆，债务缠身，为疾病所苦"，但菲茨杰拉德仍然维持着自己的严肃和优雅，维持着他"天使般朴素美好的灵魂"。在菲茨杰拉德的小说中，他读到的是希望、深度和道德。这个写作天才有种魔力，既能召唤遥远的历史，又能让你浑身感觉到勃勃生气和那种活着的刺激和冲动。

其实比起契弗，菲茨杰拉德的诞生还是稍微幸运一些的。家人对这个孩子可谓翘首期盼。1896年9月24日，他出生在圣保罗，在几个月前的一场夏季流感中，他的姐姐玛丽和路易斯相继不幸夭折。他的父亲爱德华，来自马里兰一个历史悠久的家族（家族中最出名的人叫弗朗西斯·斯科特·基，为美国国歌《星条旗永不落》填词。菲茨杰拉德的名字就源于他）。1898年，爱德华担任老板的公司"美国藤柳工艺品"，在大萧条的前兆中倒闭了，于是一家人从圣保罗搬到工作机会较多的纽约。接下来的几年，他们辗转了很多出租屋，从锡拉丘兹到布法罗。这种到处迁徙的不稳定生活，又和田纳西·威廉斯的童年如出一辙。

爱德华的新工作是宝洁公司的零售品推销员。不过1906年菲茨杰拉德的日记中，提到了比较糟糕的状况，父亲总是酗酒，醉醺醺地在后院打棒球。尽管如此，比起那个总是不爱打扮的母亲，可怜的莫莉·麦奎兰，菲茨杰拉德仍然更喜欢这个优雅体面的父亲。莫莉十分在意儿子的健康（对于一个痛失两个孩子的母亲来说，这是再自然不过的事情），后来，菲茨杰拉德以自己惯有的自怨自艾，说自己被宠坏了，把所有罪责推到母亲身上。他曾经在账本里遮遮掩掩地写道，母亲曾要求他穿着一身水手服在公开场合唱歌。"神经质、半疯癫，神经呈现病态的紧张"，这是他后来对母亲的描述，而且对她避之唯恐不及。1936年，母亲去世，他没有去参加葬礼。不过五年前他不远千里从巴黎坐轮船去悼念了父亲。

三十多岁的菲茨杰拉德在黑暗的泥沼中挣扎，他曾经对记者讲述过从十一岁起就萦绕心间的故事。那是1908年的春天，他住在布法罗，莫莉给了他二十五美分去游泳。他正要去"世纪俱乐部"，电话响了。我想象着十一岁的他，双腿穿着长袜，迈着懒洋洋的步伐走过前厅，一边舔着那枚硬币，一边以十一岁男孩那种心不在焉的神情，听着母亲接电话时那突然升高的语调。"他记得那一天，"在账本中，他用惯常的第三人称写道，"听到母亲在电话里说的话以后，他把游泳的钱还给了她。"是的，不久，父亲就回家，宣布他失业了。"那天晚上他回到家，"菲茨杰拉德告诉记者，"已经变成了一个衰老的男人，一个完全崩溃的男人。他失去了主心骨，失去了生活的动力，失去了过去那种风采。他的余生都在失败中度过。"

这场灾难性的打击之后，菲茨杰拉德夫妇回到圣保罗，把孩子们（后来他们的又一个宝宝在出生不久后夭折，然后又生了个女儿，安娜贝尔）留在莫莉的父母那里，九个月后才来接他们。在莫莉父母的资助下，他们继续辗转于不同的住所，把麦奎兰家所剩无几的钱都投入孩子们的教育中。从那时候起，爱德华真的是身无分文了，不过表面上还维持着一个商人的体面。安德鲁·特恩布尔所著的传记中写道，他把大米、杏仁和咖啡的样品放在一张折叠桌里，桌子一直放在小叔子的房地产办公室里。但显然，就连在街角商店里买张邮票的钱，也是他妻子出的。

后来，菲茨杰拉德在思考，童年那些远去的伤痛，是否也在一定程度上影响到他成年后的事业。1936年（距离《睡与醒》和其他类似的文章在《君子》杂志发表已经两年），他在一篇文章中直截了当地提到这个话题。《作家的家》全篇行文十分怪异，叙述者把读者，也就是文中的"你"，当作站在他身边的人，带你参观他自己的家。先是地窖，一个潮湿阴暗的空间，箱子和空瓶子挨挨挤挤，堆得乱七八糟，挂满了蜘蛛网。作家本人打着手电筒，带着忧伤看着眼前这些颇有"弗洛伊德"意味的记忆碎片。他写道：

> 这是我所忘记的一切——我童年和少年时期所有复杂的黑暗的东西混合起来，让我没有去做英勇灭火的消防员，也没有做士兵，而成为一个小说家……这是我选择这个职业的原因。尽管这是如此恐怖糟糕的职业，每日久坐不动，每晚彻夜无眠，遭遇永无止境的自我否定与不满。再来一次，我依然会做出同样的选择。

他把"你"的注意力吸引到一个记忆的角落，说："我出生前的三个月，母亲失去了另外两个孩子。虽然不清楚个中隐秘，但我想这是第一件影响我的事情。我想从那个时候起，我就成了一个作家。"接着"你"会看到另一个阴暗角落的土堆，开始探索作家的内心世界。他以极不情愿的语气承认："就在这里，我埋葬了生命最初幼稚的自爱，意识到自己和别人一样，也会死去；意识到自己的确是父母的孩子，不是某个统一天下的国王的王子。"应该补充一句，这个埋葬童年幻想的坟墓，还是一座新坟，"非常新"。

他回到楼上，看到几个小男孩在草坪上打橄榄球。于是回忆起在学校一场橄榄球比赛中被硬生生换下场的情景。他的位置是负责阻截的后卫。那天天气很冷，他不太喜欢。还有，他竟然对对方拦截失败的后卫产生了同情，于是决定让他接住一个传球。最后一刻他改变了主意，但是已经晚了，因为他不合时宜的同情心，球没有接住，而且还犯了规。作家还记得那天独自一人坐公车回家，"人人都目睹了我被黄牌罚下"。之后他以这件事为灵感，写了首诗发表在校报上，他父亲特别高兴，狠狠表扬了他，好像他是驰骋橄榄球场的小英雄。

这种情绪和待遇上的奇异转换让他陷入思考，契弗一定能完全理解。菲茨杰拉德说："我头脑里种下了根深蒂固的观念，如果你在行动上有所不便，至少要能够有表述的能力，因为心中那种强烈的欲望需要发泄，就像一个情绪的后门，让你可以免于面对现实。"当然，后来，他找到了另一扇"发泄情绪"的后门，在他描述餐厅里那一瓶瓶酒的字里行间就已经初现端倪："波尔多与勃艮第的红葡萄酒，拉图酒庄的红酒与香槟，比尔森啤酒与廉价葡萄酒，被公开禁止的苏格兰威士忌和亚拉巴马私酿酒。喝酒的时候总是回味绵长，沉醉其中。但我那时候还看不到这条'酒河'的尽头有着什么样的悲剧。"

如果契弗读到这些文字，停下来思考，肯定会深深信服，"表述的欲望"是非常积极和高贵的。"直截了当的叙述，其治愈力量是难以估计的。"我在博格的收藏中找到一段来自他的未注明日期的话：

> 孩提时代，大人给我们讲故事，将梦与醒之间的深邃鸿沟连接起来。我们给自己的孩子讲故事，目的也是如此。每当我身处危险，比如滑雪缆车半路卡住了，暴风雪即将来临，我立刻开始给自己讲故事。痛苦的时候，我也给自己讲故事。我想，弥留之际，我也会给自己讲故事，好让生与死之间有所连接。

此言不虚，特别是他所说的那种神奇作用。对他来说，讲故事就是治愈一切的灵丹妙药，是痛苦与危险中的救命稻草。这种观点在他1962年的一封信中也昭然若揭。信是写给一个研究生的，对方研究的方向正是契弗的著作。信中说，他成为一个作家，是为了"将那种笼罩在我整个家庭上空的愁云具象化，并且在文字中释放敏锐的感觉"。然而，在人生更为黑暗的时期，他则开始思考，讲故事是否在某种说不清道不明的程度上，和他酗酒的欲望有关。他1966年的日记中，很多内容都在思考菲茨杰拉德自我毁灭的漫长旅程，文字显得焦虑无比，忧心忡忡：

> 作家培养、延展、提升和拓宽自己的想象……随着想象的膨胀，焦虑情绪也在膨胀。于是不可避免地被各种恐惧症压垮，只能通过大量海洛因或酒精去疏导。

作家的压力的确是非同寻常的，然而上面这段话的真正意图，显然是不愿意承担责任，是所有酒鬼众口一词的借口。看看那些醒目的字眼，"不可避免""只能"，真是巧妙的潜移默化。这些词给人一个印象，酒鬼都是被无处不在的巨大力量逼着酗酒的，根本无从抵抗。

两年后，他大概对自己的情况认识得更清楚，态度也更严肃了，于是文字也变得小心谨慎：

> 我必须说服自己，对于我这种性情的人来说，写作并非自我毁灭的职业。我当然如此认为和希望，但还不能真正确定。写作给我带来财富和名望，但我怀疑也和我酗酒的习惯有关。酒精带来的兴奋和幻想带来的兴奋实在太相似了。

两种兴奋感似乎都能够带他脱离现实，就像撑竿跳，一跃而过那不堪回首、令人沮丧的过去；也跃过越来越混乱，令他身陷囹圄的现在。然而，要去探查个中的细节，就像解开一团乱麻般困难。我又想起契弗在《猎鹰者》中对自己的回忆所做的处理。小说以监狱为背景，主人公是出身良好的海洛因"瘾君子"法拉格特。他在戒毒过程中遭遇一阵阵痛苦挣扎，一名狱警问他："你为什么吸毒？"整句话引得回忆如潮水般涌来，记忆的尽头，十五岁的法拉格特开车去那佳斯科特，阻止父亲跳海自杀。他沿着海滩飞奔，一路伴随着火车车厢在铁轨上碰撞发出的咔咔声。游乐场围了一大群哈哈大笑的人，聚在一起看法拉格特的父亲在过山车上发疯，拿着一个空瓶子假装喝酒，演哑剧似的作势要纵身一跃。法拉格特请控制台的人把父亲带下来。法拉格特先生终于踉踉跄跄地回到地面上，回到儿子身边。而这个儿子是他"最小的儿子，他不想要的儿子，让他扫兴的儿子"。"爸爸，"法拉格特说，"你不应该这样对我，不能在我人格形成的时候做这样的事情。"回忆独白到此戛然而止，法拉格特自言自语地重复着狱警的问题，充满着浓重的讽刺意味："哦，法拉格特，你为什么吸毒。"不过，这次契弗都懒得打一个问号。回忆里的故事已经说明了一切。

. . .

　　夏洛特机场有摇椅设施，有个货摊上还在卖烤肉。飞往迈阿密的航班延迟了，登机时已是傍晚。跑道上有绿色和蓝色的圆点标记，还有大片的红色印记。金色的晚霞洒满全城，巨大的建筑投下浓重的阴影。双脚迅速感到一刹那的沉重，整个飞机就上升到了空中，穿过一缕一缕烟灰色的云朵，接着是一望无际的蓝黑色，像墨水泼洒了无边无际的天空。我感觉自己的身体似乎整个脱离了平时的轨道，然而却十分放松，身轻如燕，心中也如释重负。

　　又要转回南边去了，回到佛罗里达，那个布满湿地的亚热带半岛。富人蜂拥而至，享受奢华假期；穷人趋之若鹜，力图脱贫致富。那里是"海明威之乡"。美国有很多地方都和海明威这个名字联系在一起，比如密歇根、怀俄明和爱达荷，但佛罗里达，或者说围绕着这个州的茫茫大海，是海明威度过生命中最快乐岁月的地方。他有一条黑色的游船"皮拉尔号"，他总是呼朋引伴，出海钓枪鱼。佛罗里达是他欧洲之行后落脚的第一个地方，也是他和宝琳·费孚婚姻维系的十年里的安居地。

　　1928年3月，两人携手离开巴黎。宝琳怀着六个月的身孕。他在船上给新婚妻子写了一封洋溢着浓情蜜意的信，说自己迫不及待想要结束在该死的大西洋上飘来荡去的生活。他说，赶快去哈瓦那和基韦斯特，然后就安定下来，孩子快出世了，他要做爸爸了。

　　他们住进基韦斯特的一套公寓，等着他们的福特轿车是宝琳的阔叔叔格斯的礼物。4月10日上午，他们迎来一场毫无预兆的团聚。几个星期前，海明威的父母寄信到巴黎，说他们要到佛罗里达的圣彼得斯堡度假。但信没有穿越大西洋寄到他们手里，海明威根本不知道父母就在自己的新住所附近，而父母以为他还在法国。度假中途，他们去哈瓦那远足。坐游轮回到基韦斯特时，海明威的父亲发现码头上有个人，佝偻着身子在钓鱼。

契诃夫的小说《草原》中的瓦夏有着惊人的视力，克拉伦斯·爱德蒙兹·海明威也是如此。他一下子就认出这个矮壮结实的身影是自己的儿子，他像只鹌鹑似的吹起了兴奋的口哨。这是来自家人的召唤。海明威跳起来，飞奔过去见他们。母亲格蕾丝还容光焕发，但爱德蒙兹瘦了很多，看上去老态尽显，筋疲力尽。他总是穿着一件高领衬衫，但仍然能看到骨瘦如柴的脖子。不过，看到儿子他当然高兴得很。"我们欢天喜地地团聚，"一两天后他写道，"真是像做梦一样。"

海明威马上带着爸妈去见宝琳。不过两位老人之前听到他离婚的消息，都不太高兴。（"哦，欧内斯特，你怎么能离开哈德莉和'撞撞'？"1927年8月8日，他的父亲写道，"我早就爱上了'撞撞'，为他，也为你——他的父亲，感到骄傲。"）海明威的姐姐玛赛琳娜写过一本可信度比较低，很像肥皂剧的回忆录《海明威一家》，里面提到，这场相遇的意外之喜算是稍稍缓和了两位老人的伤痛。"爸爸跟我讲这件事，从眼角拭去一滴泪。"她写道，"这次和欧内斯特的相聚对我们的父母来说意义重大，特别是父亲，因为多年来大家的关系都有些疏远，他是如此思念欧内斯特。"

那天下午海明威家这两个男人合了张影，站在一辆体面的汽车旁边，背面阳光的照射下，汽车看上去是黑色的。海明威靠在车上，穿着袜子和轻便的长裤，一件随意的菱形图案背心，一件衬衫，特别白，双肩都和天空混为一色了，看不清。他双手紧握在身前，头发还抹了发胶，看上去竟然有点调皮。他胳膊下面夹着一个小小的深色物体，有点像热水瓶的瓶套，也可能是一件毛衣。

海明威医生没有看镜头。他侧着身子，专注地看着儿子。他穿着三件套的西装，打着领带。就当时的天气来说，可能会觉得很热。他手里拿着一顶水手帽。老先生的鼻子和下巴都尖尖的，眼窝深陷，就像不久以后海明威在《两代父子》里描写到的亚当斯医生。这个著名的形象既取材于海明威医生，又和他不尽相同。生动的文字中能看到海明威眼中的那个父亲的形象，身材、动作、肩膀、鹰钩鼻子、下巴上的一把胡子……最重要的是那双著名的眼睛，比得上凶猛的公羊，比得上雄鹰。

如果当面问海明威，他肯定会说这个《尼克·亚当斯故事集》中的父亲形象和海明威医生之间毫无关系，只不过两人恰好都是医生，住在同样的地方，视力都很棒。事实上，三年前，1925年3月20日，他给父亲写了封信，做出了上述解释。说很高兴父亲喜欢这个故事，他已经写了好几个类似的故事，都发生在密歇根乡村。除了地方还是那个地方，其他东西都是虚构的。

也许此言不虚，也许只是遮掩。1930年，一封海明威写给麦克斯·珀金斯的信中，他说的话可和说给父亲的不太一样。他谈起《在我们的时代》，就是那本收录了《医生夫妇》的集子，说这本书之所以显得很真实，是因为大多数故事都是真实的。还说自己不擅长编名字和事件，都是如实写来的，但现在对此感到非常后悔。

无论是真是假，《医生夫妇》中描写的场景和事件都暴露了海明威对父母最为厌恶的种种。故事一开头，亚当斯医生站在湖边，试图组织一群印第安人帮他锯木头和劈木头。这些木头是从运木头的船上滑脱后被水冲到湖滩上来的。医生觉得不会有人大费周章地回来找，要是自己不处理，也就烂在那儿了。一个帮忙的人，海明威笔下的"混血儿"迪克·博尔顿指责医生偷了好大一批木材。他让大家把木头上的沙土洗干净，看到上面有过秤人留下的锤印，原来是怀特和麦克纳利木行的财产。医生恼羞成怒，发起了火，想把大家给吓住。但他还不够那个气势，最后居然大错特错地挑战迪克，要跟他打一场。接着他又退缩了，走开了。湖滩上的男人们看着他转身走开，挺着僵直的背，回到山上自己的小屋中。

亚当斯医生第二次自取其辱，是和妻子在家里的隔墙对话。妻子犯了头痛，躺着休息，百叶窗也放了下来。医生清理着自己的猎枪，而妻子不断引用着《圣经》里的箴言，否认着他所说的每一件事，说什么没人会做出那样的事情。她在墙那边说着，而他在墙这边把黄澄澄的猎枪子弹撒在床上。接着他出去了，身后的纱门猛地关上，听见妻子倒抽了一口凉气。他道了歉，走进树林，看见尼克正靠在一棵树上看书。他跟孩子说，妈妈想见他。但尼克不想走，他想和爸爸一起去抓松鼠。亚当斯医生说行，那就一起去吧。温馨的父子对话之后，故事就这样结束了。

虽然结尾是父子天伦之乐的对话，但故事里总闪烁着危险的火苗。它有点像《我躺下》中尼克·亚当斯所叙述的钓鳟鱼和失眠的经历，让我在前往卡罗来纳的火车上念念不忘。《我躺下》写于海明威到基韦斯特之前的那个夏天，几个月后收录在《没有女人的男人们》中出版。

有些晚上，尼克想象不出令自己放松的钓鱼场景，于是靠回忆早年的所有经历来保持清醒。他先想一遍所有认识的人，为他们都念一遍"万福马利亚"或"天父保佑"。他回到记忆的最初，他出生的房子的小阁楼。小阁楼有两个特别之处：父母的结婚蛋糕装在一个铁盒里，挂在一根房梁上；一罐罐的蛇和其他动物标本堆满小小的空间，都是父亲小时候搜集的。蛇都泡在酒里，但酒精慢慢挥发了，蛇暴露在外面的部分逐渐变白。他说自己能回忆起很多人，为他们祈祷，但没有说出这些人的名字。唯一真正用语言描述出来的，就是锡纸盒中的蛋糕和逐渐变白的蛇。

尼克继续和读者对话，说其他时候会回忆发生在自己身上的每一件事，就是尽可能地从战争之后往前去回想。这么一来，他的思绪又立刻回到那个小阁楼，就从那里开始，回忆起祖父去世之后，母亲设计并建了一栋新房子，很多过去没动过的东西都扔到后院烧了。"没动过的东西"，这是一个很模糊的概念。到底是太珍贵了，他们命令这个小男孩不许动，还是说很微不足道，根本不值得搬到新家去，是孩提时代的尼克无意中听到的父母对仆人下的命令？

尼克的回忆继续着。他还记得那些瓶瓶罐罐被丢到火里，在热气的作用下噼里啪啦地响，酒精与火相遇，吐了几条小小的火舌。他还记得后院那些蛇，但回忆里没有任何"人"的身影，只有不同的事物。尼克说，他想不起是谁烧了那些蛇，所以他放任自己在回忆里游走，直到想起某个人，停下来为他／她祈祷。

接下来的一段，他回忆母亲搞大扫除的场景，又来了一场火。这次亚当斯夫人烧的是地下室里那些"不应该在那里"的东西。亚当斯医生回到家，看到家旁边路上燃着的那堆火。"这是什么？"他问道。母亲站在前廊上说烧的是地下室的东西，还笑着和父亲问候。父亲却赶快叫尼克去拿耙子，然后在一堆灰里仔仔细细地找了半天，找出一些做箭头和剥兽皮的工具，还有很多弓箭头和一些陶片，全都被烧焦了。父亲把它们全部"抢救"出来，铺在路边的草地上。

接着父亲叫尼克把他身上那几个装猎物的帆布袋和猎枪拿进房里，然后再拿张报纸出来。他从父亲办公室的那堆报纸里抽了一张。父亲把那些被熏黑的石头工具摊在报纸上，仔仔细细地包起来。父亲说最好的箭头都被毁了，然后拿着一个个小纸包进了屋。尼克一直待在外面的草地上，手里拿着两个帆布袋。过了一会儿，他拿着袋子进了门。他回忆的这件事除他之外只有两个人出现，所以他为他们祈祷。

最近我读到一篇保罗·史密斯写的文章，题为《该死的打字机和燃烧的蛇》。文中提到，这个故事早期的草稿中，母亲还说了一句话："海明威帮了我的忙。"显然，这是尼克·亚当斯这些故事里，海明威的名字唯一一次出现。不过，史密斯也竭尽所能地解释，这并不能说明《我躺下》就真的是作家的自传，也不能说明这些故事真正地发生过。虽说海明威的各种传记里都会把这些故事作为事实来引用。现实也许并非如此，这些可能都只是虚构的故事，一切都有些太过梦幻，不合实际，不可捉摸。但就算那句提到海明威名字的话被删掉了，这个场景也显得异常真实，完全就是有孩子的夫妻之间会发生的对话。

不久前，文学界很多言论都把那些毁掉的箭头解读为"阉割"的隐喻。尽管这样的观点有违海明威一直以来顽固坚持的"物品即物品"的单纯写法，却无可辩驳。描述到那些被烧毁的蛇，被毁掉的箭头和工具，那些让一个小孩子无比沉迷的东西时，那种伤痛和惋惜简直溢于言表。（我突然想起田纳西的母亲爱德维纳·威廉斯后来回忆自己的儿子，说比起同龄的孩子，他的观察力堪称非凡。别的男孩子可能看到一朵花就一把摘了下来，而他却静静地看上好久，沉迷其中。）一个人竟然可能只出于自己的意愿，就强势地毁掉另一个人所珍视的东西。这些心爱之物被毁坏，无论有没有象征意味，都给一个孩子留下了难以想象和难以消解的悲伤与愤怒。我想，这种感觉无异于心上压着一块烧焦的巨石。

书中这种不幸福的夫妻关系，至少有那么一点点是取材于现实生活的。格蕾丝·海明威是个风风火火的强势女人，而丈夫则温良恭俭，总是唯唯诺诺，只偶尔因为特别抑郁或者愤怒才小小地爆发一下情绪。爱德蒙兹终身滴酒不沾，一直到死都怀抱着对金钱的焦虑。他要求妻儿都要记账。儿女都基本长大成人之后，还仍然严格要求他们少参加舞会，多去图书馆。他的女儿玛赛琳娜曾经回忆说，父亲管得真是太严了。他会体罚孩子，但也很讲荣誉，热爱户外运动，对孩子们也产生了巨大的影响。而格蕾丝的性格所带来的影响却不太一样，从孩提时代起就让儿子极度反感。还在襁褓中，她就强行把海明威打扮成女孩。海明威和哈德莉离婚后很久，还写信给前妻，以十分严厉的言辞批评母亲。

无论如何，一切都将瓦解和崩溃。那次巧遇之后，海明威只见过父亲一面。1928年10月，儿子帕特里克出生后几个星期，他回到童年时代的家，伊利诺伊州橡树园北肯尼伍斯大道600号。这个家是母亲设计并出资建造的。与儿子团聚期间，爱德蒙兹看上去很疲惫，很急躁，身体不太好。尽管压力和担忧已经像千吨巨石般要把他压垮，但他还是只字未提。他本来计划退休后去佛罗里达开个诊所，还在房地产繁荣时期买了一块地作为投资。但现在经济萧条近在眼前，他的财务和健康状况都亮起了红灯。他被诊断患有心绞痛和糖尿病，对同事说自己"被糖堵住了"。

海明威离开后，爱德蒙兹给他写了一封简短又充满父爱的信。信里面还有个信封，写着"致吾儿"。里面有一首诗，是爱德蒙兹斜斜的笔迹：

> 最亲爱的儿子，
> 我对他的情感不知从何说起；
> 他的新书刚刚问世，
> 只能献上我由衷的欢呼："好棒！"
> 与深深的爱意。

信里面的"爸爸"的落款也很奇怪地加上了引号。

一个月过去了，他醒来时感到双脚剧痛难忍。作为一名医生，他立刻意识到这可能是糖尿病神经病变的症状，也许会导致坏疽或截肢。仿佛命运的警钟在无情地敲响。身体上的痛苦，再加上一笔还没还清的债务，他焦躁无比，告诉格蕾丝自己很害怕。妻子建议他去看医生，但他没有去。他出了门，中午前又回了家，来到地下室，在那里烧掉了几张纸。接着他大声对楼上的妻子说，他很累，要休息下，午饭时再来叫他。接着他走进卧室，关上房门，拿起父亲留下的32口径史密斯威森手枪，对准自己的右太阳穴来了一枪。

那个时候，海明威正在纽约的布里沃特酒店吃午餐。十年后，契弗也是在这里，在痛饮之中消磨一个又一个下午。陪着海明威的是他五岁的儿子"撞撞"，刚刚才从巴黎来到纽约。吃完午饭后，海明威带着儿子到了宾州车站，搭乘"哈瓦那专列"去往基韦斯特。就在新泽西首府特伦顿城外，乘务员给了他一封来自橡树园的电报，上面写着："今晨父逝，尽量安排来一趟"。

他感到头晕目眩，在费城下了车，把年幼的儿子交给一个乘务员。他身上只有四十美元的现金，不够回家的路费。他给麦克斯·珀金斯拍了封电报，让他通过"西联汇款"寄些钱来。接着，他想麦克斯可能已经下班了，于是就给当时住在特拉华州的菲茨杰拉德打电话。菲茨杰拉德马上就接了电话，也立刻答应了他的请求。几天后海明威在橡树园给他写信，感谢老友那么快就借钱给了自己。证实父亲就是和报纸上说的一样，饮弹自尽了。并表示一到基韦斯特就还给斯科特一百美元。他说自己很喜欢父亲，他的死对自己打击很沉重，但还是强撑着写了这封信，表达感谢。

可以想象，当时"强撑着"的海明威大概就像一棵内部已腐烂的树，看上去可能还正常，但用手一扒就能弄得粉碎。一个星期后，他给麦克斯·珀金斯写了封更具体的信，说父亲在密歇根和佛罗里达等地留下了很多完全不值钱的土地，还需要缴很多税。没有其他的资产，钱都被花光了。而且之前因为心绞痛和糖尿病，也没有公司愿意给他投保。父亲把所有的积蓄和佛罗里达的祖产都败光了。他还说自己因为痛苦，很久没能入睡了，父亲一直在自己的脑海中。

这就是海明威医生。有时候他会用肥皂水把儿子的口腔清洗一遍，有时候拿起磨剃刀用的皮带把他狠狠打一顿，有时候为了区区一点钱就陷入无法消解的急躁狂怒。他给儿子灌输了无上的荣誉感和对运动的喜爱，深深影响了海明威的一生。海明威对密歇根的树林草丛、清澈湖水、虫鱼鸟兽、野鸭天鹅、枯萎的草、丰收的玉米、废弃的果园、苹果加工厂和熊熊野火，都有着不可言说的爱，这一切也都是来自父亲的潜移默化。现在，死去的海明威医生阴魂不散，仿佛在说，张开嘴，儿子，还有块大石头得吞下去。

• • •

飞机正在穿越气流。我们上上下下颠簸不停。机舱里有点微微紧张的气氛。空乘人员脸上还带着坚定的微笑。空气中有微微的凉意，还有香蕉口香糖的味道。

我沦陷在"父与子"的世界里。出于某种可怕的巧合，佛罗里达的房地产泡沫也是诗人约翰·贝里曼的父亲死亡的原因之一。成年后的贝里曼以非常阴郁的笔调提到过他和海明威有着共同的遭遇。他曾经写过一首诗，献给自己和海明威，诗句中仿佛在对某种冥冥中的力量祈祷，两人不要被父亲的饮弹自杀所困，不要追随父亲的道路，重蹈他们的覆辙。

贝里曼的一生扮演了很多角色，充满激情的老师、成果卓著的学者、丈夫、父亲、沉溺在女人堆里的"花蝴蝶"和酒鬼。"他是我见过的最聪明，最富有激情，也最巧舌如簧的男人，"他的学生，同是诗人的菲利普·莱文回忆说，"有时候甚至是最善良和最温柔的男人。"贝里曼的文风一开始让人神经紧张，不太连贯。但是他染上酗酒的毛病后，文风就变了，上升了好几个层次，写出来的《梦歌》赢得了普利策奖，对生与死的呈现真正引人入胜。这些诗章的叙述者是与贝里曼若即若离的另一个自我，亨利·豪斯，有时候又叫"小猫咪亨利"或者"暴躁亨利"，要么就叫"伯恩斯先生"，美国的中年白人，顶着一张黑皮肤的脸（象征着很多很多从别人那里借来的身份），遭受过无法挽回的失败。虽然贝里曼一直强调伯恩斯绝对不是诗人本身的写照，但身上有着所有与他一模一样的元素。

之所以强迫症般地为叙述者取这么多奇怪的名字，原因之一是贝里曼童年时经历过一次痛苦而混乱的改名过程。如果严格地抠字眼，我们不能说"约翰·贝里曼"是在1914年10月25日出生于俄克拉荷马州的，因为婴儿时期的他，接受洗礼时冠了父亲的名——约翰·阿林·史密斯。据说父母的婚姻从一开始就不幸福。贝里曼的母亲玛莎晚年时写过一篇自传式的短文，说老阿林强奸了她，并以此要挟，"屈打成婚"。无论这个诡异的故事是真是假，至少我们可以看出，她所在意和爱着的，是自己的长子，对丈夫则毫无爱情可言。

史密斯是第一州立银行的信贷员，但1924年不幸失业。第二年秋天，他来到正在经历房地产繁荣的佛罗里达。妻子和岳母随行。但孩子们，也就是小贝里曼和弟弟罗伯特，被留在一家天主教寄宿学校。进入学校的几个月来，贝里曼一直遭受欺凌。最终一个邻居把这个情况告诉了他们的母亲。玛莎从坦帕坐火车来接儿子们。两个孩子在校长办公室眼巴巴地等着母亲，所有的东西都装在两个纸袋里。圣诞节时，史密斯一家团聚了，三个大人都在他们新开的餐馆"橘子花"里工作。

在小贝里曼眼里，生活似乎就要出现转机。十九世纪二十年代初期，佛罗里达是个"日进斗金"的地方，每天都有一夜暴富的传奇故事。房地产的繁荣也让史密斯一家在短暂的岁月里有所获益。但1926年春天，泡沫就破灭了，导火线是迈阿密港的一艘船沉了，它挡住了那些运送建筑材料的货船。接着，就像玛莎在多年后的一封信里写的，"一切就像晴天霹雳，艳阳天突降大雪"。随着泡沫的破灭，"橘子花"也难以为继，只好贱价出售。一家人在简陋的出租屋之间辗转，最后在清水海滩上租了套公寓，房东是一对更年长的夫妻，约翰·安格斯和埃塞尔·贝里曼。

从约翰·贝里曼的名字，各位大概能推测出后来发生的事情了。玛莎和约翰·安格斯开始了一段秘密的婚外情，但显然纸包不住火。埃塞尔试图劝说丈夫搬去纽约，但后者很绝情地变卖了所有财产，分给妻子一半，还把车子也给了她，让她搬出去。与此同时，约翰·阿林则日日借酒浇愁，和一个古巴女人交往甚密，后来那女人把他的最后一点钱也骗光了，跑得不知所终。约翰·安格斯常常来公寓里。三个大人还会为未来何去何从而争吵。

离婚的流程正式开始，约翰·阿林整日拿着枪在海滩上游荡，或者泡在海里游泳。一天，他拿绳子牵着罗伯特来到海湾，游到很远很远的海中，约翰·安格斯不得不去把他们给接回来。那之后他们的讨价还价进入了"撕破脸"的阶段。不知道什么时候，玛莎从丈夫那把32口径的手枪里拿出五颗子弹，只留下一颗在枪里，其余的埋进了沙子里。1926年6月25日，三个人又在大吵大闹中度过了一个漫长的夜晚。大概午夜时分，玛莎在沙发上睡着了。过了一会儿，她醒过来，发现约翰·安格斯已经离开，而约翰·阿林睡在夫妻俩曾经同床共枕的床上。清晨六点，她又醒了，发现丈夫不在屋子里，而是四仰八叉地躺在台阶上，阳光下能清晰地看到胸口那个弹孔。他在她的梳妆台上留了张字条，写着："我又失眠了，已经连续三晚了，头痛得厉害。"

那个夏天，佛罗里达有成百上千的人举枪自尽，所以警方并未调查阿林的死。尽管贝里曼的两部传记中都暗示，这不像是一起普通的自杀，因为伤口周围没有出现自己开枪时容易留下的常见的火药烧伤。而玛莎呢，十个星期之后就嫁给了约翰·安格斯·贝里曼，让儿子们随了他的姓，而自己也按照新丈夫的要求，改名为吉尔·安吉尔。长大成人后的贝里曼，沉溺在酒精当中，总是循环往复地戒了酒又上瘾，把自己喝个半死，在"鬼门关"前徘徊。他少年时候可没人预见到，这么个浑身酒气的男人，会一遍又一遍在《梦歌》中提到那颗子弹和父亲游泳的故事，还说那些疯狂的事件毁掉了他的童年。

一句诗突然钻进我的脑海，也是来自《梦歌》，好像是关于什么碎片，男人被烟酒撕扯，却沉溺其中，最后被撕成碎片，以碎片的形式坐起来，写下这些诗句。

这是婴儿般的哀号，令人感到无限悲凉。童年时那种对爱、关怀和安全感的渴望，如果一直延续到成年，会产生什么样的后果呢？我想，你会不顾一切地去填补这种空虚，以逃避心中那种糟糕而令人窒息的感觉。那种感觉有时甚至像一把利剑，弄得你支离破碎，仿佛五马分尸，让你自我撕扯，最终迷失其中。

用弗洛伊德和梅兰妮·克莱恩的理论来说，这就仿佛得不到母乳的婴儿，满怀着原始的恐惧。当然，也可以说是童年时代的安全感被撕碎，还没来得及给自己编织一个足够面对世界的保护网，所以成人之后这种恐惧仍然深入骨髓。很少有人探究，为什么《梦歌》里有那么多被剥去毛皮或撕扯掉皮肤的意象。的确，贝里曼曾经十分阴郁地对编辑"开玩笑"说，这些诗句都是他被剥下来的皮肤上青一块紫一块的伤痕。

电光石火间我突然想到，贝里曼诗句中的"碎片"，也许和《我躺下》中那些从灰烬中扒出来的东西有异曲同工之妙。那些被毁掉的刀和箭头，那些曾经完整和有用的东西，现在却变成发黑的碎片。那个故事的一切情绪都是围绕那堆熊熊大火发散开来的（事实上，我在一部传记中读到过，火的意象如此强烈，说明这肯定是真实发生过的事情。但这个观点似乎大错特错，严重误解了海明威本人所尊崇的艺术）。尽管如此，我也在思考，这种令人无比紧张的感觉，是否从一定程度上源于那个孩子的敏感。在父母面带微笑的沉默战争中，存在着一种剑拔弩张的热气，而这种热气灼伤了一切，本该保持完整的东西变得支离破碎。对啊，接着尼克就拿了张报纸来把那些"残骸"都包裹起来，这张报纸，其实就是作家用文字编织的自欺欺人的假面具，沉溺其中，逃避现实。

渴望、酒精、需求、碎片、写作。这些词传达着非常重要的东西。我能感觉到，但又说不清道不明。这是我至今未能破解的密码，多年来始终萦绕在心头，令我冥思苦想，无法释怀。童年经历、酒精和写作这三者的关系实在是太复杂了。我读了很多很多相关的论文，讨论童年时代的压力和能调和这种压力的因素，讨论遗传自父母的糟糕个性与优秀品质。还有些论文里提到"阉割"和死亡倾向的概念，说海明威的母亲是他内心世界的"黑暗皇后"。这一切都让我想起贝里曼诗歌中频繁出现的元素，就是本段开头的这五个词。如同算珠一样，噼里啪啦地响着，让人无法忽视。

渴望、酒精、需求、碎片、写作。我越来越感觉到，写作和酗酒这两种逃避现实的策略有种隐藏的联系。两者都与一种感觉相关，就是某种珍视的东西支离破碎，而又想要去修补（用契弗的话说，就是要使它恢复健康和形状），再百般否认自己徒劳的努力。所以才有了这些神经质般的复述，什么那佳斯科特，什么尼克·亚当斯，什么小猫咪亨利，迪克·戴弗，埃斯塔布鲁克和科弗利之类的。

玛格丽特·杜拉斯也是个"酒鬼作家"，钟爱在自己的过往经历中捡拾一些碎片。批评家埃德蒙德·怀特曾经写过有关她的文章，其中提到：

> 也许大多数小说都是幻想和回忆互相碰撞连接的结果，是间接地满足了某种愿望，也是重复出现的强迫症。对于那些令人费解的重现痛苦人生经历的行为，弗洛伊德就是如此评价的（他说，之所以重复这些真实经历，就是想掌控它们，不为其所控）。就像一段音乐，对旋律越熟悉，越能对其进行巧妙而优雅的改编。

如果非要让我回答这个问题，我大概会说，除去所有其他的功能，虚构的小说在一定程度上可能发挥了仓库的作用。保存在这里的东西，既离主人很近，但又可以做到眼不见心不烦。非要详细解释的话，我大概会讲个故事。埃德蒙德·海明威自杀后，验尸官拿走了那把32口径的手枪。后来格蕾丝想办法把枪拿了回来。在海明威的请求下，格蕾丝把枪寄到基韦斯特儿子的手里，还寄了一些自己的画作和一封信，说这把枪并非永久为海明威所有。这个故事的结果众说纷纭，一个版本说海明威没理会母亲，把枪扔进了湖中。也许是真的。不过可以确定的是，十多年后，已经和第三任妻子玛莎·盖尔霍恩结婚的海明威，辗转于古巴和爱达荷州太阳谷之间，某天（按照他的习惯，应该是在早上）来到书桌前，写下了以下的话：

> 你父亲用这把手枪自尽后，你从学校回来，他们已经办完了葬礼。验完尸之后，验尸官退还了手枪……

他已经把手枪放回橱柜抽屉里原来的位置，但第二天又拿了出来，和丘布一起来到雷德洛奇高地的顶端。他们曾经在这里修建过一条通向库克城的路，穿过山口和熊牙高地。那上面没什么风，冰雪终年不化，在那个据说两百四十多米深的湖边，他们停下了，深绿色的湖水平静而神秘。丘布牵着两匹马。他爬到一块石头上，看到平静的湖面倒映着自己的脸。接着他两根手指握着枪口，然后松了手。看枪在水面冒了几个泡泡，直到变成表链挂饰那般大小，沉入水底，消失在视线中。[1]

描写这段话时他应该是很开心的，在想象中登上蒙大拿州清新美妙的高地，枪沉入水底，渐渐消失，消失在海明威善于描写的一片无瑕的美景中。但还应该看到，主人公的这一行为带着一种有趣的紧迫感。罗伯特·乔丹，引文中的"你"和"他"，也是《丧钟为谁而鸣》的主人公，是先看到绿色湖面上自己握着枪的倒影，才松手扔了枪。这其实是一个短暂的"戏中戏"，主人公是海明威的自我，而这个自我在小说中也不得不找个镜子一样的东西进行自我审视。最后，这件事情以完全的静默告终，就像覆盖在山顶上终年不化的积雪。

"我知道你为什么这么处理那把老枪。"丘布说。
"嗯，那我们就不必再提起它了。"他说。

而酒精在其中扮演了什么样的角色呢？想象一下，写下这一切的时候，他内心解脱与恐惧交织，这是多么复杂的感情和压力。想象他重重

---

1 引自海明威著作《丧钟为谁而鸣》，此段是译者根据引文自译。

地下笔，写下这一字一句。想象他站起来，关上书房的门，走下楼。胸中那种突然加快的心跳，怎么解决？当然是来到酒柜前，给自己倒一杯只属于自己，任何人也夺不走的人间佳酿：美味的琴酒；醇厚的朗姆。扔一块冰块进去，把酒杯送到唇边，抬头一饮而尽。

第六章　南下

晚上十点半，飞机到了迈阿密上空。闪烁变幻、色彩各异的美丽灯光率先抢占了视线。接着从飞机上俯瞰到的东西全都一掠而过：弥漫的黑色阴影，我知道是云，但有那么短暂的一瞬，看起来就像头顶有什么巨大的东西在游动而投下的阴影。我们越过大西洋，飞机迅速下降，我的耳边一阵轰鸣。飞机刚一着陆，我后面的一个女人立刻开了手机。"你猜谁也坐这班飞机？！我爸和他前妻。在机场遇到他们的时候，我都要抓狂了。"

这是我第一次坐国内航班，也是第一次没有托运行李。没有其他事情可做。我从行李架上拿了自己的包，径直走出飞机。机场灯火通明，没什么人。我在不同楼层来回逛了好长时间，想找到酒店班车的车站。天气很热，我在室内室外不断切换，坐着自动扶梯下降，又坐着电梯上来。阵阵倦意袭来，仿佛身体发出的警告。最终，我给酒店打了电话，但那边的线路似乎出了问题。"转酒店人工服务，请拨5。"一个相当机械的声音不断重复这句话。最终，当我差点因为沮丧而哭起来的时候，迷你巴士终于出现了，一路把我拉到"红屋顶旅舍"。

第二天早上，我去取了租的车。天阴阴的，有点闷热，一群秃鹰在城市上空盘旋。我开车上了一号路，一路经过各种购物中心和脱衣舞夜总会，还有挂着算命或修电脑招牌的店铺。接着建筑逐渐变得稀疏。最终，在防鳄鱼的栅栏那头，只有长着红树林的沼泽和一片片水洼，不时有身姿轻盈娇小的白鹭俯冲下来抓鱼吃。过了一会儿，整片土地变窄了，仿佛人身上的脖子，大海在沼泽的那头出现了。海看上去很浅，周围是一排排沙堤和深一些的沟渠，色彩仿佛音乐旋律般变幻，从蓝绿色到绿色，再到浓郁的紫色，仿佛谁不小心打翻了一杯葡萄汁。

我把车停在通往喜庆日礁岛的桥边。防波堤上有两个黑人老太太在钓鱼。我向她们问好，其中一个转身向我回礼。"你要去基韦斯特？"她问道。我回答是的，她朝延伸到海中的桥桩点点头，"原来是走这条路。"我问她在钓什么，她回答说："鲷鱼啊，黄花鱼啊，就是从这儿游到港口去的那些个东西呗。"

半路上，我在"裂海螺"餐馆吃午饭。喝了杯啤酒，吃了油炸鸡肉玉米饼，接着继续开车上路。"海螺"（Conch）这个词，又可以用来称呼那些礁石岛上的原住民。短短几分钟，我就来到七里桥的桥头。我这半辈子的梦境中，一直不断出现跨越水域的行为。开车上桥时，奇异有趣的感觉突然如潮水般涌来，仿佛很多现实的场景互相重合。桥上的路是用粉色的混凝土浇筑的，老桥在旁边并行，栏杆都生锈了。远远地，能看到海上那些长着红树林的小岛，东边还有一艘孤独的白船。过了很多天，当时的感觉还历历在目：广阔的水域近在眼前，我仿佛在这水面上空飞行，身轻如燕，畅通无阻。

一切都在融合，墨西哥湾的水汇入大西洋。巴希亚洪达岛，深水湾，西班牙港桥，诺福克岛的松树。我在基韦斯特迷了路，发现自己进入了海军的船坞。海明威就曾经把他的"皮拉尔号"停在这里。我退出去，查了下地图。乍看上去，整个城镇仿佛被谁施了魔法，简陋的小板房却有极不相称的美丽花园。我从来没见过种了这么多花的地方，土壤仿佛肥沃得有些荒谬。路边种满香蕉树和愈疮树，小鸡仔儿们欢实地一路小跑。猫也是随处可见，还有大大小小的蜥蜴。大家都穿着夹趾拖鞋，慢悠悠地往家里走，或者骑着单车，穿过一片片浓重的树荫。

我那套旅馆房间被漆成了迎春花那种淡黄色，空调发出令人安心的小小轰鸣声。打开行李简单收拾了一下，我马上就去了游泳池。一对情侣拿着塑料杯子在喝啤酒，一边谈论着古巴。"那儿的人太糟糕了。"其中一个说。我坐在阳光下，读着一本书，里面写着海明威常去的地方。等我再站起来时，身体已经和泳衣融为一体，晒成那种有些深沉的粉红色了。

· · ·

在十多年的时间里，海明威不时回到基韦斯特的怀抱。这是他的休养生息之地。他总是在这里与旧日挥手告别，或者开启人生的新篇章。父亲去世以后，他回到橡树园疗伤，在那里修改了《永别了，武器》，只剩下结尾还没有最后定稿。接着，厌倦了这一年在美国旦夕惊变的生活，他与帕特里克以及宝琳一起去了巴黎。整个1929年，他基本上都在欧洲。

1930年1月9日，他们坐船回国。他几乎是一到地方就着手写《午后之死》。这是一篇有关斗牛的短篇小说，文辞优美，而又特别到无法归类，有时候因为对斗牛极为详尽且深入的介绍和论述，而显得疯狂却乏味。这次他在珍珠街上租了间房子来写作，离码头不过咫尺之遥。六月，他带着稿子去了怀俄明州，一整个夏天都待在诺德奎斯特牧场。上午写作，下午骑马或钓鱼。

安心工作的日子在万圣节的第二天戛然而止。他开车送一个朋友去比灵斯[1]赶夜班火车，黑暗中他出了车祸，翻进水沟里，右臂受了重伤。两人在车上一直递来递去共享着一瓶波旁酒，但海明威觉得罪魁祸首是晚上他视力不佳。数周以后他出了院，选择去基韦斯特休养。1931年年初的几个月，他在那里心烦意乱地等着右臂上那些被破坏的神经重生。他给麦克斯写信说自己大部分时间还是卧床的，但坚信基韦斯特能够让一切事情回到正轨。

在这段痛苦而沮丧的岁月尾声，海明威终于有了一套属于自己和家人的房子。4月29日，宝琳的叔叔格斯出资八千美元帮他们买下了"蒂福特"，这是位于白头街907号一栋地段好、宽敞，但急需修缮整理的老房子。海明威对一个朋友描述说，站在房子的几个阳台上，都能看见灯塔。在给麦克斯的信中，他的语调终于轻快起来，说这将是一栋很棒的房子。花园的树上结满了无花果、椰子和酸橙，他用梦幻般的笔调幻想自己要种一棵杜松[2]。

第二天一早，我到实地去探访这处故居。天还没亮时下过雨，但到早上十点的时候，街上开始闷热难忍。我走了捷径，取道公墓，结果打扰到一只猫儿大小的绿色鬣蜥蜴。有的公墓上装饰着一束束褪色的塑料花，上了漆的天使塑像是那种洋娃娃一样的深粉色。白头街上的故居前排着长队，一直延伸到宝琳用来拦挡游客而砌的那堵墙的尽头。

我买票入场，径直来到游泳池边，那里有高大的棕榈树投下浓荫，还有其他一些长得弯弯曲曲的树木。"这样不得一直清理树叶吗？"一个英国男游客小声发表意见。纪念品商店里有画着六趾猫的耳环和一些海报，比如海明威举着一条大枪鱼精神抖擞的样子。"他是个著名的作

---

1 美国蒙大拿州南部城市。

2 杜松的果实是一种叫杜松子的浆果，是琴酒（杜松子酒）的原料。

家哦，乖儿子。"一个母亲对十几岁的儿子说，语带讨好和期待。

房子的布置很是堂皇。黄色的百叶窗，二楼还有装了铁艺雕花栏杆的走廊。我轻轻地走了进去，直奔书架。《风度的实现》《我的工作叫危险》《安徒生童话故事集》，还有屠格涅夫的《前夜》以及两本《汤姆·索亚历险记》。非洲元素不时出现：比如一些讽刺漫画，画着双手瘦得像爪子一样的男孩，眼睛严重凸出，充满痛苦。桌上摆着玉石烟灰缸；枝形吊灯由磨砂的玻璃花组成，是很美的海蓝色。

主屋后面是一栋小一些的房子，之前是马车房。海明威搬进来后不久，就把楼上改成了写作工作室，通过一条狭小的通道连接主卧室。游客是禁止进入工作室内部参观的，但可以透过雕花的铁门一窥究竟。房间很大，摆满了书。墙面漆成浅灰色，地上铺着红色的瓷砖。房间里摆着一些旅行带回的纪念品：公牛雕像、诱捕野鸭的假鸭子、枪鱼标本。"妈妈，"另一个小男孩突然大声问，"那是打字机吗？"

我真希望自己能偷偷溜进去。这间房让我想起祖父的公寓。对面的墙上是一只很大的羚羊头，颈项优美而颀长，双耳警觉地竖起来。我估计这是海明威第一次去非洲时猎杀的，也就是宝琳在远足日记中记录的一百零二只被猎杀的动物之一。

那次旅行是他们期待已久的。在比灵斯车祸之前，格斯叔叔承诺资助两万五千美元供他们去非洲游猎，这样海明威应该又能写出一本好书。一开始，海明威招来了很多朋友，都是男性朋友。但到他的手臂恢复到能拿枪射击时，愿意同行的只剩下朋友查理·汤普森了。最后宝琳为了充数也参与了进来，不过她对打猎可没有她丈夫那么狂热。

1933年12月20日，他们从内罗毕出发，前往恩戈罗恩戈罗火山口的马赛人猎场，就在乞力马扎罗山西边。从一开始，海明威就非常不在状态。他放走了一只羚羊、一头美洲豹，接着虽然打伤了一头猎豹，却没找到猎物，也没能带回战利品。他经常腹泻，到1月很显然是患上了严重的阿米巴痢疾。在《海明威的三十年代》（详细而富有小说元素的海明威传记，一共有五部分，这里提到的是第四卷）中，作者迈克尔·雷诺兹写道："到1月11日，他一直在服食氯盐。但他每晚酗酒，几乎完全抵消了药效。"

最终，他们的向导拍电报招来一架飞机。海明威一整天都躺在床上，只在晚上起身去篝火边吃了一碗土豆泥。飞机本来承诺第二天一早就到，但等了一整天连影子都没见到。第三天一早十点，天空中终于出现了轰隆之声。飞机把他送到内罗毕，医生给他开了能消灭阿米巴病菌的吐根碱。不过他又跑到新斯坦利酒店的酒吧里去挥霍了一大笔钱。回到猎场后，他的手感好了一些，不过他打到的每一只犀牛都比查理的要小很多。男人都介意这种事情的，晚上他总是一瓶瓶地喝着威士忌，陷入沉思，变得尖酸刻薄，咄咄逼人。而有的早上，他又带着明显的忧伤情绪。

回到基韦斯特之后，他为此次非洲之行写了《非洲的青山》一书，写得很快，六个月就完成了第一稿。但他对非洲可谓念念不忘，大概一年以后，他又开始写关于非洲的故事。中篇小说《乞力马扎罗的雪》讲述了作家哈里在非洲打猎的途中，由于皮肤被刺划伤救治不及时而患了坏疽病，濒临死亡。本来要来带他去城里治疗的飞机迟迟没有出现。一整天他都躺在合欢树荫下的简易小床上，一边喝着威士忌和苏打水，一边辱骂自己的妻子，全然不顾她苦苦哀求要他不再喝酒。他骂妻子是个有钱的贱货。

争吵之间，哈里会幻想那些在脑中成型但还未动笔的故事。那些他一直珍藏于心，现在却再也无法实现的文字。《乞力马扎罗的雪》和《我躺下》有着同样的谜语般的双重结构，虚构中的人物，在讲述虚构的故事；以风景为背景，人物的眼中又有另一番风景。哈里的想象都是用斜体字表示的，文字厚重浓稠，有种印象派的感觉，如同黑暗的河流，突兀地打断了整个故事的中心框架。很多幻想都和巴黎有关。其中之一是哈里祖父的那些枪，毁于一场大火，铅慢慢融化在弹匣里。

海明威在《午后之死》的最后一章中也用了这一招。开头是这样写的："要是把这本书的内容写够的话，那肯定包罗万象。"接着就开始自我挑战，列出了一系列应该列于其中，却没有在其中，但又奇妙地包含其中的波澜起伏的意象与回忆：烧焦的火药味，鞭炮的噼啪声，在集市的最后一夜，马艾拉在库兹咖啡馆与阿尔弗雷多·戴维打架。还有伊拉蒂河沿岸的密林，如同小孩子童话书里的插画。

海明威一生都很擅长收拾整理，把行李装箱、整理个钓鱼箱之类的都不在话下。还可以把旅行中需要用的东西整理得整齐漂亮，而且创意无穷。这种本领似乎也展现在他的写作中，文字呈现丰富神秘的层次，把一个个虚构的意象填满整个故事，超出你想象中文字的承受能力。"我在里面写的很多都是真实的，"接受《巴黎评论》采访时，他谈到《乞力马扎罗的雪》一书，"尽管在这样一个短短的故事里，有那么沉重的负担，一切仍然灵动地扇动着翅膀，高高飞翔。"

"都是真实的"。这个故事显然包含了很多他在非洲之行中的所见所闻和所遇。简易的小床，迟迟不来的飞机，一碗土豆泥，不顾医嘱地酗酒。哈里的脑海里一直出现死亡的幻想，最后的梦境中飞机来了，和海明威一样，他飞到灌木丛上空，看到变得越来越渺小的斑马和牛羚在一片灰黄色的平原上奔跑。接着就看到乞力马扎罗白雪皑皑的山巅，如同整个世界一样广阔无垠。

在最后这个梦境之前，哈里扪心自问，为什么没能成为一个成功的作家。他自问自答，说是因为长期不使用自己的才华，背叛了自己和自己所相信的东西，以及不断地酗酒，他的天赋被毁得一干二净。而他也归咎于妻子海伦。她很富有，他感觉自己心甘情愿被她给买了下来，为了舒适的生活。而唾手可得的金钱让他的内心慢慢变得陈腐空虚，就像他腿上的坏疽一样。他想着自己有丰富美好的内在，所以根本不用在乎大多数人的那一套。但美好的内在也不是永久存在的。

哈里和海伦都是虚构的人物。但他字里行间无比轻蔑的"大多数人"则是源于另一种不同的真实。海明威是在1935年夏天开始写作《乞力马扎罗的雪》一书的。1936年的前三个月，他也全身心扑在上面。那年冬天他饱受失眠之苦，总是深夜起床，溜进工作室写作。就像他在1月26日对宝琳妈妈说的那样，写书的时候，他的大脑在夜晚会开始飞速运转。如果等到早上，他在脑中写下的那些文字就会完全消失，而他整个人都"空了"。

1935年12月21日，在一封寄往巴尔的摩给菲茨杰拉德的信中，他也是这样描述"失眠之咒"的，说睡不着真是该死。那时候菲茨杰拉德还住在公园大道1307号。这封信本来是海明威主动抛出的橄榄枝，但几个星期以后，菲茨杰拉德却做了一件事情，大大破坏了两人仅存的友谊。

2月，《君子》杂志开始连载《崩溃》。菲茨杰拉德在这篇长文中公开承认自己正在经历精神崩溃。文章言辞迂回，漫无边际，时而高谈阔论，时而又狂怒一般自我暴露。文章中他揭露了自己到底有多么抑郁，多么疲惫，自己的绝望多么深刻，多么无能为力。他坦白说，不再喜欢过去的朋友，他这样写道："很久以来，我都清楚地看到，自己对周围的人与事物早已厌倦，只不过是在逢场作戏，强装喜欢罢了。"虽然他在文章中也没有完全说实话（比如说，他拒绝承认自己被酒精所"纠缠"，发誓说他"六个月来连一杯啤酒都没喝过"），但这些文辞言之凿凿，就像他精神与感情的颓废，和创造力的衰退一样，让读者深信不疑。

海明威震怒了。2月7日，他满含恨意地给麦克斯写信，说要是菲茨杰拉德真的在"一战"中去了法国（《君子》的那篇文章中，菲茨杰拉德也提到了没去成的遗憾），那他可能会因为胆小怯懦而被枪决。不过他也补充说，对菲茨杰拉德的境遇深表同情，希望自己能帮上忙。他还写信给两人共同的朋友萨拉·墨菲，菲茨杰拉德曾以她作为《夜色温柔》中妮可的原型。海明威信中的语气十分冷酷可怕，说他们都曾从莫斯科撤退，菲茨杰拉德在撤退第一周就跑得没影儿了，但大家还是打了一场很棒的仗。（需要提一句的是，这封信是在严重宿醉后写成的，里面夸夸其谈讲述了一个冗长的故事，说他们和诗人华莱士·史蒂文斯打架，而海明威照着他的脸饱以老拳，让他倒在一个水洼里，冲突才算告终。）

情况越来越糟糕。3月的连载中，菲茨杰拉德发表了一个关于这场崩溃前奏的尖锐声明：

我见证过诚信正直的男人经历想要自杀的抑郁。有的就此放弃生命，撒手人寰；有的调整自己，取得了比我更大的成就；但我的士气从未消沉到自我厌恶，甚至小丑般地自我表演，贻笑大方。

放弃生命、撒手人寰的那个男人可能是林·拉德纳，菲茨杰拉德曾经的挚友之一，《夜色温柔》中阿贝·诺斯的原型。而调整自己的男人，几乎就完全指向了海明威。1926年秋天，他和哈德莉分手时，经历过一段黑暗的抑郁时期，动过自杀的念头。

海明威酷爱拳击，而上场时他的手段可没有那么光明磊落。此时此刻，他也使出了类似拳击场上那种出其不意的招数。愤怒的信件仍然一封接着一封，他还借用《乞力马扎罗的雪》来表达他的失望和蔑视。8月，这个故事也刊登在《君子》杂志上，他语气轻蔑地明确提到"可怜的斯科特·菲茨杰拉德",说菲茨杰拉德对有钱人无比尊敬。借主人公哈里的所思所想,他说菲茨杰拉德觉得富人是个特别光芒四射的人群,等到发现自己想错了,整个人都崩溃了。

这次轮到菲茨杰拉德震惊了。他在阿什维尔的丛林公园旅馆给海明威写信,当时他正在那里经历又一个炼狱般的夏季。信中写道:

> 请把我的名字去掉。我选择在苦难的深渊中继续写作,有时候并不意味着我想让朋友们围着我的尸体大声祈祷。毫无疑问,你的本意是好的,但我因此失眠一整夜。所以,如果你把它(这个故事)收编进一本书,可以把我的名字去掉吗?

海明威同意了,用"朱利安"代替了"斯科特·菲茨杰拉德"。但他用这种笔法继续写着,以轻蔑的语气提到了很多精神崩溃的人。

虽然听起来他特别残酷,但我觉得海明威不完全是出于恶意。那个冬天他过得很糟糕。他给宝琳的母亲写信说之前从未遇到这样的悲伤情绪,又有些违心地说挺高兴能经历这些,这样就和别人感同身受了,他对父亲的遭遇也更为宽容了。然而,就算对可怜的老爱德有所宽容,这种感情还是混杂在更难以接受的恐惧、羞愧和愤怒中。从他对《崩溃》的强烈反应来看,菲茨杰拉德的自我告解应该是翻动了他内心那块黑暗的土壤。四月,《崩溃》的第三篇连载发表后短短几天,他又给麦克斯写信,这次说希望菲茨杰拉德能把连载给撤了,就这么承认自己被打败,真是丢脸。人人都要死,到那个时候再承认不是更好?

想想各种各样的蛛丝马迹,我想《乞力马扎罗的雪》可以被解读为同时在"玩两种游戏"。一方面,它背后的动机是一种愤怒,对死亡、失败和人们太过软弱,不愿意挺直腰板履行职责的愤怒。哈里显然是不愿意死去的，而且想起自己没有完成的工作，就自我嫌恶。而他的死亡以一种离奇且不详的形式呈现在他面前，更反映了他这种感觉。首先是一种闻起来非常不幸的空虚感，鬣狗也贴着这股气息的边缘溜了过来。这种感觉仿佛骑着自行车，在完全的寂静中成双成对地前来，仿佛某部哈里未能完成的小说中的警察。到了夜晚，这种感觉爬上他的胸膛，可怕的气息向他迎面扑来。

然而，尽管弥漫着这股情绪，哈里在生命逐渐消失的道路上依然是狂喜而着迷的。他最后幻梦中的飞行包含了一种几乎可以称之为"胜利"的感觉，飞机先飞越大片如同粉红色的云的蝗虫区，接着穿越一场暴风雨，然后出现在乞力马扎罗高耸宏大的白色山巅之前。这些段落整个如同一场"上升气流"，让人感觉到"另一个海明威"的存在。他太了解绝望给人带来的沉溺和死亡拉扯时的强大引力。毕竟，多年来在信中威胁要自杀的是他，而不是菲茨杰拉德。而多年以后，海明威也的确关上了卧室门，扣动了扳机。

这样一来，我就禁不住想，多年酗酒是不是因为这个呢？他是不是因此才染上酒瘾，想让死神远离，但又同时一步步接近它？我又想起了《丧钟为谁而鸣》。海明威在1938年开始写这本书，那时候他已经开始远离基韦斯特的安稳生活，也逐渐厌倦与宝琳的婚姻，反而是往古巴跑得很勤，与即将成为他第三任妻子的记者玛莎·盖尔霍恩过从甚密。在这段历经漂泊的日子，他开始写一本新书，主人公是个美国人，罗伯特·乔顿，在西班牙战争中为政府军而战。乔顿是个非常积极向上，毫无半点私心的青年，但他和哈里一样，都在面对死亡时能否保持勇气的问题上挣扎。他特别害怕身体上的痛苦，担心某天他可能会因为疼痛难忍而自杀。他的父亲就是如此。在他看来，这是一件耻辱的事情，他可以理解，又无法理解。

书的一开篇，罗伯特就告诉游击队队员，他父亲去世了。他说父亲饮弹自尽。一个队员问是不是为了不受折磨。罗伯特说是。但他父亲未曾受到折磨，至少不是队员问的那种。罗伯特撒谎了，其中也包含了一种同情，宁愿承认父亲被黑暗的情绪所困扰。但后来，罗伯特想起英勇参加内战的祖父，意识到他和祖父可能都会为父亲感到羞耻。于是他语气非常疏远地把父亲称为"其他人"。

短短一两分钟以后，他强迫自己承认父亲是个懦夫。"我永远忘不掉得知他自杀时那种恶心的感觉……如果他不是懦夫，一定会勇敢反抗那个欺负他的女人。"在这场内心独白的最后，他得出结论："他理解自己的父亲，原谅他所做的一切，也感到同情和惋惜，但还是以他为耻。"

罗伯特有着令人钦服的坚强意志，但必须承认，他的勇气有一部分是源于他称之为"巨人杀手"的东西。海明威也说过，没有这个杀手，他可活不下去。罗伯特的一位朋友痛饮红酒之后大喊："酒能杀掉那些阴魂不散的鬼虫。"

和他后来在《流动的盛宴》中所做的一样，海明威写了一个比较弱的人物，一个几乎被酒精毁于一旦的人，来对照这些"酒痴"。巴勃罗曾经是游击队的领导，但他现在成了个胆小鬼，因为恐惧，差点害了整个队伍。巴勃罗的妻子比拉尔也很嫌恶地对他说："所有的男人里，醉鬼是最恶心的，浑身发臭，在自己的床上狂吐，身体的每一个器官都被酒精逐渐蚕食。"后来，罗伯特说巴勃罗"就像骑在那种转不动的轮子上……醉鬼都是这样的，直到死去"。

他的描述的确让人嫌恶。我想象着骑在这样的轮子上到底是什么样子，困惑不已，仿佛掉进了一个圈套动弹不得。这让我想起身在非洲的海明威。一大早上抓着自己的枪，看看葛氏瞪羚。我想起宝琳说他看上去十分忧伤，说自己大多数时候都不和他一起去打猎，免得忍受海明威恶意汹汹的喜怒无常。我想起家庭给人带来的影响，一个人要摆脱、埋葬、丢弃这样的影响，或者发泄到别人身上，该有多么艰难。接着我顺着故居摇摇晃晃的楼梯，来到花园里，海明威曾经开玩笑说要在那里种一棵杜松。在泳池边，我遇到一个旅行团。导游肯定已经滔滔不绝地讲了很久，因为我听到的头一个词就是"躁郁症"。"这是海明威的家庭遗传，"他有意放慢语气，"'老爹'自己住进了梅约诊所，他们对他进行了电休克疗法。他失忆了，再也没有写过东西。卡斯特罗在古巴掌权，他在那儿的房子和船都没了。他的工作丢了，他的手稿也丢了。他说就好像命丢了一样。六十二岁生日的十九天前，他在爱达荷举枪自杀了。"现场响起了零星的掌声。我目瞪口呆地站在那儿，而人群则开始给导游递钱过去。

· · ·

对于海明威自杀的反应可谓多种多样，有的善意，有的恶毒，有的则很高尚。贝里曼在广播里听到海明威去世的消息，但报道没有明确说他是怎么死的。贝里曼想起两人的父亲，并向一个朋友言之凿凿地宣称："这个狗娘养的可怜虫肯定打爆了自己的头。"而契弗呢，儿童时代他就开始读海明威的作品，所受的影响在早期的写作中不由自主地流露出来。得知海明威的死讯后，契弗语气温柔但困惑："他低估了爱与友谊的阔大辽远，他抛下了美丽的燕子和淅沥的雨声。"近十年后，这个问题依然萦绕在契弗的脑海，他在日记中写道："我还是为他的自杀感到困惑。"

田纳西·威廉斯也是海明威的崇拜者。他的日记本中写满了深夜拜读海明威小说的读后感。他在世界各地的旅馆房间中读这位大师的作品，心情愉悦享受。两者还有个共同点，都对基韦斯特有着特殊的感情。田纳西第一次去那里是1941年2月，海明威和宝琳离婚三个月后。他在那里写了封信，说基韦斯特是他去过的最棒的地方，还说那里的"邋遢乔"酒吧的吧凳上还留着海明威的签名。田纳西就在那个酒吧里，穿着粗棉布衣服，混迹于酒吧女、过往旅客和水手之中。后来，他还和宝琳本人交了朋友。自从前夫离开她，奔向玛莎·盖尔霍恩和古巴艳阳的怀抱，宝琳就一直待在这里。

田纳西和海明威只有一面之缘，在哈瓦那那个叫作"弗洛里迪塔"的酒吧里。那是在1959年4月末的一个早晨。作陪的是两人共同的朋友，评论家肯尼斯·泰南和《巴黎评论》的传奇编辑乔治·普林普顿。之后，两人都用慧黠的文字描述了这次相遇。泰南说田纳西穿了一件游艇服，想让海明威觉得，"虽然他很颓废，但也是那种户外型的颓废。"在普林普顿的描述中，田纳西还戴了一顶游艇帽，海明威还困惑地问："他是什么船队的队长吗……戴着个游艇帽？"不过之后他斩钉截铁地评价田纳西："真是写得一手好剧本。"

田纳西的描述就要温和些，没那么夸张，也没那么多刻意的笔法。他说两人聊了斗牛。田纳西在西班牙结交了安东尼奥·奥多涅斯，他是海明威最崇拜的斗牛士。他们聊了聊他。接着田纳西简单地回忆说："他和我想象的完全相反。我本来以为他是个特别强壮，大男子主义的一个人，可能会有种居高临下的压迫感，而且言语上很粗俗。相反，海明威让我惊讶不已，他是一位绅士，好像有种特别可人的羞涩。"

那天他看到的是怎样一个人呢？1959年的海明威已经六十岁，经历了人生第四场也是最后一场婚姻，妻子是玛丽·威尔士。那个时期的照片里，他看上去老态尽显，且痛苦不堪。啤酒肚高高隆起，面无表情。不过我还看过一张照片，他在爱达荷一条雪道上踢一个啤酒罐，全身的重量都集中在左脚拇指上，右腿呈九十度叉开，腰身还像小伙子那么灵活，就像跳芭蕾舞似的。有时候他状态好，看上去是个很自律很成功的男人，有激情并且很高兴活下去。但更多的照片里，他不是酩酊大醉，就是在举杯痛饮，或者坐在堆满空酒杯的桌前。这些照片里的他看上去迷惑困倦，不知所措。不知为何，脸上常常带着一种似有若无的傻笑。

菲茨杰拉德的传记作者安德鲁·特恩布尔也有过相关的描述。他也在那一年见过海明威。两人在从欧洲回美国的轮船上巧遇。特恩布尔希望和海明威谈论下菲茨杰拉德，所以递上了自我介绍信。一开始没得到回复，于是他来到头等舱，想看看这位传说中的"老爹"到底长什么样子。好几次特恩布尔都看见他独自一人走来走去，穿着格子衬衫和皮背心。海明威没有跟任何人谈话，"如果不小心和别人的目光相遇，他就偷偷躲闪开"。在船上的最后一天，他终于同意和特恩布尔喝一杯，但不希望被问到有关菲茨杰拉德的事情。特恩布尔在一篇发表于《纽约时报》的文章中描写了这次相遇，说看到海明威的手臂瘦骨嶙峋，脸上带着忧伤的表情，他震惊万分。还说海明威看上去"很羞涩，总是在沉思，偶尔瞥来的眼神中，有种说不出的东西"。

1979年秋天，距离弗洛里迪塔酒吧的那次相遇已经二十年，距离海明威在爱达荷的凯彻姆自杀已经十八年，田纳西将"老爹"写进了一本剧作。《夏日旅馆衣装》所在的背景是高地医院，北卡罗来纳州阿什维尔的一个收容所。泽尔达·菲茨杰拉德从1936年起就住在那里，直到1948年在一场大火中不幸丧生。疯狂、酗酒、监禁，还是那些不断出现、阴魂不散的主题。田纳西说这是一部"幽灵剧作"。这部剧作以菲茨杰拉德的婚姻为主题，故事发生在某种"死后"的环境里。剧中除了菲茨杰拉德，人人都知道自己已经死了，并且比较在意自己死去的方式。

剧作并不成功。评论家们对其嗤之以鼻。田纳西对他在百老汇上演的这最后一部剧作感到羞耻，而且从未完全释怀。在某种程度上，评论家们是对的。剧作言辞笨拙，结构混乱，充满奇怪的说教，字里行间都显示出酒精给田纳西的思考能力带来的消极影响。然而，这部剧依然触动人心，充满了深切的感同身受，让人不忍卒读。

在海明威的那一幕里，两人在一场派对上相逢，海明威自负而无礼，菲茨杰拉德谦逊而困惑。书中关于同性恋的暗示时不时地出现。就像《热铁皮屋顶上的猫》中斯基普与布里克的翻版。一个愿意坦诚自己的感觉，另一个则封闭自己，缄口不言。一个舞台提示中写海明威接近菲茨杰拉德，观众能看到两人都对彼此有很深刻的感觉。只是海明威对此非常恐惧。

这一幕中两人一直在交谈，互相回忆彼此的过去。人一般不会这么做，但幽灵可能会。谈话结束前的几分钟，海明威谈到《流动的盛宴》中他对菲茨杰拉德的背叛。菲茨杰拉德听完他的话，说他觉得海明威很孤独，比自己还要孤独，甚至和泽尔达一样孤独。接着海明威破口大骂起来，说这没劲的游戏玩不下去了。他说自己找到了伴，是菲茨杰拉德不认识的玛丽小姐，她陪他一起打猎钓鱼。还说在他毫无原因打爆自己的头的前一晚，还和玛丽一起唱歌。但他自杀有充分的理由，工作都做完了，全部完成了，没有继续活下去的理由了。

唱歌这件事情是真实发生过的。玛丽在回忆录《曾经往事》中，回忆在凯彻姆的最后一晚。她和被病魔纠缠的丈夫分居，住在不同的房间。他们隔墙相互呼唤，用着熟悉的昵称"小猫儿"。接着玛丽唱起了一首歌，过了一会儿丈夫也开始和她一起唱。是首意大利语歌，《他们叫我金发女郎》，说的是一个女人的秀发。海明威这一生，只要一说起女人的秀发，就会兴奋异常。

也许当时当地，他在想玛莎那太妃糖色的小卷，或者嘉宝透过刘海抛来的魅惑眼神。也许他想的是玛利亚，《丧钟为谁而鸣》中罗伯特·乔顿的情人,那个被唤作"兔兔""小兔"的女子。她被法西斯分子剃了头,但头发又像金黄的玉米一般长了回来。是那种谷物在阳光下晒过的金棕色,比海狸的皮毛还短。所以当手指拂过她的头皮,这些短短的头发就被他的手指压平,这让他喉头哽咽。

如果他真的想起玛利亚,可能也会想起罗伯特·乔顿。小说中他曾经自言自语过自己所做的事,说任何事情只要写下来,就消失了。小说的结尾,他在松树下独自等待着,腿受了无法痊愈的重伤。主人公试图说服自己,要坚持活下去,好再杀个法西斯的队长,这样玛利亚和幸存的一小部分人才能成功逃走。他越来越虚弱,感觉自己的意识正在逐渐消失,就像山上的积雪在渐渐融化。他一直想着要饮弹自尽,不要晕倒了被法西斯抓去百般折磨。"现在来上一枪就好了,"他告诉自己,"真的,我告诉你,现在这样做没错的。"接着,他等了一两分钟,等着战士们上了路,他来这里要做的艰难工作就都做完了。

· · ·

要找到田纳西·威廉斯在基韦斯特生活的踪迹并非易事,虽然他在这里生活了将近四十年。1941年2月12日,他初到当地,还没写出改变人生的《玻璃动物园》,正过着一段穷困潦倒、四处流浪的日子。第一次去的时候,他住在船长名为"信风"的房子里,选的是最简陋的房间。他左眼刚刚做完白内障手术,而剧作《天使之战》也刚刚在波士顿遭遇惨败。他需要找个地方寻回自信,恢复视力。他在《回忆录》中写道,选择基韦斯特是因为游泳是他的一种生活方式。而基韦斯特是美国最南端,在那里应该可以游泳。

的确如此。除了游泳,还可以开船巡海(海军基地就意味着有很多水手）。而上午通常非常安静，有益于写作。他在"信风"给一位朋友写信描述美好的景象，一片海阔凭鱼跃，渔网在每家每户的前廊上晾晒着，院子里大片大片的一品红灌木。他言语间充满了激情，说接下来几个星期什么都不做，就只游泳，要不就躺在沙滩上，直到自己有再世为人的感觉。

后来，他多次旧地重游。1949年，他在这里的邓肯街上租了个房子，和伴侣弗兰克·梅罗以及他的祖父住在一起。祖父人称达金牧师，瘦骨嶙峋，长得像只鹳鸟，是个鳏夫。达金牧师到基韦斯特之前一直住在圣路易斯，和女儿以及越来越咄咄逼人的女婿住在一起，生活难以称心如意。第二年春天，田纳西把房子整个买下来，之后的数年一直扩建，增加了一个游泳池和一间漂亮的写作室，黄色的墙上挂着契诃夫和哈特·克莱恩的照片。工作的时候，棕榈树与芭蕉树发出令人愉悦的响动，他给朋友玛利亚·布里特涅娃写信，说那声音就像女人们穿着丝绸裙子赤脚跑下楼。

周六通常都在"邋遢乔"酒吧度过。台上会有很棒的乐队奏乐助兴。弗兰克总会疯狂地跳起他不成章法的林迪舞[1]。趁汽车旅馆和停车场还没有车满为患，赶快去南沙滩的海边畅游一番。每天按时工作。这一切都让人内心充实而稳定。长时间以来，基韦斯特都代表了一种理想的生活，既平静安稳，又兴奋刺激。1954年第一天的清晨，田纳西住在新奥尔良外的医院，认为自己得了癌症，他写了一段话，怀念基韦斯特的生活，怀念每日上午充实的工作，明亮天光下的大树，以及下午开车去海滩，在凉爽的水中畅游的痛快和愉悦。

这一切听上去是多么美好啊。看看他描写的这些凉爽悠闲的长日慢

1　一种摇摆舞，20世纪20年代末诞生于纽约市哈莱姆区的非裔美国人社区。

生活。这个地方让他放松，让他寻找到和其他生活的过渡。几年后，他又在一封信中说，要去基韦斯特这个甜蜜的地方休养生息。

一天早晨，我去了他住过的那个小房子。那时候太阳还低沉地悬在空中，惨白惨白的，毫无威力。房子在邓肯街和里昂街交会的街角，遮着护墙板的白色小屋，刚刚刷过漆的红色百叶窗和铁皮房顶，几乎完全隐藏在巨大的棕榈树和仙人掌之下。仙人掌顶上开了花，美得像红色的绸缎。看上去有点像《夏日痴魂》中丛林花园的"温柔版"，肥沃丰饶，有着旺盛的生命力，并不完全受人类控制。

田纳西偶尔来这里住，一直到1983年去世。不过他的祖父和弗兰克并不总是和他一起。我还记得弗兰克的姓指的是一种黑色的鸟儿，名叫乌鸫。那天上午，我一直在想着两人的关系。无论从哪方面来评判，弗兰克·梅罗都是一个非常体面的男人。"他真的很不错，"克里斯托弗·伊舍伍德[1]对他印象颇佳，"他一直都很冷静，就算他和田纳西承受着最沉重的社会与职业生活压力时，也处变不惊。"

一开始两人的关系中就有紧张的因素。我想，每段关系其实都是如此吧。弗兰克希望彼此专一。但就算他重建了田纳西的生活，给他带去了和谐和愉悦，"专一"一词似乎从来没出现在这位剧作家的字典里。不过，他们还是在佛罗里达和纽约住在一起，夏天会一起去欧洲畅游，尽管偶有"小插曲"，弗兰克依然是田纳西感情生活的主角。1949年，田纳西以一种有些惊讶的愉快语气写到，他爱弗兰克，无条件地，全身心地爱。

二十世纪五十年代后半段，情况变了。1957年，父亲科尼利厄斯·威廉斯去世后，田纳西去做了心理分析，并在一个他口中"奢华舒适的精

1　著名英裔美国小说家，作品多以同性恋为主题。

神病院"住了一段时间。为了戒酒，或者试图戒酒。从他的日记中可以看出，他这次是非常认真的，因为他每天都会坦白，说又喝得超出了规定。其中一次他记录自己在酒吧喝了两杯苏格兰威士忌，早上又喝了三杯，在"脏迪克"那里喝了一杯鸡尾酒，午饭喝了三杯红酒，晚饭又喝了三杯，接下来又喝了些酒，他连名字都说不清。

他的治疗师库比医生还企图"治愈"他的同性恋。他说该医生成功破坏了他很多的兴趣，他唯一的乐趣就是"小马驹"，说不定"小马驹"很快也会惨遭毒手。还有其他的烦恼也接踵而至。在他那个时期的日记和信件中，他经常提到和弗兰克之间日渐疏远。不过，1958年8月时，他还充满留恋地说，想念两人在罗马时的快乐时光。

回想二十世纪七十年代的那段充满迷惘困惑的时光，田纳西认为原因是两个男人酗酒吸毒，都已经超出了可以控制的范围。不过，从朋友们的说辞来看，田纳西以为弗兰克在吸毒，完全是无根据的幻想。他还经常指责爱人性生活混乱不忠，这一说法应该也是不真实的，至少不完全真实，这是一个长期酗酒者疯狂的猜疑，语焉不详。再看看他自己承认的行为：和"变装皇后"搞四人性交；和一个奶油色皮肤的男孩去别处共度周末，他还称其为"南方小情人"。接着他回到家，面对的是令人压抑的沉默、狠狠摔上的门，还有砸到厨房墙壁上的一盘烘肉卷。这些行为契弗的妻子玛丽也曾有过，而且契弗对此很是不解。不过旁观者清。很显然，如果你的另一半是个邋遢而且不忠的酒鬼，任谁不会大发雷霆，晚上想自己睡？

要追踪二十世纪六十年代发生的事情就更加艰难。通信变少了，而田纳西从1936年3月6日开始写的真真假假的日记，到1958年9月就完全停止了。能供参考的资料只有《回忆录》，但它内容奇怪，且根本不可信任。上面的日期经常是错的，很多事情被混杂在一起，或者被打乱顺序。曾经和他有过"露水情缘"的密友唐纳德·温德姆曾带着微妙的怨恨写道：

> 《回忆录》中提到的事情，发生的时间，经历的人，发生的方式，可能都发生在其他人身上，时间也不对，细节也不一样。矛盾的大幕一幕幕落下，遮盖了他的生命。

当然，这段话也不能说是言之凿凿的证据，但非常准确地描述了一个酒鬼会给自己讲述的故事是什么样的：混乱，自我撕裂，坚决果断地自我否认。

根据这本"醉醺醺"的回忆录，1960年，弗兰克的体重开始下降，总是莫名其妙感到身体困乏。他去纽约检查的时候，田纳西邀请了一位年轻画家来邓肯街的房子小住。一个朋友打小报告说有了第三者，于是弗兰克赶快从医院飞回家，坐在客厅角落，看着这两个男人。田纳西描述说，当时的弗兰克眼睛里满是恶意。接着，他毫无预兆地"如一只丛林野猫般"冲到房间对面，掐住画家的脖子。有人叫了警察，把他带到一个朋友那里（基韦斯特的警察很喜欢弗兰克，反正弗兰克在哪里人缘都很好）。第二天他回了家，而田纳西正把他所有的手稿都往车上搬。田纳西回忆说，弗兰克沉默地看了一会儿，引擎发动的时候，问田纳西，在一起十四年了，不握握手就要走？

这一段真是读得我失落又伤心。字里行间让人情不自禁地想象一个人无情地拆毁自己生活的根基。在我看来，这是一个很典型的例子，酗酒的人总是喜欢通过伤害最亲近的人，毁掉他们，疏远他们，来达到自我伤害的目的，仿佛这是什么了不起的成就。田纳西写给玛利亚·布里特涅娃的信语气也是一样的，说"小马驹"已经尽全力羞辱了他，毁掉了他，他必须鼓起勇气，忘记过去。

　　1962年春天，弗兰克坚持两人在纽约见一面。田纳西把他的代理人一起带了去。双方达成协议，弗兰克薪水照领。"薪水"这个字眼实在难听，毕竟两人曾经十四年的感情就这样终结。田纳西离开会面的大楼十分钟后，弗兰克打来电话，恳求两人私下会面。他们去了附近一家酒吧。田纳西声称，当时对弗兰克说的话，十年后还一字一句清晰地记得。他说希望能找回自己的好。就算这句话是真的，显然，他需要"戒除"的，完全不是感情。

　　之后就是一段沉默期。接着，根据一些能找到的资料，1963年，一个朋友打电话给田纳西，说弗兰克被查出患有肺癌。他在纽约做了手术，但肿瘤离心脏太近，所以医生没有摘除，只是又给他缝合，让他回到基韦斯特的家。回去以后的几个月，他一直精力充沛，出去跳舞（疯狂的林迪舞），和田纳西的斗牛犬吉吉形影不离。身体变得虚弱以后，他就搬回了邓肯街的房子，睡在他和田纳西曾经同床共枕的卧室里，而田纳西和他绰号"安琪儿"的诗人新男友则住在楼下的房间。后来他们一起回了纽约，把"安琪儿"独自一人留在南边。弗兰克的体重已经下降到不足一百磅，看上去就像"麻雀的骨架"。不过他还是近乎固执地坚持独立行动。晚上他会锁好房间的门，下午他就和那条老狗并排坐在双人沙发上，看看电视。田纳西感觉他们的表情几乎一模一样，都是一副恬淡寡欲的样子。

　　整个夏天弗兰克都在医院进进出出。住院的大多数时候田纳西都会来探望，此时他展现出了非凡的慷慨与温柔，正如他之前所充分展现的抑郁和恐慌一样。9月21日，弗兰克呼吸困难，氧气又来得迟了些。等他终于睡着了，田纳西和几个朋友去了同性恋酒吧，喝了个酩酊大醉。回到家时，电话响了，弗兰克最好的朋友告诉他，"小马驹"去世了。

他在《回忆录》中写，弗兰克好，他就好。弗兰克有种创造生命的天赋。现在既然他不存于世，自己也失去了创造生命的能力。1964年年初，他写给温德姆的信中也说过，除了工作，弗兰克就是他的生命。

· · ·

让这些乱七八糟的伤心事都见鬼去吧！我离开邓肯街的小屋，往沙滩上走。我想游泳，想让海浪冲刷掉这些故事在我心中激起的悲伤。一个扎着马尾的红脸男人朝我大喊："希望你的日子和你一样美。"我不由自主地大笑一声。漫步在安静的街道中，能感到一种让人平和的东西，鸽子咕咕叫着走来走去，燕八哥躲在树丛间窃窃私语。街角有所学校，然后是个社区花园，里面种着旱金莲、甜菜、茴香等植物，紫草的花儿开得像一颗颗蓝色小星星。

南街上有个男人正在粉刷自己的房子。再过去一点有人在踩一辆摩托车，一下子发动起来的时候，他小声嘟囔了一句"妈的"。锯木头的声音，树叶的沙沙声，茉莉的香味，接踵而至，短暂停留，接着消失无踪。通往克莱伦斯·希格斯海滩的大路上有一大片黑亮的石板，走近一看，我发现是"基韦斯特艾滋病死者纪念石"，上面刻了一幅群岛的地图，记录了死者的名字，有理查德·克希尔、史蒂夫·范尼、埃德加·爱丽丝、特洛伊·阿尼，等等。

天气很热。海浪拍打着木板路的边缘。而太阳把海浪分解成细碎、迅速而又危险的火花。一个流浪女伪装着慢慢接近一只毛皮发亮的绿色小公鸡。我继续往前走，经过一些大饭店，来到"狗滩"，脱掉外衣，只剩下泳衣，走进海水中，经过一簇黑色的海藻。我踩到一些有点尖的岩石，也可能是珊瑚礁，接着脚底下就是舒舒服服的沙子了。总有小小的树枝飘过我身边，海水温暖舒适，混着沙子。我在水中走着，直到海水高度齐胸，接着就放松身体，往远处的浮标游去。

这里的一切都要轻快些，更让人有放任之感。之前我一直在看的那些故事，真是让我恐惧。因为我内心好像也有某个小声音在说，任由酒精把自己变得错乱，是多么快乐的事情，让你来到一个别人无法到达的地方，将自己沉迷于这完全无声的世界里。对，把你的痛苦完全淹没。我浮在水上，突然想起，田纳西最为坚持的幻想之一就是被海葬。在《回忆录》中，他就提到要在遗嘱上加一条，死后大家要用干净的白口袋把他的尸体缝好，从哈瓦那向北行船十二个小时，把他扔下海。这样他的骸骨就不会离哈特·克莱恩太远。哈特·克莱恩，一个酗酒的诗人。这个关于流动，关于消融的故事，从另一个角度支撑了关于弗兰克的故事，我说不清其中的原因。这一切我都不清楚。但我回到旅店以后，打遍了当地轮船公司的电话，终于找到一家，愿意第二天一早带我出海，让我在墨西哥湾那深邃莫测的海水中畅游。那里是田纳西理想的埋骨之地。

天刚亮我就起床了，进了城，路上还经过了哈里·杜鲁门的"小白官"[1]。海港边开了一家冰激凌店，我去那儿买了咖啡和一个贝果面包，坐在阳光下吃喝完毕，努力让自己不要去想海湾可能有鲨鱼。昨晚我带着突如其来的焦虑，在网上搜索了"佛罗里达鲨鱼攻击"，结果看到一则新闻，说一个男人的大腿被鲨鱼咬到只剩下骨头，惨死海中。我又读了一些剧作，寻找海葬的内容。现在我努力回想那些文字，强迫自己不要去想海面突然被鲨鱼鱼鳍划破的画面。

《欲望号街车》的最后一幕中，布兰奇在浴室，准备进行一场告别。

---

[1] 建于1890年，当时用作海军官员的宿舍。到1946年，杜鲁门总统开始在这里办公和休息，为之后美国历任总统纷纷仿效休暑假奠定了基础。

但她对这场告别有着灾难性的误解。她已经经历过非常糟糕的事情了：斯坦利的强奸，米奇的拒绝和嫌恶。她走出来进了卧室，头发刚刚洗过，赤着脚，开始为一串脏葡萄洗没洗过较劲。她幻想自己因为吃了一颗脏葡萄而死在海上，然后被缝进洁白的口袋，在烈日炎炎的夏日正午被人从船上扔进蔚蓝的大海。

这个意象部分来自契诃夫的一部短篇《古塞夫》，在《巫山风雨夜》中也重复使用，这是田纳西剧作生涯中最后几部关键且商业上获得成功的作品之一。1961那糟糕的一年，弗兰克的健康状况日益恶化，田纳西应对的方式，就是让自己在与别人的寻欢作乐中逃避，用酒把自己灌成白痴。而同时他又在努力创作这部自己最感同身受、寄予厚望的剧作。《巫山风雨夜》中充满了万分痛苦且令人尴尬的急迫问题，有关欲望，有关惩罚，有关云雨之情，有关腐败堕落，有关创作艺术的代价，还有一个人究竟能不能变好，能不能找到一种不用把自己撕碎的生活方式。这与他在心理治疗期间写下的低迷沉郁的《夏日幽魂》可谓呈对峙之势。《夏日幽魂》中，贪得无厌的诗人塞巴斯蒂安·维纳布尔斯被自己买来的一群娈童撕碎并吃掉了。

就在我离开英格兰不久之前，我在公寓的床上看了《巫山风雨夜》的电影版。饰演玛克辛的是艾娃·加德纳，穿着紧身牛仔裤，演着贝蒂·戴维斯在话剧舞台上诠释的角色：一个守寡的旅店老板娘，坚强、贫穷却又快活。但她的生活就像没有安全网的自由落体，非常危险。理查德·伯顿饰演教士香农，被解职的牧师，酗酒且好色，勾引十几岁的小女孩，也濒临破产，于是领着一群教会的女性在墨西哥热带地区当导游。他很害怕自己口中的"幽灵"，于是黛博拉·蔻儿饰演的汉娜·杰尔克斯就和他一起，坐在旅店的平台上，度过炎热的长夜，用她历经艰辛才得来的冷静，告诉他，我们内心都有心魔，但可以学会和它们共存。

这些都是非常敏感的话题。汉娜描述"幽灵"为"蓝色恶魔"。早在田纳西二十多岁的日记中，这个字眼就不断出现，他曾经将其比作"如同夜猫在皮下抓挠"。就像契弗把忧郁比作蟑螂，"蓝色恶魔"也象征着焦虑、抑郁和在恐惧与羞愧中无可饶恕的沉迷。香农问她怎么赢得对抗心魔的战争，汉娜言简意赅："我让他看到，我能忍耐，而且让他敬佩我的忍耐力……幽灵和蓝色恶魔们会敬佩一个人的忍耐力。"后来，她说出了田纳西所有剧作中最美的一句台词："除了那些不善之事，任何符合人性的东西，都不会令我嗤之以鼻。"这句台词中包含了太多田纳西本人的精神特质：宽容，不含偏见，下定决心要把人类这个族群所有羞于启齿的心理问题都暴露在光天化日之下。

关于葬礼的那句台词出现在全剧中段，剧里的时间持续了二十四小时，也正是这种同样的连贯和紧凑，让《热铁皮屋顶上的猫》那样幽闭，压迫得人喘不过气。在《巫山风雨夜》剧中，玛克辛给香农讲述她丈夫最近去世的事。她用充满哲学意味的语气说,他最后的要求，就是"被扔进海里，对，就是那里，那个海湾，甚至不需要用帆布袋子缝起来，给他穿一身渔夫的行头就是了"。写完那句台词几年后，田纳西描述了自己对类似葬礼的渴望，在日记中写道，希望在希腊东正教风格的葬礼后被送回美国，埋葬在海里（哈瓦那北部）。因为他的偶像诗人哈特·克莱恩，也是在完成了工作之后，投入那"生命之母"的怀抱中寻求庇护的。

我眺望着这片海，焦虑和游泳之人常有的渴望混杂在一起。人们聚集在码头上，该登船了。我走入人群，来到船上。马上就出现了一个小问题，梳着一头脏辫的船长宣布，我们不去珊瑚礁了。天气不太好，浪太大了。我们往西南方向开，差不多就是朝着哈瓦那。"大自然母亲给我们什么，我们就接受。"他心烦意乱地说，"就看你怎么想了。大家都知道今天干什么了吧？愉快地乘船出海，愉快地游泳，下午愉快地乘船回去。"

我倒是无所谓。但行程有些艰难，并不那么愉快。船一离开港湾就开始颠簸，我坐在右舷甲板上，看着滚滚白浪从船头倾泻而出，阳光也因此而变成碎金一般。空气中飘着汽油味和海水的咸味。我斜着身子，看着下面蓝绿色的海水，接着又眺望遥远的地平线。大概九十六公里以外的古巴都看不到了，而海水中云集了凶猛的鲨鱼。一只飞鱼冲破水面，徒劳地向上跃起，最终淹没在白色的泡沫中。

1932年，大概就是在这里的某个地方，哈特·克莱恩溺水而亡。一天晚上，他坐蒸汽轮船从墨西哥回纽约，路上想勾引一名水手，结果被对方暴打一顿。第二天一早，他从船尾跳了下去，就在哈瓦那以北四百多公里的地方，距离佛罗里达的海岸不过十六公里。虽然船长立刻关了引擎，但他的尸体至今下落不明。田纳西在旅途中经常随身携带克莱恩的书和信件选集，喜欢在他的诗中寻找剧本的题目。虽然他都不敢确定地说自己真的懂得哪怕一行诗。这不重要。他能感到诗句的那种冲击力，全身心都被意象派的语言填满的那种兴奋。他最后创作的剧本之一《脚步要轻柔》里只有两个角色，是克莱恩和母亲格蕾丝的幽灵在相互诉苦，就像《夏日旅馆衣装》中的海明威和菲茨杰拉德。《脚步要轻柔》剧中，克莱恩回忆了"奥里萨巴"号上的事情。他的脸被打变了形，然后他穿着睡衣，外面套了个外套，走到甲板上，在踏出去跳入海里之前，他还把外套脱下来，在栏杆上整整齐齐叠好。

抛去"传记"的外衣，这部剧其实是"新瓶装旧酒"，结构与内涵和四十年前的《玻璃动物园》如出一辙。想想看，在生命的最后时光，田纳西仍然急切地想要描写那种拼命逃离母亲的年轻男人，这真是一种深切的痛苦和忧伤。不过，这一次没什么棺材戏法，也不像枯萎的落叶一样飘过很多城市。就连成为海底的幽魂后，克莱恩也没能逃出母亲那令人窒息的爱与需要。

巧合的是，克莱恩在契弗的内心也扮演了重要的角色。契弗在年轻时见到了这位诗人，后者是前者的导师马尔科姆·科里的朋友。科里的妻子佩吉陪伴克莱恩乘坐"奥里萨巴"号。而契弗对诗人的自杀事件有个很恶毒的版本，说克莱恩自杀，是因为他被打以后，佩吉忙着在船上的店里美容美发，没有去安慰他。这话是很刻薄，但也能看出，克莱恩的死给契弗带来了多大的阴影。契弗从中看到，如果公开承认自己是同性恋，将带来多严重的后果：暴力、拒绝、羞辱和死亡。

这些故事似乎都是在水下进行的，都流动着一种忧伤，让人想就此被淹没。船起锚了一阵子，离岸已经十一公里。船员们把潜水用的面罩和脚蹼扔在甲板上。我穿上我那身行头，摇摇晃晃地走下黄色的台阶，陷入汹涌拍打着四周的蓝色波涛里。水珠不断打到我的脸上。绳子先是收紧，然后松开了。我向前一步，深吸一口气，投入大海的怀抱。

水里也没什么可看的，沙子，一些植物，几株红红的珊瑚，组成小小的球状体，就像聚苯乙烯的分子式。阳光一束束地洒下来，我能听到自己尽量放慢的呼吸声。不断有细碎的颗粒物从我的面罩旁飞过，仿佛屏幕上的静电摩擦。二十世纪六十年代，田纳西接受一个采访时说："酒和游泳，是让我活下去的全部理由。眠而通，酒，和游泳。"

很久以前，我就惊奇地发现，把自己的生命放逐于水，是酗酒作家作品中常见的意象。我一直在搜集这些意象。这是关于洁净自身，重归纯洁，分解消融和死亡的幻想。有些看上去健康无害，不过是对在浊世俗尘中所沾染的肮脏进行洗涤。菲茨杰拉德就曾写过，浸泡在水中，对于一个泥足深陷于不幸婚姻的男人，真可谓救了命。

当这些困难变得不可逾越、不可避免，亨利就会通过锻炼来发泄和逃避。游泳就像逃难，就像别的男人沉溺于音乐或酒精一样。有些时候，他会坚决地停止思考，去弗吉尼亚的海岸边住上一星期，让海水冲刷他的头脑和思想。游过海边的大浪，他可以探索整个州棕绿色的海岸线，兴高采烈，像一只幻化为人形的海豚。随着身体在海水中晃动漂游，他不幸婚姻的负担就这样消失了，他开始在如孩童的梦境一般广阔的幻境中游荡。有时候他幻想儿时的伙伴和他并肩畅游，有时候两个儿子就在他身旁。他仿佛走上了一条明亮的道路，直通月亮。

约翰·契弗也将此视为人生一大乐事。他借《游泳者》的主人公奈德·梅里尔之口，说被水托举起来的感觉无比美妙。听上去的确美妙无比，但这个故事很明确地表达了对水上漂荡的渴望和借酒浇愁的需要之间的联系。字里行间有种回归原始状态的暗示：就像婴儿在母亲子宫中"裸泳"，无须对什么负责，只要在这个属于他的液体王国中自由漂游。

在奈德回家之旅的尾声，他筋疲力尽，还因为跳水太猛生了病。整个故事的结构也像在漫无目的地游泳，时空上都有些错乱，就像《了不起的盖茨比》中描写的那些纸醉金迷的派对，结构都是互不相连的，用尼克·卡拉韦的时不时的意识丧失串联起来，显得比较花哨，具有现代文风。

那么，通过表现不同时期一个人在水中的能力，来展现酒鬼堕落的过程，难道不就是《夜色温柔》不断重复的一个情节吗？一开始的迪克·戴弗是里维埃拉海滩上泳姿优雅、速度超快的"王"，最后从滑水板上踉跄地栽了下去。两年前的夏天，他还可以完美地驾驭和展现这个动作，现在却差点让自己送了命。

我在海上漂着，离船越来越远。我拼命地划了两三下水，又放松了。与此相关的东西还有很多。1950年，海明威写了一封信，描述他从"皮拉尔号"的甲板上跳水的情景，大概也是在这个海湾的某个地方。他深入到十五公里深的水中，出于某种黑暗的冲动，排空了肺里的空气。他停留在那温暖而晦明变幻的地方，想着就让自己葬身大海吧。只因为又想起了三个儿子，他才奋力蹬腿，浮出海面。

再举个例子。在《梦歌》"亨利的理解"一节中，约翰·贝里曼回想起大概三十二岁时在缅因度假的一个晚上。妻子睡了。朋友理查德和海伦也睡了，但他，或者说亨利所代表的他（这真是永不消失的面具）却非常清醒地在看书。他想放下书，脱掉衣服然后上床，但紧接着又有了更好的主意：脱掉所有衣服，穿过潮湿冰冷的草地，进入水中，永久地在水下，往海岛的方向行走。

这还不算是对死亡的幻想。如果真的死了，就不能这么永久地行走。相反，这是进入另一个王国的梦幻。这个王国既具有保护性，又具有破坏性。这是一个水下世界，你全身赤裸，没人找得到你，你完完全全独自一人。而草地尽头的岛就是小马南岛，从理查德家就能看到。不过，一家人住在墨西哥湾的清水岛的时候，贝里曼的父亲饮弹自尽，有可能和当时这个住址有关。

我游回到船边，费力走上台阶，把一身装备扔在甲板上，举着水管，用被阳光晒暖的水冲了个澡。天空很蓝，有丝丝缕缕飘飞的白云。还有几个浮潜的人在海里流连忘返，伸展得像海星，双手叉腰。"我们该走啦！"船长大喊，"回船上来！"他们都很听话地照做了。

我们扬帆返回基韦斯特，船员托着圆托盘给我们拿来啤酒。我拿了一杯，塑料杯壁上凝结着细密的水珠。甲板上到处站着人，身上都涂了防晒霜，泛着油光，显然游了泳后都浑身轻松。我的头发打了结，有点乱，于是我拿手指去解。突然间水中出现了四五个鱼鳍。"海豚！海豚！海豚！"船上最帅的男服务员大喊起来。是大西洋宽吻海豚，在船身周围跳跃着，朝阳光抬起它们闪闪发光的干净的脸。它们也用叫声来回应我们的兴奋，然后往东边游遁而去。它们消隐在水下时，我又想起一句话，这次是菲茨杰拉德写的，和其他的句子交织在一起："好的写作，就是在水下游泳，屏住呼吸。"

· · ·

在基韦斯特，我还有最后一件事情想办。这些天我常常经过圣玛丽教堂的"海洋之星"。一天至少经过两次，有时候甚至四次。它在杜鲁门大道上，是西班牙风格的建筑，有两个高帽子般的尖顶。在这里的最后一个上午，我走了进去。所有的门都敞开着，最大的厅里溢满了阳光。祈祷书翻到的是《诗篇》第139篇："耶和华啊，你已经鉴察我，认识我。"上下两排文字，英文和西语对照。

海明威的小儿子格里高利，于1932年1月14日在这里接受洗礼。在他一生中的最低谷，田纳西·威廉斯也是在这里，突然就信了天主教。1963年，弗兰克去世后，田纳西去找了马克斯·雅各布森，就是臭名远扬的"好感觉"医生。他的治疗方法就是给病人皮下注射维生素、止痛剂和安非他命这些所谓的"奇迹之针"。这就是田纳西"大醉时代"的开始，贯穿了整个六十年代。在那不可救药的漫长岁月里，他的生活完全失控，几乎完全无能为力地沉溺于咖啡、酒精以及格鲁米特、硫醚嗪、巴比妥和"快速丸"等镇静剂或兴奋剂当中。那么就不难想象，他发现自己开口说话都难，在酒吧、剧院和旅馆里都不停摔跤。每年他都出一部新剧作，但部部失败，很少能在剧院撑到一个月以上。

1969年1月，他的弟弟迪肯来看他，觉得他这是垂死的状态。作为一个天主教教徒，迪肯为他安排了入教仪式，希望至少能保证哥哥死后不会下地狱。多年后，1981年接受《巴黎评论》采访时，田纳西说起自己模模糊糊记得遇到了一个耶稣会的神父，看上去"十分亲切可爱"。神父非常明智地认为，田纳西先生以现在的状态，是学不会教义问答书的。于是他们给他进行了给那些病入膏肓的人准备的临终涂油礼，然后宣布他成为天主教教徒。洗礼仪式就在这个蓝白相间的通风房间里进行。我想象他从走廊那头走过来，由管家和迪肯搀扶着，鹦鹉学舌地宣读着那些誓词，头上的花窗画的是圣母马利亚，她站在海中央，背后夕阳西下，发射着金红色的万丈光芒。

根本没用。也许是因为他根本就不清楚自己身在何方，嘴里念叨的又是什么东西。迪肯的第二个手段更极端了些。同年9月，田纳西起床给自己煮咖啡，但不知怎的，要不就是一屁股坐在炉子上，要不就摔到地上，把一壶滚水洒在了身上。他后来回忆的时候，一会儿说是三级烫伤，一会儿说是二级烫伤。他语无伦次地打电话向一个朋友求救，而后者又联系了迪肯。这次他把哥哥带回了圣路易斯，也是田纳西最痛恨的地方。然后又把他送进了圣巴恩斯医院，在那里的特殊病房里关了三个月。这就如同把田纳西最恐惧的东西变成了现实，而田纳西一辈子都没能原谅迪肯的所作所为，虽然这毫无疑问救了他的命。

迪肯……就把我扔进了圣巴恩斯医院（圣路易斯），关进了神经病房，那里真是难以想象的糟糕。他们突然就抢走了我所有的药片！注射也没有了。所以我就失去意识了。那是完完全全地突然停用药品啊，你想想。他们说我在那漫长的一天里经历了三次脑震荡和一次冠心病。我都不知道自己是怎么活下来的。在那里工作的人肯定都有杀人倾向。我在那儿待了三个半月啊。第一个月我被关在暴力病人病房，但我一点也不暴力啊。我很害怕，蜷缩在一角想看点书。那些病人经常会为了抢电视大打出手。有的人调到新闻，其他人就跳起来，大吼大叫，然后换到动画片。难怪他们都暴力呢。

在这个令人恐惧的避难所，他给一个朋友写信，说在病房里的夜晚辗转难眠，偶尔睡着做个噩梦都算是谢天谢地了。信中流露着求死的想法。

出院以后，他立刻上了戴维脱口秀，现在的视频网站上还能找到影像资料。田纳西穿着毛衣和深色裤子，看上去相当瘦弱，但衣着还是干净整齐的。他依然很英俊，胡子修剪得十分清爽。"窝现在已经戒酒了。"他醉得厉害，话都说不清了。大家都笑了，他有些"人来疯"地伸出舌头，慢吞吞地说："我每天允许自己喝一……一杯酒。"戴维问起他的同性恋倾向，那意思好像在说，这也是你应该改掉的毛病。结果田纳西说了一句话，完全折服了观众的心："但是这个海边，我已经都走遍了呀。"他咯咯笑起来，靠在椅子上，观众席掌声雷动。

重回自由的他又开始忘我地创作。二十世纪七十年代，他一共写了六部新剧、一本小说、一套诗集、一本短篇小说集和成为畅销书的《回忆录》。1979年春天，他又重拾多年未写的日记，这次冠名为"我的黑色笔记本"。第一篇就来了许多格言警句，但又像让人看不懂的胡言乱语。

他扪心自问，到底是自己"杀死了"自己，还是有个阴谋集团，缓慢而残酷地毁灭着他？

他说自己唯一得意的事情，就是努力工作。

他说自己又老又丑，真是可怕。但这种可怕和他身上疾病的可怕不同。

他说自己是个善良的人，至少是个尊重善良，努力维持善良的人。很久以来都是这样。

也就是在那段时间，杜鲁门·卡波特写了一本相当不地道，但又很有趣的小说《夙愿得偿》。其中就讽刺了田纳西。这本书其实是卡波特的遗作，虽然作者本人生前一直大肆吹捧，死后也出版了，但最终未能完成。不过，二十世纪七十年代末，《君子》杂志刊登了作品的节选，让卡波特的很多朋友弃他而去。以田纳西为原型的人物是剧作家华莱士先生，住在广场酒店，房间脏得恶心，到处都是脏衣服，"到处都是狗屎，地毯上还全是狗尿干了以后的痕迹"。这个场景的真实性在田纳西的日记中得到了验证。华莱士先生的声音"腻得就像红薯派……因为喝了琴酒，咯咯笑起来也有点含糊，但那声音仍然像铃儿响叮当"。把杯中的苏格兰威士忌一饮而尽时，他还会发抖。书中的叙述者琼斯说："酒鬼其实都不在乎酒的滋味。"而酒鬼卡波特应该对这句话最为感同身受。

华莱士先生的妄想症、忧郁症和自卑重复循环发作，这种特质在田纳西日记的最后百来页中也体现得淋漓尽致。他以蒙眬的醉态对床上一个全身赤裸的陌生人说：

> 我觉得很"安全"，安全得就像被追杀的人，安全得就像门外蹲着杀人犯，很可能突然死去。如果真的死去，一定不是自然死亡。那些人肯定会把案发现场布置成心脏病发作或者意外。但你要向我保证，不会相信这一套。答应我要给《纽约时报》写封信，告诉他们是谋杀。

事实上，田纳西给迪肯写过一封内容很相似的信。书里还写道华莱士先生深深爱上了自己笔下的女主角们，而那些人物刚好就是他自己的投射。还有他有多么沉溺于自我，几乎无法容忍其他人的存在。这个部分的最后，面对本想走上写作之路却没能成功，只好出卖自己糊口的琼斯，华莱士先生叫他脱光衣服，舒展身体。琼斯没同意，华莱士先生就用那种蜜糖般甜腻而慵懒的声音说："哦哦哦，我可不想把你怎么样，哥们儿。我只是想把雪茄灭了。"

我很不喜欢这个故事。不过与其说它在写田纳西，倒不如说其中可以发掘更多卡波特的内心世界。这么残酷不近人情的笔法，不像卡波特的风格。但他倒真的有种玩弄别人的兴趣，性格上也有些暴力倾向，经常因为一些小事甚至是假想出来的问题，就彻底疏远朋友和恋人。不过，读这个故事的时候，你可能还是需要和马龙·白兰度口中的田纳西平衡一下。白兰度在《欲望号街车》中扮演了斯坦利。田纳西一直以为白兰度不喜欢他。但恰恰相反，这个身材魁梧、沉默寡言的男人，这个自己的生活也有一大堆问题的男人，给他写信，如此评价他：

> 你是我见过的最勇敢的人，这样想着就令我心甚慰。你可能不觉得自己勇敢，因为真正有勇气的人都察觉不到自己的勇敢。但我清楚你很勇敢，这让我很高兴。

此言不虚，就连在田纳西生命的最后几年也不假。1979年1月，他在基韦斯特的街道上被袭击。从警方记录来看，具体地点是在杜瓦尔街第500街区，罪犯是四五个白人男性。他们打了他朋友的下巴（凑巧的是，这个朋友就是《巴黎评论》给他做采访的记者），接着又把田纳西推翻在地，使劲地踢。田纳西的眼镜被打掉了一边镜片，不过倒没有其他的伤。行凶的知道他是谁，但这么大的事情他也没往心里去。"为什么？"

几个月后，一个采访者问道。他用坚定如常的语气回答："因为，亲爱的，我不允许这样的事打扰我。"

那个夏天，他写了《夏日旅馆衣装》，翌年春天在纽约的柯特剧院上演。首演那天晚上，衣冠楚楚、头发斑白的田纳西坐在贵宾包厢里，惹得观众纷纷跳起来想要一睹真容。那天是他六十九岁的生日，他兴高采烈地参加了演员聚会。有那么气氛欢快的一瞬，好像这部剧将会大获成功，虽然在华盛顿和芝加哥的预演已经失败了。接着负面的评论接踵而至。"结构冗余，"《纽约时报》如此评价，并下结语说，"我们这个时代最杰出的剧作家，每天晚上绞尽脑汁，努力写作，也许努力得太过头了，写出了与其他庸常之辈并无二致的作品。"

生活每况愈下。3月末，曼哈顿遭遇了一场暴风雪，4月1号零点零一分，纽约的交通工人开始罢工。纽约城错综复杂的机制暂时停止了运转，剧院受到沉重打击。每场表演之后制作人都要登台请观众留步，求他们再来，带朋友来。制作人说这部剧会永久上演，但4月16日的晚上他没有出现，演员们知道这部剧已经结束了。他们神情沮丧地收拾了东西。饰演长着一双鹰眼、很不讨喜的泽尔达的女演员杰拉尔丁·佩吉甚至把化妆室的花打包进了自己的箱子。

一两天后，舞台上那些道具被送往新泽西的焚化炉烧掉了。道具包括一个用丝带做的帐篷、一组黑色的门、一栋三层楼的正面外墙，最上面的窗户还安了栅栏。还有一丛灌木，叶子是用红色玻璃纸做的，设计的时候就是想让它呈现一种被火舌舔舐的感觉。这场火真是让人心情低落。本来这部剧也强调了火的意象，火吞噬一切承诺，一切希望，一切才华。其中还有可怕的讽刺意味，本来做泽尔达精神病疗养院的那个道具也是应该被烧毁的。几天前，杰拉尔丁·佩吉还站在那之前描述泽尔达的死亡，说泽尔达幻化成了一堆无法辨认的灰烬。

焚烧道具之时，田纳西正启程返回基韦斯特，想用游泳来忘记自己的失望与伤痛。我想象着他在通向海滩的路上经过教堂，想着那些他短暂聚集在台上的"幽灵"。召唤亡灵是非常不容易的，就算看着镜子回想自己的所见所闻也是难事。我想着田纳西接下来还要面对的事情：两年不停歇的旅行，接着就是爱丽舍酒店的那一夜。他没有敲定自己遗嘱的附加条款，所以迪肯把他埋在了圣路易斯冰冷的地下，他母亲的旁边。他棺木上的那捧黄玫瑰，完全填补不了他没能得偿的葬身大海的夙愿。

有时候往回看反而更好。有那么一瞬间，我仿佛把他看了个清楚透彻：五十年代早期的田纳西，天气好的时候，心情舒畅，和弗兰克一起待在家里。短小精悍的英俊男人，小腹有点微微凸起，全身晒成坚果一样的棕色。他戴着雷朋墨镜，穿着棉布短裤和网球鞋。当天的工作已经完成，整个下午都是属于他的自由时光。

我想象他打量着"狗滩"上那些漂亮的男孩子，然后走过他们身边，进入那蓝绿色的波涛当中，放任自己随着潮水漂游，明天要写的语句又开始在他脑海里升腾，轻咬他的神经。

第七章　伯恩斯先生的自白

从基韦斯特到安吉利斯港花了六天时间，从美国的东南角跋涉到最西北端，全程八千多公里。我开车到迈阿密，坐飞机去新奥尔良取了我的箱子，在那儿过了一夜，接着坐上开往芝加哥的火车。在飞机上我目睹了天气的变幻，一团团的积云不断越过卡罗来纳的上空。赶在天气突变之前下了飞机，没有受到影响。但现在天空逐渐变暗，天气预报说会有雷雨。

在新奥尔良的市郊，火车经过一排用木板封起来的房子，没人住，还有一艘船，卡在树枝之间。这是卡特里娜飓风留下的狼藉。午后，我们沿着密西西比河北上，天色渐暗。绵延数公里的平原上全是被烧焦或被污染的树，树干变黑了，从沼泽里伸出来。沼泽倒映着天空，有时候出现一阵转瞬即逝的小漩涡。我拿个塑料盒吃了点苹果酱，看着一只苍鹭谨慎地选择路线，在黑乎乎的水面上点水而过。它有好看的头羽，就像戴了一顶蓝色的帽子。泥地里还有一只乌龟，等我再定睛一看，发现原来是成百只乌龟，挤在一根根漂浮的树枝上。接着又是一排房屋，还有个广告牌，宣传着激光减脂术的种种好处。

林子里有一个个蜂窝，马在吃草，红土地一望无际。起风了，卷起尘土漫天飞扬。闪电惊现天空。大朵大朵的乌云变幻聚集，西边能看到一片黄色，像弹了多年的钢琴琴键，又像老人的牙齿。街灯都亮起来了，车厢里的顶灯也开了。"今晚的强力球彩票没人中，"一个男人说，"嗯，这样挺好的，已经累积到三千万了。"接着云就铺天盖地地压下来，天空变成一种有趣的绿色，像被谁擦拭过似的显得锃亮。雨点开始敲打车窗，直到所有的玻璃上都形成一条条小流。短短几秒钟，车厢外的世界就被完全冲刷了。雷声发出连续不断的低沉闷响，每过几秒就能看到一道闪电。

我已经很久很久没见过雨了。现在我能闻到那种气息，是被雨水灌满后芬芳的土地的气息。"好大一场暴风雨，"有人在打电话，"那边在下雨吗？刚才天变得特别黑，然后就下雨了。我现在就在杰克逊附近。"到六点，外面又能看到一点光了。河流都奔涌着棕色的泥水，街道上也是泥泞不堪，到处都是水洼。我看着天光渐明。火车在一片单调的田野中开了很久，太阳西沉的地方还有红色的印记，像一团小小的炉火，在这开垦过的绵延土地尽头燃烧。

那天晚上我和两个陌生人共进晚餐。他们都很害羞。"希望两位女士不要介意，"男人说，"但我们那里吃炸鸡都直接用手抓。"接着，长途跋涉这么远我也很累，就回到座位上睡了，随着列车的行进歪歪倒倒。

早上五点我就醒了。刚好赶上日出。晚上我们来到了粮食种植带，现在正奔往伊利诺伊州。窗外是绵延的已经收割过的玉米地。偶尔会出现铁皮谷仓，还有卡车、汽车的废弃场。我用iPod听着萨加·史蒂文斯[1]，看着窗外颜色单调的世界逐渐被阳光覆盖。这田野似乎永远也没有尽头，像一片汪洋大海。随着太阳升高，"海"的颜色逐渐从铅灰色变成青灰色，接着被染成金色。

乘客们纷纷醒来，手拿着咖啡在过道里来来往往。旅程中总有些意

---

1 美国当代音乐家，有张专辑就叫《伊利诺伊》。

想不到的时刻，那种充实丰富的感觉，或者给你心灵带来的影响，真是完全无法预料。阳光四平八稳、和蔼可亲地照在哈维基督教书店、斯图尔特屋顶维修公司和消防队大楼上；照在等待黄色校车的孩子们身上；照在木头房子、砖砌教堂和乡村小站的站台上。这一切都昭示着希望。火车继续低声呜咽，听起来很和谐。我靠在椅背上，打开一本书，书名让人愉快——《痊愈》。

· · ·

《痊愈》是约翰·贝里曼未完成的一部小说。1926年6月26日，这位诗人的父亲在清水岛上饮弹自尽。这场灾难过后，约翰的母亲和他的继父搬到纽约，开始了全新的生活。两年后约翰被送往南肯特中学，康涅狄格州的一所清苦而简朴的寄宿制学校。他后来回忆说，在那儿上学时，整个班曾被要求双膝跪地，通过一个铺满砂石的平台，一边跪走，还要一边读历史书。这样的惩罚他倒是不太介意，但在那里的整个求学生涯就是一场折磨。少年时代的贝里曼行动笨拙，骨瘦如柴，戴着厚厚的眼镜，脸上长满了粉刺。他完全不擅长橄榄球，脑子又太聪明，不讨人喜欢。他一直被压抑着，直到十七岁离开学校，去了哥伦比亚大学，位于纽约的常青藤联盟大学，才算真正开始美好生活。

做学术，既是某种程度上的避难，又是令人陶醉其中的天堂。大学第一年，面对社交上的成功，他兴奋过了头。特别是巴纳德学院那些漂亮的女孩子，和他那么接近，真让人无心学习。约会、跳舞和写诗占据了他的大部分时间，第一年他的所有课程几乎都成绩不佳。他请了个假，春天的时候带着一种全新的严肃态度回到校园。他当时的一个朋友多罗西·罗克韦尔曾经回忆他那时候的样子：

……瘦瘦的，总是一副特别紧张的样子。下巴很冷峻，但脸上不时会突然露出一种残忍的笑。他想成为一个诗人，作为范多伦[1]的门生。这个身份让他更胜我们一筹。

他是个神经质的小伙子，有时候甚至还有自杀的倾向（当时在哥伦比亚大学执教的文学评论家莱昂内尔·特里林就对他颇为忧心）。不过，他的悟性和智慧是毫无疑问的。到1935年，他的诗歌已经成为《哥伦比亚评论》的"常客"。其中一首还发表在《国家》杂志上。再加上他有夜间刻苦学习的习惯，他在学业上也脱颖而出。1936年，他拿到剑桥大学的奖学金。习惯已经深深植根于他的内心。他飘摇的一生中，一直坚持着自己的学术追求。

剑桥时期，他去听艾略特和奥登的讲座，见到了叶芝和狄兰·托马斯，常常深夜研读莎士比亚。过了一段"非自愿的苦行僧"生活后，他与一个英国姑娘坠入爱河。姑娘的名字很美，叫碧翠丝。不过，尽管他一辈子都怀恋着英国的一切，1938年，他还是抛下碧翠丝回到了美国。他想找一份大学教授的工作，却不如想象中那么顺利。最后，他过去的教授马克·范多伦为他写了封推荐信。（"我可以确切地说，他聪慧过人，大有前途。他是一个好诗人，素质过硬的评论家，孜孜不倦的读者。对了，他还有着迷人的个人魅力，这一点你只要跟他接触过，一定会感受到。"）拿着这封有分量的推荐信，他终于在韦恩州立大学英国文学系找到了一份教职。

由于工作强度很大，那年他被严重的失眠所困扰。他经常整夜整夜

1　马克·范多伦（1894年—1972年），美国诗人、作家和评论家。他在哥伦比亚大学执教英国文学将近四十年，影响了一代著名的作家和思想家。

地在底特律游荡，白天再一脸憔悴、一身汗味地去学校上课。不过，无论怎么说，他的课堂是非常引人入胜的。贝里曼总是滔滔不绝，引经据典，莎士比亚与各类诗歌名篇全都烂熟于心，张口就来。他讲话的时候总是微带颤抖，不停地在教室里踱步，越说越兴奋，声音也越来越高。回到和一对夫妻合租的公寓，他经常一进门就晕倒在地。他开始觉得到韦恩来"是个疯狂的错误，我以健康为代价，脾气也变得很差，当然最重要的是占了我很多时间"。他不怎么吃东西，有时候还会有幻觉。但他拒绝停止疯狂的阅读、教学和研究。一个医生初步诊断他患有癫痫。而一个心理医生则认为他得了神经病，接近心理崩溃的边缘。

不过他慢慢走上了正轨。1940年，他成为哈佛大学的讲师，在那里和罗伯特·洛威尔以及戴尔莫·施瓦茨消磨了很多时光。这两个诗人都酗酒，受精神疾病所苦，情绪很不稳定。1942年，贝里曼和艾琳·马丽根喜结连理。这个深色头发的姑娘反应敏捷，后来成了分析师。贝里曼做了几年讲师之后，夫妻俩搬到了普林斯顿。他在那里教创意写作，同时着手写一本关于斯蒂芬·克莱恩[1]的分析性传记，还研究《李尔王》，另外出版了他的第一部诗集《被逐》。

到此时为止，他喝酒都是在社交场合顺势为之。但1947年发生的一些大事件让他的写作和各种习惯都发生了很大的变化。他爱上了一个同事的妻子，开启了一段婚外情。同时他极度兴奋地写了一系列十四行诗来剖析这种感情。他后来回想，就是在那段时间，他成为一个爱喝酒的人，一是为了淹没自己的罪恶感，二是为了分散一些欲望的烈焰。艾琳也同意这样的分析。她写过一本非常生动的回忆录，书名叫《年轻的诗人》，追忆两人在一起的生活，其中回忆起那时候的贝里曼：

---

1 斯蒂芬·克莱恩（1871年—1900年），美国著名的现实主义文学家。

……不时地会变得歇斯底里，郁郁不乐，睡不着，睡了以后也会做很可怕的噩梦。最让人烦心的是，他毫无节制地喝酒……对约翰来说，早晨带着沉重的罪恶感醒来，与梦里的恶魔斗得筋疲力尽，一杯"清爽"的马提尼会缓解一场"宿醉"；而临睡前来个一两杯，可以有效缓解失眠。

这个时期他开始写一首关于安娜·布雷兹特里特的诗。这位长满痘痘的新英格兰女诗人已经去世很久了。贝里曼这首诗既是为她作传，又充满了引诱的意味。《向布雷兹特里特夫人致意》让他十分痛苦，差点一命呜呼。但那是首好诗，充满了炽热的情感，语言也精雕细琢。有一段我特别喜欢，既是对作传者神奇文字艺术的致敬，又能让人感到那种对逝者亲近的喜爱。诗人直接与安妮的幽灵对话，用他的热爱将其灵魂吸引回来。他与安妮分享着惺惺相惜的情感，说他想和她一起闪着微光消失。令人动容。

然而，这首诗之后，他没怎么遇到好事。1953年，诗歌写成的那一年，艾琳离开了贝里曼，他的焦虑、酗酒、婚外情和严重影响到他人的罪恶感，都让她对两人的生活绝望。贝里曼搬到了纽约的切尔西酒店，他的老朋友迪兰·托马斯也住在这里。11月4日，在白马酒吧大喝威士忌之后，托马斯在自己房间昏迷倒地，被送往圣文森特医院。几天后，贝里曼走进那个暂时无人照看的病房，发现托马斯已经在氧气舱中死去，双脚光着，伸在被单外面。这是一个警告，一个由于太过强烈而无法言说的警告。

1954年，贝里曼受雇于艾奥瓦大学，教授一学期的创意写作。二十年后，也是在这所大学，约翰·契弗与雷蒙德·卡佛也会和他一样，苦苦挣扎在冲动与职责之间。入职第一天，他就从新公寓的楼梯上摔下来，撞碎了一扇玻璃门，左腕受伤。虽然抑郁症日渐严重，他教课还是像过去一样，不知疲倦，充满激情，富有启发性。诗人菲利普·莱文当年就坐在他的课堂上，后来莱文为这位曾经的恩师写了一首挽歌，取名《我自己的约翰·贝里曼》，赞美了他的魅力与对文学的投入。

> 每晚他进入教室，都因为期待而颤抖，总是随身携带一沓笔记卡，但很少需要去看。私下里，他对我承认，每次上课他都要准备数日。后来因为濒临崩溃，状态欠佳，他才停止教课……不管你是不是听说或者读到过他酗酒过度、疯狂不羁、不可靠、爱说谎，我想告诉你的是，1954年的冬天与春天，在生活艰难的中西部最萧瑟的小镇之一，在孤独与寂寞中，约翰·贝里曼尽心尽力地履行了一个教师的职责。

不过，到秋天，他的教职生涯戛然而止。因为他喝醉了，与房东起了争执。结果他被逮捕，在牢房里待了一晚，显然在那里遭到了警察的侮辱。这桩丑事曝光以后，校领导们召他前去，解雇了他。幸运的是，一个朋友帮他在明尼苏达大学谋得一职。而这个大学也成为他余生的常驻地。他在明尼阿波利斯找了间公寓，开始写作新系列的组诗，他取名为《梦歌》。

这些诗歌完全与众不同，传达的信息混杂着爱与绝望。我能想到的能与其相比的只有十九世纪的英国诗人杰拉尔德·曼利·霍普金斯。贝里曼就像是霍普金斯化身而成的二十世纪的风流酒鬼，随着时代的节奏跳动着，聆听着忧郁的爵士。《梦歌》经常以三节六句的形式出现，文风敏捷迅速，很多的强调语气与跳跃空当。将不甚连贯的结构串联起来的，是中心人物"小猫咪"亨利，或者"暴躁亨利"，或者他的另一个名字比较模糊的化身——伯恩斯先生。借由这两个男人之口喷涌而出的诗歌在当时可谓前无古人，一路呼啸恣肆，混杂着笨拙的方言、不知所云的童言、俚语……并捡拾莎士比亚的牙慧（毕竟他是研究莎士比亚的学者），来几句古语。随着诗句的推进，整个诗歌的框架开始形成，亨利在生与死之间来来回回，无所安身。他一直絮絮叨叨地发着愤懑之词，抱怨自己不如意的生活、死去的父亲、已故或者还活着的朋友、酗酒的毛病，以及对女人香艳的身体无法抵抗的麻烦。亨利是个身处忏悔室的男人，急切地渴望着一切形式的安慰，同时又怨天尤人，严厉地斥责着这个他还不太承认的上帝。

写诗之余，他的个人生活暂时归于平静。1956年，他和艾琳正式离婚。一个星期后，贝里曼娶了安·莱文。两人相识于明尼苏达，新婚妻子比他年轻很多。那年，他获得了洛克菲勒奖学金。1957年，《向布雷兹特里特夫人致意》获得了哈里特·门罗诗歌奖。不久，安诞下一子，取名保罗，昵称"小布"。"他的双下巴在沉思中蠕动，他的皮肤令人陶醉，他的气味真好闻。"初为人父的诗人满含宠溺之情地写道。不过，他很快就开始抵触儿子分散了安对自己的注意力。

数月的争吵后，1959年1月，安带着小宝宝离开了他。贝里曼开始比以往任何时候都更严重地酗酒。几个星期后，因震颤性谵妄病发，他住进了明尼阿波利斯金谷路的格伦伍德·希尔斯医院。这里是针对酗酒者的一个封闭性医院。根据贝里曼本人描述，当时他"婚姻第二次破裂，精神痛苦，健康状况糟糕"，尽管如此不顺，他仍然坚持工作和研究，继续创作和修改《梦歌》，坚持坐出租车去教课。出院以后，他又开始酗酒，于是再次入院。即使在镇静剂的帮助下，他的睡眠状况仍然很糟糕，"所以我时刻都是濒死的状态"。

写作与酗酒是并行的。同年年末，11月，他花了一整天待在大学图书馆里阅读关于说唱团历史的书，看能不能为《梦歌》找到新的灵感。这时候与"亨利"[1]难以分辨的那个同伴（伯恩斯先生）就诞生了。这是一位悲伤的见证人，一个与"亨利"互问互答的同伴。当天晚上，他醉醺醺地去洗澡，摔了一跤，右臂扭伤。这个男人倒下了，但还是继续写诗。

1960年，他接受了在伯克利大学教春季学期的邀请，借机南下。说不清是不是在逃离什么。他语气轻快地给一位朋友写信，说他喝了很多好酒，虽然不像在明尼阿波利斯喝得那么多，但感觉更好。因为他不去酒吧喝了，直接点好，在家里坐等。他的教学风格依然不变，充满活力、激情和真知灼见。但闲暇时间，他饱受孤独和妄想症的困扰。但生活还是有亮点的，他遇到一个信天主教的女孩，凯特·多纳休，她自己就是一个酒鬼的女儿。1961年，她成为贝里曼第三任也是最后一任妻子。

一切继续。1962年，他在布雷德洛夫作家之家（Bread Loaf residency）住了一个夏天，一边写《梦歌》，一边狂饮鸡尾酒。到秋天，他的行为愈加古怪，经常大吼，有时候又低声抽泣。11月，他很不情愿地去了波士顿郊外的麦克林恩医院，罗伯特·洛威尔也是在那里接受治疗。入院第三天，他发誓，以后绝不在写诗的时候喝酒或喝酒的时候写诗。12月1日，他出院了，戒酒七天，二十四小时后，他的妻子生下了他们的第一个女儿，玛莎。父亲很快送了她一个昵称："特维斯小姐"。

他又受伤了，原因甚至有点滑稽。玛莎出生的第二天，他去医院看凯特和孩子，接着和朋友们喝酒庆祝。不知怎的，回家时他招来的出租车碾过了他的脚，导致脚踝骨折。他没能及时去看外科医生，朋友们得知消息后去找他，发现他躲在自家床上，脚上的伤已经开始溃烂化脓了。大家把他送去急诊，他还生气地大吼："我感觉自己就像斯科特·菲茨

1　指亨利·布西凯特，《梦歌》里的人物。

杰拉德写的烂小说里的小角色。"第二天，他又喝得烂醉，然后指责凯特不关心他。

1964年，他先后三次住院，但还在坚持写作《梦歌》。难怪他用十分伤感的笔触，说"亨利"的人生"每况愈下"；难怪他好像"除了威士忌和雪茄一无所有"。不过还是有好消息的，只是不足以填补他人生的巨大缺口罢了。4月27日，《七十七首梦歌》问世了。评论并不像他预想中那么热情，特别是他的老朋友洛威尔的评论。（"一开始的文字就如此黑暗、混乱和古怪，让人读得头痛，停止了思考。"）但也有很多评论家，懂得他与"暴躁亨利"想表达的情绪和思想。更棒的是，很多诗人也懂。女诗人阿德里安娜·里奇发表在《国家》杂志上的评论中说，这部组诗"诡异而灼热"，并指出"他诗句的美与灵气很大程度上来自一种无法伪装的勇气，表达的形式既有游戏人间的喜剧，又有严肃的愤怒，有时候温柔多情，有时候又藐视一切"。还有其他的赞美之词。当年他获得了罗素·卢纳斯诗歌奖，第二年捧回了一尊普利策奖杯。

1965年，事业的成功与自我毁灭的两相冲突变本加厉。他穿着袜子走在木地板上，结果摔断了左臂。他给朋友威廉·梅雷迪斯写信："最近我进出医院太多次了，觉得头晕。"他被授予古根海姆奖学金，鼓励他继续创作《梦歌》。1966年，他拿这笔钱和家人去爱尔兰待了一年。在都柏林，他遇到了诗人约翰·蒙塔古。后者被他触动，做了如下的评论：

　　在我见过的诗人中，只有贝里曼能把喝酒变成积极的影响。他的酒量惊人，烟抽得也很凶。但这似乎成为他的一种工作模式，能帮他在《梦歌》中勇往直前时冲破大脑的桎梏。在我面前的他，看上去很积极很快乐，全身心投入于他一生代表之作的创作中，还有他爱的妻子和孩子。

这话并不完全真实。1967年新年，贝里曼又摔倒了，背部神经损伤。4月，他进入格兰吉·戈尔曼精神病院戒酒瘾。5月，他飞回纽约领取美国诗人协会颁发的一个奖，入住切尔西酒店。这可不是什么安全的地方。很快朋友们就发现他在吐血，于是把"半死不活"的他送去了医院。他开始接受治疗，但坚持要在床边放半品脱[1]威士忌。这期间又诞生了一首《梦歌》。诗句中"亨利"吞咽着自己的呕吐物，十分后悔，让所有人都失望，在灵魂的森林中游荡。

那年秋天，《贝里曼十四行诗集》问世，收录的是他在普林斯顿婚外情时的创作。1968年，第二部《梦歌》——《他的玩具，他的梦，他的休息》出版，第二年《梦歌》又出了个选集。而荣誉也像洪水一样涌来。《他的玩具》获得了美国国家图书奖和波林根奖。他获得明尼苏达大学校董会颁发的顶尖人文教授荣誉，在全国范围内组织读书会。接着，1969年11月10日，他住进了明尼阿波利斯的海瑟顿医院，因为酗酒引发的症状已经非常严重，他还在自家浴室滑倒，左脚脚踝不慎扭伤。

这次他不仅仅靠镇静药物沉睡来戒酒。海瑟顿医院是"明尼苏达模式"的先锋，当时这种疗法看起来很激进，现在已经很常见了，医院将入院的酒瘾病人作为一个治疗社团，让他们遵循"戒酒十二步骤"，参加讲座，进行学习，通过不断的自我挑战与坦白，放下让自己不断复发的戒备，从而达到生理、心理的双重戒酒效果。

这个过程并不容易。要戒掉整整二十年的习惯，还要直面这个习惯所掩藏的恐惧。12月1日，一名顾问写下了他对贝里曼的印象：

----

1 品脱：容量单位，主要用于英国、美国及爱尔兰。

病人承认他酗酒……抑郁、焦虑、不成熟、自知力缺失、高审美趣味、孤独感与依赖感……承认他充满恐惧。

出院以后，他戒了十二天酒，又拿起了酒杯。这一时期又有很多佳作诞生：新的诗句，再次尝试写莎士比亚传记。一封写给威廉·梅雷迪斯的信中，他的语气很狂躁：

我正在度过记忆中最棒的冬天，几乎每天都在很努力地研究有关莎士比亚的学术资料和评论，还在写一首叫《恋爱中的华盛顿》的诗，断断续续地写，进度不快……我在大学开了两个比较有趣的研讨班，一个研讨《哈姆雷特》，另一个是研究美国文学中的人物。我每天都在读安东尼·特罗洛普的《巴塞特的最后纪事》，写得太好了；还有《创世纪》。对了，我还在看瓦伦特[1]的《阿兹特克文明》，准备明年夏天去墨西哥待上三个星期到一个月。

接着，1970年2月26日，他又住院了，小腿上有乌黑的瘀青，不能走路，也站不起来。接下来的六个星期，他又住了四次院，每次都是一恢复到刚好解了毒，就又跑出去喝酒了。

5月2日，他被紧急送到明尼阿波利斯圣玛丽医院的酒瘾强化治疗中心，开始第二次深度治疗的尝试。他在这里迈出了十二步中的第一步，承认在对付酒精上，自己已经无能为力。生活已经被搞得不可收拾。这句话的含义很深，也很令人恐惧，贝里曼努力把握其中的深意，迅速写了一篇关于自己的《酒鬼自传》，听上去似乎毫无保留。后来他还读给

1　指乔治·克拉普·瓦伦特，美国人类学家。

戒酒会的人听：

一直到1947年，我都是在社交场合正常喝酒。后来经历了一场漫长而糟糕的婚外情，婚后五年第一次背叛我妻子。我的情人很爱喝酒，我就陪她一起喝。我感觉到罪恶，感觉自己是个杀人犯，杀别人，也杀自己。有一天，我在家里出现了幻觉。听到奇怪的声音。努力进行了七年的心理分析和团体治疗。喝醉酒后在八层楼高，只有脚掌宽的栏杆上走来走去。醉醺醺地挑逗女人，经常成功。结婚十一年后妻子因为我酗酒离我而去。绝望，独自痛饮，没有工作，身无分文。在纽约停电时丢掉了我最重要的职业信件。喝醉后勾引学生。喝醉后挑逗同性，有四五次之多。每隔几天就需要戒酒。喝完啤酒后痛苦地倒在地上。午夜喝醉后和房东因为房间的钥匙争吵。他报了警，我在监狱待了一夜。不知怎的这事在报纸和广播上传开了。我被迫辞职。两个月来我都努力试图对自己进行分析以及梦境的解析。再婚。我的领导告诉我，午夜喝醉后，我曾经给一个学生打电话，威胁要杀掉她。因为酗酒，再婚妻子离开了我。喝醉后进行公开讲座。在印度加尔各答喝醉，迷路，记不起住址，整夜在街上游荡。八年前和现任妻子结婚。过去十年来一直断断续续服用各类镇静药物。多次住院。为酗酒找很多借口，说谎成性。严重失忆，记忆扭曲。一次突发精神错乱，持续数小时。在都柏林写作长诗的数月，每天喝大量威士忌。两年前戒酒四个月。妻子把我的酒瓶藏起来，我也把我的酒瓶藏起来。在伦敦一家旅店，醉酒后尿了床。酒店经理很生气，我不得不出一百美元换新床垫。讲课时太虚弱站不起来，只能坐着。准备不充分就去上课了。病得太重无法组织考试，由学校代为组织。有一天病得太重无法讲课。写作停滞数月。每日大量饮用威士忌，持续数月。妻子很绝望，威胁我说必须戒酒，否则她会离开。去年11月两个医生开车送我去了海瑟顿。在特护病房待了一个星期，经历五周的治疗。参加三次戒酒互助会，百无聊赖，没有交朋友。在一个派对上又喝了酒。两个月轻度饮酒。努力写传记。九个星期前突然开始写新的诗作，喝的酒越来越烈，喝得越来越多。每天都喝。在大学走廊上大小便失禁，在没人注意到的情况下回到家。五周之内以爆发式的速度写完了书，这是我一生中除了1953年头两周之外强度最大的工作。我妻子说要么就去圣玛丽戒酒，要么她就走。于是我来了。

这种自白没什么用。6月12日，他在未痊愈的情况下批准出院。6月18号，他又写了一封信给梅雷迪斯，里面的措辞油滑得让人心烦。"我住院六个星期（还是老原因，酗酒），刚刚出院，我的医生说还需要一年才能恢复。我又写了十七首诗，其中一些很重要，能帮我赢得爱情与名声。"

同一天，他又在圣保罗的一家酒吧举起了酒杯。他虽然一直都没戒掉酒，却还是戒酒互助协会的常客。10月伊始，他主持了一次读书会，接着从纽约飞回了明尼阿波利斯。他在机场给凯特打电话，说他在回家路上了。接着他消失了两天，周六才回到家，一身邋遢，虚弱可怜，一副惨相。他记得给凯特打电话，记得走进酒吧，想在临睡前喝一杯。之后就一片空白，什么也不记得了。妻子和朋友在客厅又是关心又是批评，于是贝里曼同意回到圣玛丽，努力一把，第三次戒酒。

. . .

这些"黑历史"几乎全都没有改动地写进了《痊愈》。多年来，在《梦歌》中，贝里曼一直借亨利·豪斯之口，以父亲的自杀为中心，重新描写和加工他过去的很多事情。现在他又有了新的面具，更薄，更透明。《痊愈》中的艾伦·瑟夫伦斯是一名公众知识分子，获得普利策奖的免疫学教授，"两次受邀上迪克·卡威特秀（其中一次是喝醉了去的，还引起了一场暴乱）"。这位主人公和作者本人的工作不一样，还有一位姨妈的某些细节不同。除此之外，瑟夫伦斯的一切都来自贝里曼自身复杂的人生经历，包括他乱糟糟的屋子，频繁的干咳，夸张的吼叫声，聪颖睿智，心地善良，高傲自大，多次受伤和时常出现幻觉。

小说由序幕开始。艾伦喝醉了。满眼的灯光中又有很不明了的黑暗。啊，他是在自己家的门厅里，那些熟悉的身影就在眼前。妻子正递给他一个玻璃酒杯，他心想，这酒杯完全不够大嘛。旁边还站着几个人：两个警察和他的大学主任。他的妻子用冷冷的眼神看着他说："这是你喝的最后一杯酒。"去他的，他心想，但又有种烦躁不安的"末日感"，这次也许是来真的了。

紧接着，他还没明白发生了什么，就已经回到了W病房，象征着贝里曼在圣玛丽的病房。这是他的第三次机会：他沉湎于酒精，几乎中了毒。但他仍然觉得自己的头脑就像山间的空气一样清新明了。他准确地知道到底出了什么问题，至少他认为自己知道。戒酒第一步就出了错误，成为他走向痊愈的阻碍。他朝镜子里的自己咧嘴一笑，摇摇晃晃地走到茶点间去见那些同样被酒瘾困扰的人。接下来的很多个星期，天知道到底多久，他能接触到的最有劲的东西，可能只有咖啡、巧克力脆皮雪糕和香烟了。而且每天他还要被迫去听那些让人筋疲力尽的演讲，集体治疗，一对一谈话，心理辅导，私人学习和祈祷。

书的内容在他脑子里以令人战栗的速度迅速成型的时候，贝里曼给朋友，作家索尔·贝娄写了封信，写到这本书将会包含的内容："百科全书式的数据，几乎像梅尔维尔写的《白鲸记》对鲸鱼的记录一样详尽。"他说到做到。《痊愈》就像"明尼苏达模式"的一门速成课，读来就像被关在一个治疗中心的病房里。字里行间浸润着治疗的味道，主要是香烟和咖啡，还有很特别的文风，为了治疗这种说不清道不明的病，需要一种很清楚明了的控制力。

我通过读这本书掌握了一些基础的酒瘾术语，有些很熟悉，有些则是新词汇。"否认"：这是一个酒瘾者最明显的特点。拒绝承认生活存在问题。愿意说任何话来确保能继续喝酒。"开诚布公"：对另一个酒瘾患者的幻觉提出疑问的行为。"失足"：戒酒后又喝酒的行为。"小看问题的严重性"：否认的一种。基本上所有的酒鬼都会自我麻醉，认为他们酗酒，他们面临的种种不幸，都是很普通的，不值一提的，甚至都不用去检查。"真诚幻觉"：酒瘾者真心相信的幻觉。"重归"：在经历一段时间的敞开心扉，诚实诉说之后，又回归到戒备自闭的状态。"寻求他人帮助"：对酒瘾患者自闭倾向的一种纠正方法，帮助他们改掉只愿意独处，"自我孤立封闭"，自怨自艾，认为自己比较特别，比别人遭遇的心理问题更多的倾向。的确，整个戒酒互助会的团队结构就是构建在这些东西上的，让酒瘾患者面对彼此故事中惊人的相似。"投射"：从别人身上看到你否认的感觉。"干醉"：不喝酒，但不愿意改变酒瘾者的性格结构，只使用自己的意志力来加以克制。这是非常危险的。"游戏态度"：也是否认的一种。这种态度的酒瘾患者只是对戒酒互助会的信条鹦鹉学舌，但没有真正接受它们，也没有完全敞开心扉。

对于艾伦·瑟夫伦斯来说，这个过程既是一种折磨，也是一种乐趣。就像乘着疾风，重新发现自己的灵魂。他交了朋友，接受批评，一层层抽丝剥茧地反思和分析自己的幻觉。有时候这样的日子似乎漫长得永远没有尽头，因为他的病似乎有着强大的自卫能力。不过他还是满怀希望。他一个冲动，决定信犹太教，每天花很多时间狂热地学习相关的教义。在团队里，他的话很多，把大家都给惹恼了。一次"动物—植物—矿物"的游戏中，有个病人说他是头"恶心人的病狮"。接着大家打开了话匣子，说他自命不凡，高傲自大，令人恶心。这些都是真话。他经常在长篇大论后扬扬自得地点评自己的名气和作为男性的吸引力。听到大家这样评价自己，很伤人。但他恢复了过来，看到这些批评能带来的好处，继续向前。有一天，做心理辅导的人突然打断他说的话，专门提到他的自白中说的，两三年没见到儿子了。他们希望他了解，这不仅仅是因为他酗酒，而是因为他生活中的一切都乱了套。"很艰难，非常艰难。他无法思考，只能去感觉。"

艾伦·瑟夫伦斯不是那种特别惹人同情的角色。事实上，我经常想冲进书里，猛打他的头。他很荒诞地确信，自己的病很伟大，很"壮丽"；认为他的大脑有着非凡的结构；有时候又觉得自己的存在特别没有价值。"也许做个魔鬼更容易，"一位心理辅导员如是说，"做个人很难。"后来又说，"酗酒的人都很固执，孩子气，不宽容，程式化。他们必须偷偷摸摸地生活。改变的唯一机会，就是敞开自己，暴露在光天化日之下。"

有时候他也的确照做了，变得人性化，变得坦诚，放下他的戒备。就是这些时刻，让《痊愈》的字里行间都充满了非凡的力量。另外，随着艾伦治疗过程的推进，读者会越来越明显地察觉，他不是一个人。病房里的人们全都在与自己的思想做着殊死搏斗。威尔伯和他极为霸道的父母；诗人贾斯帕；还有令人怜惜的谢利，艾伦成了他的保护神。看着这群普通的美国人努力改变自己，努力从酒瘾中解脱出来，真是吸引人。接着，突然间，到224页，这本书戛然而止。还有几页零星的只言片语，但无论从哪方面来看，贝里曼的《痊愈》都半途而废了。

· · ·

我从芝加哥搭乘"帝国建设号"列车去了西雅图。路上需要两天。我数了数要经过的州：伊利诺伊、威斯康星、明尼苏达、北达科他、爱达荷和华盛顿。那天深夜，我们经过了圣保罗，这是贝里曼的城市，也属于菲茨杰拉德。在《了不起的盖茨比》的最后，菲茨杰拉德将自己的记忆赋予"尼克"，回想从学校回家的路。盖茨比刚刚死去，那种令人情绪低沉的雨中葬礼后，"尼克"想起少年时期的冬天，从芝加哥搭火车回圣保罗的日子。他还记得威斯康星那些小站昏暗的灯光，以及那些朦胧的黄色客车。接着他自言自语："这就是我的中西部——不是麦田，不是草原，也不是瑞典移民的荒凉村镇，而是我青年时代那些激动人心的还乡的火车，是严寒的黑夜里的街灯和雪橇的铃声。"

坐这趟火车，我终于有了个包厢。小小的，很整洁，让人觉得舒服，有两个蓝色大椅子，拼在一起做了张床。火车上有很多阿米什人[1]，女人戴着软帽子，男人戴着黑帽子，留着和贝里曼很相似的大胡子。那天晚上吃晚饭时，我和一对来自蒙大拿的夫妻，以及一位在南达科他油井工作的密歇根地质学家同坐一桌。地质学家胖得很病态，一张毫无生气的苍白的脸，眼睛深深地陷在眼窝周围的肥肉里。大家等着上菜的时候，他喝了两瓶百事可乐，还给我们看他的结婚戒指，上面装饰着爱心结。他还特别遗憾地说："可惜我晚上没法在这戒指里睡觉。"我们吃着烤牛

1　美国和加拿大安大略省的一群基督新教再洗礼派门诺会信徒（又称亚米胥派），过着比较清苦原始的生活。

排配蘑菇酱，聊了很久爱尔兰的事情。在拉克罗斯，我抬头望着窗外，看到站台上有个年长的黑人，提着一个桶在卖红玫瑰。我刚刚回到包厢，列车就经过了密西西比河与周围的洪泛平原，离水太近，都能闻到那种舱底污水的臭味。谁知道这平原有多广阔呢？将近两公里，中间点缀着岛屿？还是更大？

　　我把两个座位推到一起，在这小小的床上坐定。第一次读《痊愈》的时候，我被内容的中断震惊了。但现在，我已经知道这本书是在怎样的环境下写成的，这种未完待续给我的感觉就更糟糕了。1970年11月底，贝里曼第二次从圣玛丽出院，下定决心要永远戒酒。那年冬天他给自己加了个"第十三步"："在接下来的几周里，避免一切可以避免的精神与心理上的思考。只单纯地教书，简化心灵（如果精神崩溃，上帝是帮不了他的，他只好又去喝酒）。放轻松！"这是很好的自我建议，但他早已经深陷不断思考和自省的习惯，这是他从小就有的，他那时经常从学校给母亲写信，夸耀自己的学习成绩。读诗人艾米莉·狄金森的作品时，书信集中的一句话引起了他的注意："我无法停留在一个死亡的世界里。"他在"无法停留"下面画了横线。他还读弗洛伊德的《文明及其不满》，勾画了这样一句话："童年时期最强烈的需要，就是来自父亲的保护。"

　　1971年年初，他开始写政治性的诗歌，觉得这个社会乱了套，甚至有些扭曲，怀着一腔热血想做些改变。他写了一些关于切·格瓦拉的诗。1月27日，他在喝醉的状态下，在芝加哥主持了一场读书会。他的好朋友索尔·贝娄也在场，后来写了一篇文章，作为《痊愈》的序言。索尔说当时的贝里曼看上去很衰老，而读书会本身也是个灾难。贝里曼在台上嘟嘟囔囔，下面的人根本听不到。他吐在汽车里，在房间里晕倒昏睡，在为他举行的派对上一睡到底。"但到了第二天早晨，他又恢复了那种天真的欢快。声音清脆，像歌唱一样。说昨晚非常愉快。他回想起自己的作品取得了巨大的成功。他的出租车来了，我们互相拥抱。在冰冷的阳光下，他出发去了机场。"

很快他开始控制自己，回到戒酒互助会，恢复清醒。那年春天他开了两门课，"生命的意义"和"后小说：以智慧成就虚构"，涉及的阅读资料有马尔科姆·劳里关于酗酒的经典作品《火山之下》。第二次进入圣玛丽医院时，他接受了《巴黎评论》的采访，3月的时候，他纠正了一些那次采访中提到的事情。他指出，其中有六处都是他的幻想，比如他在国家发展中扮演了重要角色，像杰弗逊和爱伦·坡一样。还有他说自己只要能写出好的诗歌，甚至不惜像耶稣一样被"钉上十字架"。

4月24日，他决定把《痊愈》写成一本小说。5月20日，"完全清醒，坚持了将近四个月"，他独自待在康涅狄格州哈特福德的一家酒店。那天晚上，他突然紧张不安地感觉到，耶稣就在房间里，守在他身边。他开始写一首诗，一直狂热地写到深夜。诗的结尾说自己遇到耶稣，高兴得想尖叫。

这其中有些东西严重扭曲了。原来酒鬼的那种自负和自怜，让他固执地认为，这个世界上没有东西能包容一个人的痛苦，就连上帝也不能。而耶稣的快乐，其实要看贝里曼是否快乐。这样的感觉真是令人恐惧。想想戒酒步骤第二条："要相信，有一个比我们自身更强大的力量，能够使我们恢复神志清醒。"还有第三条："做出决定，把我们的意志和我们的生活，托付给认知中的'上帝'。"

那年夏天他的日记中，同样的字眼频繁出现。"放轻松""慢慢来"。不仔细看很难注意到。当时的他正全身心投入新书的创作，常常写到战栗，仿佛被一种宏大的东西所控制。他给第一任妻子艾琳写信说："我当然是决心要写出继《堂吉诃德》之后最有力的故事，充分体现叙述艺术的魅力。"

6月13日，他那越来越健忘和做出奇怪行为的母亲（也许是老年痴呆，也许不是）终于接受了建议，搬进了街对面一套昂贵的公寓，钱是她有责任心的孝顺儿子出的。同一天，凯特生了孩子。几个星期以后，贝里曼带着狂喜的语气给贝娄写了封信，说《痊愈》包含了百科全书般的数据。他很激动，因为还有其他的写作和生活计划。比如亲自给自己的孩子授课，包括暑假要来访的保罗；比如很多新书的想法；还有放下很久的莎士比亚研究；为孩子们开启接近上帝的人生；出本文集；写一写文学艺术中无处不在的牺牲主题。他心满意足地把这些计划列出来：有十三本书亟待他去完成。

他给过去的导师马克·范多伦写信：

> 我承认，这个夏天，我计划要写二十本书，还要读很多小说，参加医院的学习等，真是要把自己累垮了。但我坚持每周要写至少十页，并且修改好。这样我才不会迷失自己，误入歧途。我还利用早餐前和凌晨一点以后的时间学习神学，并且坚持进行良好的锻炼，每周花两个晚上去医院，并努力给六十到七十封没有回复的信件回信（有些来自艾琳，她也在写小说，而且写得还行。有的来自过去的情人和贝里曼散落在整个西方世界的门生）。同时，我还要对很多人，很多事情，给予精神和财力上的支持。

都是好事，但太多了，意料之中，他被压垮了。7月的最后几天，《痊愈》的写作终止了。贝里曼跑到加州去躲避家里新添小孩的吵闹，他说那就像"和母狮子一起待在斗兽场"。他在加州给凯特写信，描述了自己的噩梦：他看见一个衰老的俄国贵族在他的壁炉前睡觉。他把这人赶走，突然发现这个闯入者竟然在他关于莎士比亚的笔记上打了一些洞。凯特对他的精神情况可谓感同身受。她做的有关背叛的梦让贝里曼觉得自己也有必要帮她一把。

> 我也很同情你的"抑郁"之类的情绪。也不知道为什么。你说"我精神状况不好已经有十年了"，这真是我听到的大废话，和"你已经醉了九年了"一样荒唐（咄咄逼人的幻觉后面出现的是比较保守的幻觉）……我觉得除了其他问题，你的痛苦主要源于虚弱的人对强大的人（对，亲爱的，就是我）的一种厌恶和嫉妒……我希望你在我回来之前就去接受治疗。我不信你来信里那套"每分每秒都很忙"的说辞。天哪，你不就是照顾照顾孩子，做做饭嘛，就这样了……毫无疑问，忙的人是我。

看这满满的敌意和自负自怜，他完全没能甩掉它们。贝里曼自己也清楚，在《痊愈》中也借由艾伦·瑟夫伦斯之口表达出来，这两种情绪，正是恢复中的酒鬼又重回杯中物怀抱的头号原因。那个夏天，一个非常亲密的老朋友，拉尔夫·罗斯，贝里曼执教大学的主席，也是他最坚定的支持者之一，发现和这位诗人之间"没有温情，他对其他任何人都没有温情。头脑毫不兴奋。没有热情。我得出结论，一个能让人爱上的约翰，是两三杯酒下肚后的约翰，不能再多，但也不能少。但这样的约翰是不可能存在的"。

一整年他都在担心自己试探性地回归天主教可能是另一个幻觉。1970年5月，他第一次在圣玛丽接受治疗时，经历了自己所认为的"信仰转变"。他想暂时离开医院几个小时去上课，院方已经允许了，但在最后时刻又告诉他不能去。结果双方爆发了激烈的争吵。最后还是以他绝望地放弃告终。心中对课堂上的学生满怀愧疚。接着，出乎意料地，一名心理辅导员主动提出可以代他去上课。这让人意想不到的帮助让他达到了信仰的新境界。从那以后他开始写宗教诗歌，后来结集为《幻想及其他》出版。这些诗歌也许可以被解读为写给上帝的。他认为四十多年前是上帝带走了父亲，也带走了他所有的安全感，而现在他试图与上帝和解。有那么一段时间，他仿佛重新找回了信仰，充满了欢乐。但现在这种情绪又开始消散，如同潮湿的墙上剥落的墙纸。

12月13日，他写了一篇很长的日记，用非常不开心的语气。"昨天一整天都很糟糕。""不相信枪或刀，也不会用。"他描述自己的各种焦虑情绪，轻微的和严重的。他咳嗽一声，玛莎就会磨牙。他的房费没有付清。他害怕新的主席。他的体重比标准轻了二十磅，而且自己很"老"了。他睡眠质量糟糕，总是做噩梦。阴郁的冬天。他的阴茎正在萎缩。他写道："关于宗教的疑问出现了。"又补充说，"我在想，如果地狱——"但没有写完。他写了自己整天都躺在床上，神经质地想着父亲的坟墓。也是在这篇日记里，他写到自己要彻底放弃《痊愈》了。（"放弃写小说了。愁苦又失望。"）

12月，自杀的念头一直如顽疾一般困扰着他。新年前夜，他去参加了一个派对，有人帮他拍了张照片：穿着西服套装，很紧张，灯光在他的眼镜上跳跃。1月5日，他买了一瓶威士忌，喝了半瓶。他写了一首诗，想象爬到大桥高高的栏杆上，割断自己的喉咙。"我没有。"诗的开头如是说，"我没有。"他拿起笔潦草地写了一行，然后丢在垃圾桶里，把酒瓶放到一边，给戒酒互助会的一个朋友打了电话，问明天早上的见面有没有人负责，因为他来不了了。接着，1月7日星期五，他坐早班公交来到华盛顿街大桥。他爬到栏杆上，跳了下去，从三十米高的地方掉到一个码头上，然后滚落到密西西比河的堤坝上。后来，通过他口袋里一张空白支票和他摔碎的眼镜上刻的名字，人们才确认了他的身份。

《痊愈》没有写完，也是难怪。看看这书名。是多么疯狂的冒险。我透过厚厚的窗玻璃看着车外，快到圣保罗了。天已经很晚。列车停了很久才重新开动，开过明尼阿波利斯，经过距离贝里曼故居不到八百米的地方，接着绕过了明尼苏达大学。他曾经在那里勤奋工作，充满热情，全心投入，在很多人的生命中留下了他的印记。

摩天大楼的玻璃窗在黑暗中发着光。有好些看上去像工厂和实验大楼的建筑。没有窗户的建筑、锯木厂、板房仓库，都散发着一种苍白的橙光。接着我们就进入了黑暗之中，偶有昏暗的街灯，照亮一些写字楼和停车场。男人的剪影走上台阶。某个地方好像有水流。我看到一些反射过来的橙色光，一时支离破碎，一时又重新汇聚。接着，一条路，一辆卡车，城市的边缘，模模糊糊，暧昧不明，有些淡淡的形状，可能是烟囱、水塔，当然还有铁网围栏。

. . .

等我再次醒来时，已经是清晨。这次，外面的世界一片白。这里是北达科他，平原上有小小起伏，像一块没有熨烫过的床单。雪融化的地方能看到棕灰色的田地。天地间的颜色少得可怜。电线杆、农场、完全被迷雾占据的地平线，还有头顶那湛蓝得令我无法呼吸的天空。

和我吃早餐的是昨晚一起吃晚饭的同一群人。我们聊起了石油。达科他究竟有多少油，沙特有多少油。风力发电能不能发展起来。地质学家道格过去是个机械师，制造用在活塞上的那种铬质的盖子。他们用的脱脂剂里有致癌物的二氯甲烷。他说，很多人都因此得了前列腺癌，包括他父亲。接着工厂关闭了，部分迁往哥伦比亚，部分迁往印度。"他们在那边还是用那种脱脂剂吗？"同桌的戴安问道。道格耸耸肩，不怎么在乎地说："我猜是吧。那边的劳动法不一样。"

整个上午剩下的时间，我都待在观光车厢，再次深读《痊愈》。贝娄的前言有段关于贝里曼酗酒的话，让我有难以接受之感。他描述了贝里曼狂热地写作《梦歌》，然后说："灵感里包含了死亡的威胁。在他写下这些期待已久、不断祈祷得来的诗句时，他也会变得支离破碎。而酒则是稳定剂。从某种程度上缓解了这种致命的张力。"

二十世纪七十年代，人们对酗酒的所知比今天匮乏很多。不管是医生、心理学家还是普罗大众。那时候酗酒才刚刚被归为一种疾病。大多数普通人完全不明白这种疾病到底有什么后果。那个时代当然也比我们现在更为迷醉，也比较宽容。除此之外，贝娄大概也在经历一种对现实情况的否认，这在酗酒者的亲朋好友之间十分常见，只是没人去正视这种影响。就连那些最敏慧的人也会不知不觉受影响。就算并非如此，他这段话也显得很愚蠢。诗歌并没有潜藏让贝里曼死去的风险，不会引起震颤性谵妄，也没有让他乳腺增生，没有让他滚下楼梯、大口呕吐或者在公共场合大小便失禁。酒精也许让他从几乎无处不在的恐慌情绪中平静下来。但一杯接一杯的酒，也让他的生活从生理到心理都充满了混乱和绝望。

那么，为什么呢？为什么一个如此天赋异禀、才华横溢的男人，会一次又一次地陷入那毁掉他生活的陷阱中呢？《痊愈》中的"艾伦·瑟夫伦斯"也不断扪心自问，不管不顾耐心的治疗师一直努力把他拉回到当下。明尼苏达模式在1970年是非常实用主义的，它避开心理分析，不去寻找原因，而是主张克服和治疗酗酒者目前的行为。但是"瑟夫伦斯"却固执地想着过去的两件事：父亲自杀和一段令人困惑的青春期空白。在参加互助会时，他总是走神想着这两件事，他并不知道这是在逃避，他不愿意面对现状，也不愿意承担改变现状的责任。

"艾伦·瑟夫伦斯"这个人物也并非完全源于现实。他作为一个角色的部分力量来自他和读者的认知之间颇具讽刺性的差距。这也暗示了贝里曼对这种疾病的洞见比这位书中的化身更多、更深刻（虽然读过1970年那首避重就轻的空洞诗作《爱与名》，你也许就不会这么想了）。话虽如此，关于父亲的内容则是完全源于现实。贝里曼一直确信，父亲约翰·阿林的死是他一生中最重要的事。多年来，他都一直为其所困，想搞清楚此事到底给自己留下了多大的伤害。

问题在于，他几乎完全不记得清水岛上发生的事情了。既不知道究竟是怎么回事，也完全不清楚当时自己的感受。所以他只能依靠母亲那模棱两可的描述。艾琳·辛普森的回忆录《年轻的诗人》中提到，这些母子谈话时常进行。有时候是面对面，有时候是通信。在约翰压力很大的时候进行得尤其频繁。每次贝里曼夫人讲的故事都有出入。约翰有时候觉得挺好笑的，但有时候这种不确定又会把他推入绝望。

他最后一次进入圣玛丽医院时，给母亲写信，请她最后一次讲述一下阿林的死。他把问题编了号，而且非常有针对性。

1. 我有没有听到爸爸威胁要和我（或者鲍勃）去游泳，然后淹死我们？还是你后来告诉我的？什么时候告诉的？

2. 我什么时候听说他自杀的？

3. 刚听说他自杀消息的时候，那天上午开车回坦帕之前，我有什么反应？我在回程路上的车里，有什么表现？回到坦帕以后呢？在葬礼上呢？在霍尔登维尔的墓地呢？在明尼苏达呢？整个八年级呢？（在华盛顿特区呢？在那里的时候，有一天我以为自己看到他在街上被车压扁了。）

贝里曼夫人回了一封长信，措辞迂回。她说这个话题令她痛苦，她不想再回忆了。她的大半生都被丈夫这件事所折磨。她描述了他的死，但都是些模模糊糊的废话。她说她从枪里拿出五颗子弹，埋了起来。但他肯定还藏了一颗在某个地方，放进枪里，扣了很多次扳机，终于打了出来（她经常说阿林的死是个意外，特别是对陌生人和新朋友）。她没有说在那些令人心碎的伤心地，儿子都有什么行为和表现。

贝里曼在离开圣玛丽的几天之前写了回信，读来几乎可以说可怜了。他为让她郁闷而道歉，他说无论怎样，他也不准备再讨论这件事了。他试图几小时不去想这件事，感觉很好，所以他下定决心，再也不去纠缠了。（这种从偶尔短暂的经历突然下定的大决心，恰恰是他恢复过程的特性之一，就像在没有走稳的时候就试图要跑，这让他的恢复潜藏着很大的失败风险。简单来说，这种缺乏循序渐进的跨越会不可避免地导致失望，再让他去借酒浇愁。）

当然，他不可能放下这个话题。只是交给了"瑟夫伦斯"去不断咀嚼回味，就像过去十五年来他寄托在"亨利"身上一样。"亨利"也是为"忧郁的父亲""可怕的银行家"的自杀所苦。整个《梦歌》都在试图重现清水岛上的事情，甚至试图去挖掘父亲的坟墓。

被困在W病房的"艾伦"大多数时间都在思考自己的损失。在一场失败的心理分析之后，他在日记本上写：

新的问题又出现了。我也许对父亲的死感到愧疚？如果是的话，也许这种情绪被压抑了很久，现在也只是推测（自我辩护）？（我喝醉时曾大发雷霆，把母亲的自责拿出来怪罪她，说父亲其实是她谋杀的，布置成了自杀现场。）最近听了一场讲座，就是关于父亲酗酒，孩子反而怪罪自己的。（我做了什么让爸爸这么生气而喝醉了？）

很空洞，也很奇怪。他的确酗酒严重，最后那几周他们四个都喝得很厉害。噩梦般的争吵。清晨饮弹自尽，就像海明威，模仿他的父亲。我狂热地酗酒，还有不断抽烟，也是模仿他吗？（两种行为都很"男子气"）所以，也许隐藏压抑了一年（为什么会隐藏一年呢？）并最终浮现，困扰我整个预科学校生涯的情绪，其实不是愤怒和自怜，而是愧疚吗？

　　他顺势又写了一段，接着放下笔，非常困惑。"又高又英俊的父亲，"他心想，"让人喜爱，却如此迅速地去了！"

　　这段话和贝里曼在医院里写的日记非常相像。而糟糕的预科学校生涯也源于现实。在南肯特中学，他受到了严重的校园霸凌。有一次，他在越野跑的过程中被人狠狠揍了一顿，之后拼命想让自己钻到火车下面自杀（如果心理医生听到这个，可能会咬着笔头记上一笔：缺乏对冲动情绪的控制）。

　　成年以后再回忆这段日子，最困扰他的是那种缺失感。他的少年时代似乎蒙上了一层迷雾，很奇怪，什么也看不见。真是该死，他甚至都记不起来自己读了什么书。《痊愈》中的"艾伦"也常常提到这个话题，甚至在戒酒互助会时提到神秘的"没有特点、完全荒废的那些年"。（心理辅导员笑了，说："每个人都会荒废些岁月。"）

　　我靠在椅背上，咬着自己的笔。列车正经过拉格比，一路上的汽车轮子都深陷在雪地里。一片黑土地上，冰凌看上去像脏兮兮的银子。田野中摆了一些生锈的桶子。一眼能望出好几公里，连绵起伏的山峦，松树漫山遍野。总能听到那略带遗憾与警告的声音：呼呼！嘿嘿！

　　想象一下这幅画面，一个正在老去的男人舔舐着自己的旧伤口，这真是让我难以释怀。从一方面来说，我可以认为这只是又一种逃避的技巧。拒绝承认酗酒在他生命的不幸遭遇中扮演的角色。而他也应该很明白,酒精让人上瘾的原因是多种多样的。有的是基因遗传,有的只是偶然。最紧迫的任务,不是找出一个人酗酒的原因,而是尽早戒酒,并且坚持下去。然而,那段空白的时光让我也难以释怀。"思念一个自己爱而渴望的人,"弗洛伊德曾经说过,"是理解焦虑情绪的关键。"

最近,我看到一项把童年时代的经历和后来的健康状况联系在一起的研究。"不良童年经历研究"是1995到1997年在圣地亚哥进行的。不过相关的研究现在还在继续。研究选取了一万七千名不同种族的美国中产阶级成年人。这个样本非常庞大,所以研究结果的数据也具有一定的意义。每位参与者被要求填写一张问卷,询问他们是否经历过八种童年时代的创伤,其中有父母酗酒或吸毒、暴力、性虐待、失去亲人和其他类型的破坏。拿到问卷以后,将相关数据与成年后的心理和生理疾病,其中包括酗酒,进行关联。

结果令人惊叹。每种疾病,从尼古丁上瘾到心脏病,患者的比例和童年创伤的程度之间都有明确的关系。在一篇题为《上瘾的根源:童年不良经历研究中的证据》的论文中,联合首席研究员之一的文森特·费里提博士总结了他们在上瘾方面的发现:

在我们详细的研究中……发现长期、大量地摄入尼古丁、酒精、毒品和童年的不良经历紧密相关。这个发现当然支持了过去的心理分析观点,并且和现在的概念,包括那些生物精神病学、毒瘾治疗和毒瘾根除项目相违背。有些人困扰于我们的发现,因为这意味着上瘾的根本原因在于我们自身和我们对待彼此的方式,而不是因为贩毒卖酒或者贩卖那些危险的化学药品。这也意味着我们花了数十亿美元在很多地方,却没有花在点子上。

这段文字下面有一张图表，列出了童年时代创伤数据和成年后酗酒的对比。这真是我见过的最令人清醒的东西。五个黑色竖条，慢慢上升。最左端的竖条很小，童年创伤为0的成年人（也就是说他们没有勾选八项童年创伤中的任何一项）中，只有2%左右成了酗酒者。接着的那根竖条要长一些，童年创伤为1项的成年人中，有将近6%成了酗酒者。下一条又要长一些，童年创伤为2项的成年人中，大概有10%染上了酗酒的毛病。接着又上升了，童年创伤为3项的成年人中，将近12%是酒鬼。童年创伤为4项或者以上的成年人中，有16%都贪恋杯中物。

这个研究小组就得出的发现写了很多篇论文。在上面提到的那篇论文的结论部分，费里提写道：

目前对于酒瘾和毒瘾的概念在根本上就是错误的。我们对超过一万七千人的童年的不良经历和成年后健康状况之间联系的研究显示，上瘾是一种很好理解的，当事人自己可能也没有意识到的尝试，他们试图通过使用作用于精神的材料，从隐藏得很好的过去生活的创伤中解脱出来。但其实这样的东西是不管用的，所以除了有许多风险之外，这样的努力最终会失败。很多心理分析师对我们的发现应该不会吃惊，但我们观察的规模是全新的。我们的结论有时会受到其他学科的有力挑战。

我们关于上瘾基本成因结论的证据是非常有力的，其中的隐含意义引人深思，令人恐惧。童年的不良经历对人的支配和长期影响显然是整个国家健康和社会和谐的主要决定性因素。无论是从社会开支、医疗卫生经济、人类生存质量、医疗的关注点还是公共政策的有效性来看，这都是事实。童年的不良经历是亟待解决的问题。我们很多人都经历过，难度就更加大了。直面这些创伤会让人做出痛苦的改变，但也会提供很多机会，让人们过上更好的生活。

　　这个研究也招来了很多针对它的批评之声，特别是说它的发现是回顾性的，还得保证那些参与者没有说谎，对童年的记忆准确。这个研究也引发了很多问题，还没有一个问题得到充分的回答，包括童年创伤是如何导致后来的不良健康状况的；而那些童年有创伤，却没有发展成成年后疾病的大多数人到底拥有什么保护机制。尽管如此，这个研究仍然充分证明了，你的结局隐藏在开始的部分。

　　贝里曼的童年创伤得分是3分。天哪，这让所有的诗歌都有了不同的含义。《梦歌》的其中一首中，"亨利"看到酒壶仿佛有乳房，自问为什么连续两天都酗酒，然后自己回答说，因为很渴。

　　酒壶仿佛有乳房。让他成瘾的东西根本无法解决他的痛苦，但那种渴求是真实的。也难怪在诗歌的结尾，他在医院里，朗姆酒、雪莉酒、琴酒、波旁酒全都幻化为穿白大褂的身影，咄咄逼人，满含杀气。

　　我又回想起他读预科学校的时候。那是连续三次的打击：首先是十一岁在俄克拉何马州寄宿学校的黑暗时光，接着是父亲的死，然后深爱的母亲再婚了，他还跟着改名换姓。在杰克逊高地的新家住了两年后，他被送去南肯特中学，很不受欢迎，很可怜。没有亲密的朋友，而在那个环境里，感觉本身就很危险。他寄回家的信很少提到他的沮丧和忧郁，只是故作轻松地提了提那些打碎他眼镜或者把他关在壁橱里的男孩。他急需自卫，所以开始把自己隐藏在一张假面具后面。写给母亲的信语气欢快而虚假。（"离回家只有十八天了！想象一下！我都不知道房子长什么样！你们都安顿好了，我猜，我会不会成了完完全全的陌生人，天哪！"）他学会让自己隐身，否认自己不快乐的事实：在今后几年也会一直使用这个错误的策略。当然，在他的内心深处，真实的感受还是在吞噬着他。很难承认，却也一样不能丢弃，只有在一些疯狂的时刻，比如他想要把自己甩到火车下面去时，才会暂时忘却。

我突然想起另外的事情。也许根本无关，也许还是有些关系的。无论如何，在这些需求和联系，分离与焦虑中，我想起的事情可能也应该被归纳进来。《梦歌》当中，贝里曼写了酒瓶和乳房之间的相似性，比如从酒瓶喝酒，就像吮吸乳房一样令人满足。他和母亲的书信往来被结集成《我们梦想荣誉》（一个评论家说只有心理医生才会感兴趣），其中可以一窥贝里曼夫人对类似话题的看法。书的引言部分引用了1931年8月她写的一个短篇小说的片段。当时她儿子从南肯特中学回来过第二个暑假。那是一个幻想中的故事，女人在给还是小婴孩的儿子喂母乳。行文风格和她与约翰通信中常用的那种狂热和引诱的语气吻合，不过这个故事是否取材于真实生活，也不得而知。

只有母子俩……他用舌头推着奶瓶，饥饿感缓和了一些，眼睑上挂满了睡意。她是那么渴望和儿子的亲密，于是把牛奶滴在自己的乳房上，把逐渐变硬的乳头塞进他柔软的嘴里。一次，两次，他都把奶头吐了出来。紧接着，他为那种肉体带来的感觉兴奋起来，终于合上嘴唇吮吸奶头，努力而长时间地吮吸，因为没有吸到奶汁而停下来大叫；接着又吮吸奶头，但因为一直什么都没吸到而郁郁不乐地哭起来。她还能感觉到他忘情地吮吸带来的那种针刺般的疼痛感。这感觉像钢铁爪牙般抓挠着她，让她对自己没有奶水的乳房痛恨至极……而随着儿子的吮吸放松下来，她的苦涩和痛苦的感觉就稍微没那么强烈了。

读起来特别像十九世纪文学中常见的勾引场景。他忘情地吮吸。这样的字眼多么危险。而乳房本身是空的，真正的营养来自奶瓶之中的奶。另外，这个故事也充满了性的元素，他为那种肉体带来的感觉兴奋起来，并且混杂了一种自我惩罚般的欲求不满。

如果字里行间暗示了母与子之间的真实关系，那至少能稍微解释贝里曼成年后为什么想要完全控制自己快乐和舒适的来源，为什么他的一生都被令人讶异的饥渴感所纠缠。

· · ·

列车过了米诺后风景变了。出现了封闭的河谷，一部分被灌木树丛遮蔽。小小的房屋，亮红色的谷仓。我看到一只秃鹰在荒草之上盘旋。太阳升起以后，结冰的瀑布呈现出蓝色、银色、灰色、青灰色和沙棕色，像五彩的大理石。在斯坦利市的边缘，我看到一只狐狸在雪上缓慢地跑过，毛皮是那种干燥的棕黄色，像冬天的草地。在狐狸方向的铁轨边有一列翻倒的货运火车。远处有油井，还有燃烧着的火堆。"请注意，"有人在报站，"北达科他州威尔斯顿即将到达。下一站，北达科他州，威尔斯顿。"

那天和我共进午餐的男人叫鲍勃，原来做过比尔·盖茨家的电工工头。两个六十多岁的女人也坐到我们这桌。其中一个很是昏头昏脑，另一个比较严厉，我们一起吃着芝士通心粉和花生酱派的时候，她们聊了起来。严厉的那个讲了自己拉扯孩子，经营牧场的故事。"我有两百英亩的地。"她说。不是在吹牛，只是跟我们说一个事实。"牧场还有一口井，打水有点困难，还有三条溪流，所以就算井里抽不上来，我也有水用。种了好几排松树，是美国黄松，牲口可以躲到下面避暑。牧场北边有驼鹿和麋鹿，在那里下崽儿。土狼和山狮可不能进入我的地盘，要是被我看到了，我就往土里开上一枪作为警告。我丈夫不喜欢我开枪。但我是在枪声里长大的。我父亲是个铁汉子，可以赤手空拳去抓鱼。"接着她又讲了个故事，说二十世纪二十年代，她母亲穿着系扣的靴子去上学，路上看到棕色的大狼蛛就一脚踩扁。

喝完咖啡我回到我的包厢，从格拉斯哥开始，列车就一直沿着牛奶河行进。河水冲破了堤岸，偶尔有特别高的木板闪现。我小睡了一会儿，再醒来时眼前的世界已经完全不同。列车在朝落基山脉行进，雪花从窗外翻卷而过。我看了看地图，这里肯定是东冰川国家公园，海拔一千五百多米。我把鼻子贴在车窗上。窗外飘着不成形的浮云。只有离得最近的树才看得出是绿色的。漫山遍野的松树。一片黑白渐渐幻化成新闻印刷纸的那种单调的灰色。

午饭时的聊天让我想起其他的事情。约翰·哈芬登曾经写过一本充满热情而又比较准确可靠的贝里曼传记，他指出，《痊愈》中和现实不一样的其中一点是主人公和病友们的关系。"艾伦·瑟夫伦斯"总体上来说是受大家欢迎的，虽然有时候他文绉绉的措辞和大喊大叫表达出来的自负言论，让病友们有些看不惯。他们觉得他高傲自大而又自欺欺人，但这只是片面的认识，在很多比较和谐友好的场景里，他都和病友有温暖亲切的互动。

而现实生活中并非如此。这些不幸福的病友基本上没受过比较好的教育，贝里曼显然很难把自己视作他们中的一员。比如《痊愈》中的"瑟夫伦斯"提到他有个出身背景很好的"很棒的朋友"，想和她建立一个更小的戒酒互助会。而哈芬登说，这个女人的原型贝蒂·裴迪现实中并不喜欢贝里曼。她觉得他有点居高临下，而且对于自己的成功吹嘘太多了，还大肆宣扬自己多么擅长勾引别人。贝里曼去世后，贝蒂读了《痊愈》，在一次互助会上做了报告，哈芬登写进了他的传记里：

他想和人们交朋友，却又不能全心全意地融入我们之中。他总是退避到自己的独特当中。而他真心地认为是他所拥有的一切定义了他的价值。所以他一直大喊大叫地炫耀，不能只让自己知道。

　　这是我读到的最忧伤的话之一。言简意赅地指出了酒鬼的夸张和骄傲具有多么强大的腐蚀性。这可能也算是对贝里曼自杀原因的准确评估。痊愈的关键是信仰，相信病友，相信上帝，相信这个治疗的过程和已经成功的过来人。当然，问题在于，酗酒往往与信任感被严重破坏有关。对于贝里曼来说，"戒酒十二步骤"意味着要触碰心里的一个地方，那个地方的他完全不相信这个宇宙还有爱，还有意义。（1970年，他创作的《与上帝的十一番演讲》中，就用阴暗的笔触写道，父亲在他十二岁时打爆了自己的头，把他最明亮的信仰也随之打破。）多年来，他都用酗酒来保护自己，远离那种不幸与可怕的感觉。虽然从未成功摆脱过，但没有酒，他根本就不知道自己还有没有可能活下去。所以也就不难推断，他为《痊愈》设定的唯一结局，就是艾伦·瑟夫伦斯最终一命归西。

　　刚刚开始写作这本书的时候，贝里曼就对结局有个大概的设想：他和自己的孩子们，包括保罗，一起在科罗拉多的派克峰漫步，在松树之间静悄悄地死去。他在一张笔记卡上写下了最后七句话，在书后面的附录中和其他草稿一起刊登出来。"他完全准备好了。不会后悔。此时是他一生中最快乐的时刻。真是幸运。但他不配拥有。他非常非常幸运。上帝保佑每个人。他感觉——很好。"

　　不过这可不叫"痊愈"。天使在歌唱，你渐渐将尘世遗忘，这是最确切无疑的逃避主义。也许快乐只是一种真诚的幻想，但对这种感觉的描写，和哈特福德诗歌结尾对耶稣的尖叫一样可信。

　　一切都是那样颓废，具有排山倒海的破坏性。我想起他对凯特讲述的那个梦，那个颓废的俄国贵族在他的莎士比亚研究笔记上打洞的梦。接着我又想起他的另一个梦境，大概在他死前的四十年，他还年轻，在剑桥沉浸于语言文字研究当中，畅想未来的无限可能。一天他在房间里熬到深夜，进入一种恍惚的状态，闭上眼睛时看到了叶芝，白发苍苍，个子高挑，艰难地试图举起一大块煤炭。他把煤炭高高举过头顶，然后扔到抛过光的地板上，煤炭变成碎片，滚得到处都是，全都变成了银子。两个梦境之间有着多么难以逾越的鸿沟啊！酒精对一个作家的影响可见一斑。一开始你踌躇满志，努力工作，仿佛可以点石成金；最后你却让你心中最可恶的化身占据了中心位置，占据了那团理想之火，把你还未完成的工作，撞得支离破碎。

第八章　过往与新生

第二天一早我醒来的时候，列车正在穿越遍布松树的飘雪的山谷。太阳刚刚出来，把山脊照得闪闪发光。我看着窗外的景，突然明亮的光从斜坡上倾泻而下，将松树都染成一种灰蒙蒙的绿金色。我一边喝着咖啡，一边感受美景带来的震颤。看着太阳让这个世界重新苏醒，几乎不可能不感觉到欣喜，仿佛世界的契约与秩序得到良好的遵守和履行。

酒鬼是能够戒酒的。我自己的童年经历和我阅读过的很多资料都能证明。我母亲之前的同性伴侣在治疗中心戒了酒，虽然她仍然把那里称之为一个"鬼地方"，但她至少清醒地回到了我们的生活中。母亲和她一直是好朋友。戴安娜二十三年来滴酒不沾，我觉得这项成就让她成为一个了不起的女英雄。

约翰·契弗也成功了，只是他和贝里曼一样，过程艰难又反复。他酗酒的最后一年如同炼狱，在最后时期，仿佛在蜿蜒曲折的道路上头昏脑涨地行进。和雷蒙德·卡佛在艾奥瓦度过一年的时光后，1974年，他成了波士顿大学的全职教授。他搬进一套装潢完备的两房公寓，在四层，没有电梯，突然就开始了一个差点把自己喝死的过程。这里的学生似乎没有艾奥瓦的那么聪慧有灵性，他的孤独感也迅速加深。他声称，自己只靠吃橙子和汉堡过活。他的公寓里全是空酒瓶。每天早上他连玻璃杯都拿不稳，更别提完整地说出一句话了。

在这样的情况下是不可能写作的。所以春季学期过半，他就辞职了，把自己的课交接给同事约翰·厄普代克[1]。幸亏他的弟弟弗雷德及时赶到，否则他偶尔半开玩笑的自杀小尝试搞不好就成功了。弗雷德开车来到他的公寓，给他全身赤裸、语无伦次的哥哥穿上衣服，开车把他送回家，送回玛丽身边。在路上他又喝光了将近一升的苏格兰威士忌，还往那个小瓶子里撒尿。回到奥西宁以后，他立刻被送入医院，之后很不情愿地被转入纽约的史密瑟斯酒瘾治疗及训练中心。

在史密瑟斯住院期间，他经常因为言语夸张而遭受谴责。和贝里曼一样，他言行不一，也很喜欢吹嘘自己的各种成就，文学上的成就就不必说了，床上的"成就"也不避讳，仿佛处处高人一等。这当然也不讨人喜欢。事实上，住院期间他就在读贝里曼的书，他的心理辅导员很直率地将两人做了比较。"但他是个很杰出的诗人和受人尊敬的学者，我两者都不是。"契弗假装谦虚地说。而辅导员回答："是的，但他也是个骗子，是个酒鬼。现在他已经没命了。你是不是也想这样？"

后来，她在一份进展报告中详细说了自己的评估："他是个很典型的否认者，关注点总是时有时无。他不喜欢消极地看待自己，内心似乎已经扎根了很多波士顿上流社会那种专横傲慢的态度。他对这种态度既嗤之以鼻，又趋之若鹜。"她提了一个方法，"给他压力，强迫他面对自己的人性。"

他奇迹般地做到了。在二十八天的封闭住院时间里，他从僵硬戒备，暂时变得开放，甚至柔和。虽然他依旧势利，依旧轻看人间疾苦（他说田纳西·威廉斯也是这样的。接着令人心烦意乱地咯咯笑起来），但仍

1　1932年3月18日—2009年1月27日，美国长篇小说、短篇小说作家、诗人。一生发表了大量体裁多样的作品。

然对身边的人产生了真实的兴趣，而且至少偶尔能让自己融入他们之中。"走出那个监狱的时候，我瘦了二十磅，发出愉悦的吼叫。"1975年6月2日，出院一个月以后，他写信给一个俄国的朋友。虽然他的孤独和性方面的困惑一直未得到解决和治愈，但他之后都不曾喝过酒。

那种愉悦的吼叫，也代表了自由和自我接纳。这种情绪充溢着他的新小说。长时间以来，他才思枯竭，无助而艰难地写着《猎鹰者监狱》，一个因为谋杀兄弟而锒铛入狱的男人的故事。1973年，他把书卖给了克诺夫出版社的罗伯特·戈特利布，拿到十万美元的预付款。但无论是收到钱之前还是之后，他几乎只字未写（虽然他一直否认，但他那段时间只写了这么一句："为了给监狱生活增加点趣味，我考虑来段同性罗曼史。"）。然而，在他的史密瑟斯日记中，关于这本书的内容几乎和他的康复内容一样多。现在，他的健康和精力都到达了多年来的顶峰，他卷起袖子，开始大写特写。

契弗的所有长篇中总有一种踟蹰和犹豫不决之感，这在通常情况下与小说的目标是不相容的。他的书里充满着不连贯的梦境：比如一个人经过一连串亮着灯的房间，每个房间都在上演着某个画面，虽说不清楚，却又十分诱人。在间隔段内，叙述的责任会出人意料地落到一个陌生人或一个路人手里，虽然最终也许会回到正轨，但没有人明确地知道旅行的目的地和方向。虽然这样的写法常常令人困惑沮丧，但它还是准确抓住了我们大多数人所处的状态：一个越来越匮乏，充满了纷扰的地方，让人优柔寡断，让人不满足，让人充满悲哀，但有时候又有着令人欢呼雀跃的美丽。

这种犹豫与模棱两可在《猎鹰者监狱》中依然非常明显，但这本书有了一种全新的紧凑感，字里行间很显然充满了一种坚决果断，虽然和执笔者的脆弱有点不相符。小说的开头，一个叫作"法拉格特"的精英人士被带往猎鹰者劳教所。结尾处他逃离了那里。入狱时期，他戒掉了海洛因，并且在一场监狱暴乱中幸存了下来，和一个名叫"乔迪"的狱友坠入爱河。而后来"乔迪"装成来访主教的助手成功越狱，影响了"法拉格特"，让他最终选择越狱。不自由且受到禁锢的"法拉格特"沉浸在自己的回忆中，也可以说大多数是契弗自己的回忆。还在娘胎里的"法拉格特"本来要被父亲决定流产掉的；他父亲还企图在那佳斯科特的过山车上自杀；"法拉格特"遭受失忆的痛苦；"法拉格特"那哭闹而冷漠的妻子；"法拉格特"发现自己爱上了一个男人，虽然他一直觉得自己是有道德的中产阶级的典范。

他并没有为越狱做计划。一个狱友死了，于是"法拉格特"一时冲动，爬进了他的裹尸袋，被当作尸体抬了出去。"在生命的这个时候还被人抬着，拉着，前往一个未知的地方，这是多么奇怪，"他心想，"也许这使他从此摆脱粗俗的性欲、轻率的蔑视和悔恨的狂笑——这不是一个事实，而只是一个机会，犹如薄暮的霞光照在高耸的树梢上，并无用处却令人激动不已。"[1]

抬尸体的人闲聊着有关汽车的话题，把尸体随意扔在高墙的另一边。他们谈起一个叫查理的人，和他生活上的一些毛病。接着他们走开了，"法拉格特"拿一块事先藏好的刀片割破裹尸袋，钻了出来。契弗曾经也在突发震颤性谵妄的时候割破他的束身衣逃了出来，又回到与酒瘾的纠缠当中。而"法拉格特"则回到了令自己着迷上瘾的复杂尘世。他听到穷人的房间里传出钢琴的叮咚声。他的脚在靴子里流血。他透过一家自动洗衣店的灯光看进去，看着衣服在烘干机里被甩上甩下。在公交车站他遇到一个被房东赶出来的男人。这个男人挺喜欢"法拉格特"的模

1　译文引自约翰·契弗著作《猎鹰者监狱》，朱世达译，重庆出版社2007年版。

样,给他付了车票钱。"法拉格特"并没有要求,男人就给了他一件大衣。小说的结尾,"法拉格特"在不知名的车站下了车,来到一条不知名的街道。"他发现自己对坠落和类似事情的恐惧都消失殆尽了。他抬起头颅,挺起胸,以一种非常优美的步态走起路来。欢乐吧,他想,欢乐吧。"

这种如《圣经》中患麻风病的乞丐重获新生般的逃离不含任何讽刺意味。我知道肯定有人觉得其中别有深意,甚至矫情得过了头。但我不这么觉得。内容和文字都真实可感,很明显是感同身受。(契弗以史密瑟斯的口吻写道:"我想知道,自己是否有勇气离开这桎梏,抓住自己的自由。")但《猎鹰者监狱》也并非像契弗的自传那么简单,不是以我们企图了解的那种单向的方式。事实上,解放"法拉格特"似乎是对契弗自身生活的一种逆向折射,就算他的文字"沉下去",写这些的时候,他自己是"浮上来"的。这是他解放自己的表现,但也是一种超越自我,创造幻想的方法,让他可以通过神奇的方式以之为支柱,甚至将灵魂栖息其中。这和贝里曼写《痊愈》的目的殊途同归。但二者的不同在于,贝里曼有意无意地利用"艾伦·瑟夫伦斯"去逃避他戒酒的责任;而契弗则用"法拉格特"逃离监狱、戒除毒瘾的事,作为支撑自己坚持下去的动力。

这本书好评如潮,其中一篇刊于《纽约时报》,作者琼·迪迪恩[1]。这位一直很冷静并很有先见之明的女作家,对法拉格特做了剖析:

> (法拉格特经历了)一场洗礼。他经历了一段痛苦的日子,是为了重新进入这天真的仪式,在这样的背景下,他什么时候能够"净化"的问题就显得非常尖锐。事实上,这也是契弗一直以来在追寻

---

1 美国作家,在美国当代文学中地位显赫,并在小说、纪实和剧本写作上都颇有成就。

的问题：我什么时候能够净化？但之前他从未如此直截了当地把这个问题问出口，而且是以如此出色高傲的风格。

这样评价契弗的小说非常精准。但当时迪迪恩不可能知道，"净化"的问题对作家本身产生了多么深切的影响。他在日记中频繁地忧心他生命中的矛盾。那仿佛是一个鸿沟，一边是对外的，完美无瑕；一边是内里的，充满肮脏甚至离经叛道的欲望。有一天，心里的两种矛盾在激烈挣扎，像两个陌生人在拉扯。他在日记中写道："我给自己混了一杯琴酒加苦艾酒。擦得锃亮的冰桶，钢琴上的白花，架子上的琴谱，都是某种道德堡垒的一部分，把我保护了起来，让我能远离那两个陌生人。"其实他所谈的两个陌生人，就是他自己分裂为二的心灵。

意料之中，这种分裂光是靠戒酒是治不好的。但让等式中的琴酒和苦艾酒消失，确确实实使他有了正常的外在行为，使他寻回了自尊自爱（"我不比其他人好，但我比曾经的自己要好。"1976年，他写了这句话）。随着时间的推移，他越来越平和地接受自己对男人也有兴趣，虽然这也让他强迫一个年轻的异性恋学生曼克斯·齐默尔曼和他发生关系。而后者很难拒绝他（原因很多，但没有一个是因为性上的吸引）。从契弗的日记可以看出来，他现在可能会被诊断患有性瘾。当然，"在酒精中沉沦，淹没，痛饮"的渴望和性接触的需求之间有着非常特别的共同之处。两者都是因为（他曾经在写给医生的一封信中亲口承认）"我对于野蛮快感有着超乎寻常的渴望，在这方面充满了焦急而贪婪的冲动"。

人无完人。但戒酒并不意味着你从此就脱胎换骨了，可能只是会缓慢地改变你的精气神。不久前，我在纽约公共图书馆的博格收藏中翻找，翻到几页打印出来的文字，好像是一段关于戒酒互助会的演讲稿。在契弗的余生，戒酒互助会就是他的教堂，他总是满含虔诚地去参加：

　　我被困在一个恢宏宽阔的大厅，音乐震耳欲聋，烛火照得你睁不开眼睛，这可比在烟雾缭绕的主日学校教室里，说"我叫约翰，我酗酒"，要容易多了。虽然两者是一样的。

　　要承认自己有宗教之外的信仰，比表面上看起来要困难很多。我们没有悠久的历史，没有记载流传的古籍，没有任何过去。在最早的宗教神话传说中，酒甚至是神最先赐予的礼物之一。酒神就是宙斯的儿子。《圣经》里也并未对醉酒的行为多加责难。在主教设定的罪恶中，醉酒可能被归入懒惰罪，但也没有非常详细的说明。喝醉酒是上帝的福佑，这种观念根深蒂固。有时候，酗酒而死被看作是优雅而自然的死亡，而忽略了酒精引起的惊厥抽搐、胡言乱语、幻觉频发、可怕的车祸和未遂的自杀行为。几个朋友告诉我，他们的人生大事都办妥了，孩子们都结婚了，财务状况也不错，他们准备恣意畅饮，喝酒到死。其中一个就是喝威士忌的时候噎死的。还有一个从悬崖上跳了下去。一个点了把火，把房子、自己和孩子们都烧了。另一个还穿着束身衣在戒酒。有一段时间我不知为何也觉得这些都是可以理解的，很优雅，就像秋天的落叶飞旋。我觉得，喝酒喝到死没有任何让人警觉的元素，直到我发现自己就要把自己喝死了。

　　所以我们实在没有任何的宗教历史。但我们的信仰和那些古老的信仰一样源远流长。宗教是一种信念，坚信我们能理解和克服死亡以及对死亡的恐惧。而我们在宗教的历史上第一次发声，对于我们之中的一些人来说，醉酒也是通向死亡的一条道路，一种自杀的模式。有些人很急切地想逃避那个狂妄而古怪的清醒社会，来寻找同盟者。我们已经认清现实，醉酒是通向惨死的道路，通过互相帮助，我们可以战胜它。

他真的战胜了它。即使当他身患癌症濒临死亡，即使当他的所有医生，除了一个之外都在劝他可以喝点酒来缓解痛苦，他都坚强地滴酒不沾。他说，他想保住自己的尊严。虽然可怜的曼克斯大概对此颇有微词，因为契弗的欲望都发泄在他身上了。但有个事实不可否认，在生命中的最后七年，他一直完全清醒：仍然抑郁，仍然孤独，仍然有不可压抑的性欲，但也保持着自己的智慧，拥有不放纵自己欲望的古老而神奇的能力。

· · ·

我在观景车厢占了一个位置。列车仍然在与斯凯科米什河并行。冰冷的河水绿得透明，在火车边流淌奔驰，翻滚着越过巨大的卵石，在峡谷间倾泻而下，如同酒瓶中的泡沫飞溅出来。一切都是湿的，被水渗入浸透。树枝和树干上都长着发亮的苔藓。

这真是人间仙境，可能的话我都能永远待在那里。但到了十点多，我们又"重回人间"。外面看着特别像伦敦周围的那些郡县，甚至有点假：灰蒙蒙的天空，潮湿的田野中纠缠生长的荆棘莓果。真是有趣，来到了这么有英国味儿的地方，而且下午我要见到已经数月未见的母亲了。

我萌生来美国的想法时，首先想到的地方就有安吉利斯港。雷蒙德·卡佛生命中的最后十年，大部分是在这个西北部的小城市度过的。多年前去希腊度假的时候，我带了卡佛的诗集《我们所有人》。书页之间还夹着九重葛的花瓣和橄榄树叶，而那些诗句早已深深铭记我心。很多诗都是在这里开始写的，或者在稍微西边一点的奥林匹克半岛。这片广阔的区域地形复杂，纵横交错着一条条河流、小溪。丰富得就如同不再被酒精主导的生活。

我对这里期待已久。我问母亲愿不愿意和我在美国见面，她也选择了这个地方。这也是我意料之中的事。她的航班是当天下午到。我在酒店放下行李，洗了个澡，就去西塔国际机场接她了。旅途上即将与人结伴而行，我既觉得兴奋，又有些小小的紧张。

航站楼里很多身穿沙漠制服的士兵，大都很年轻。我看到一个小伙子在和女友打招呼。他们紧紧靠着彼此，仿佛周围拥挤的人群都不存在。接着，我看到母亲出现在出口队伍的后面，双颊泛着粉红，裹着一件棉外套，肩膀上挎着"牛津文学节"的包。我们也紧紧拥抱。她特别兴奋。那天晚上在西雅图，我们喝了几小瓶酒，聊着这几个月各自的经历。

我们租了一辆白色福特车，外观走的是硬汉风，除了那块怀俄明的牌照，无甚引人注目之处。第二天吃过早饭，我们就开车去了埃特蒙德，然后坐船经过普吉特海湾来到金斯敦。半岛的边缘是101奥林匹克高速公路。远处是顶峰积雪的群山，闪着危险的光芒。越过胡安·德富卡海峡，就是那些岛屿蓝幽幽的影子。再越过岛屿，就能看到加拿大模糊的轮廓了。

下午三点左右，我们到达安吉利斯港，一路上经过很多汽车修理厂和建筑材料供应场。红狮酒店就在主街边上。我坐在床上就能清楚地看到维多利亚市，中间的海水泛着奶白的蓝色，像一大碗混合沙冰。雷蒙德·卡佛以前经常在那里钓鱼，驾着他那条并不安全的小破船。他只会打三种绳结，也不分场合不管三七二十一地用。有一次船没油了，他很害怕，不敢打电话给海岸护卫队说明情况。于是他随着浪往西边漂，撞上一个巨大的红色浮标，差点船毁人亡。

幸好几个渔夫看到了，把他拉回了港湾。没有什么严重的后果。唯一的损失也就是护舷底下蹭掉了一点漆，又一次有惊无险的纪念。他特别喜欢钓鱼，钓到了鱼就会特别激动，把战利品送出去也会很高兴。当然，这是"好雷蒙德"：二十世纪七十年代末和八十年代初的成功作家，他成功地把自己从亲手构建的地狱中拉出来，逃离了混乱不堪的生活。

和朋友约翰·契弗不同，卡佛从未试图遮掩贫穷的出身。1938年5月25日，他出生在俄勒冈州的克拉兹卡尼。家里两兄弟，他是哥哥。父亲是个锯木厂工人，虽然连酒杯都拿不稳，却喜欢喝酒和钓鱼。老雷蒙德与妻子相遇在阿肯色州利奥拉的一条人行道上，当时他正从一家酒馆里出来。"他当时喝醉了，"卡佛在名为《我父亲的一生》的文章中记录母亲的话，"我也不知道为什么，当时会允许他和我讲话。他的双眼闪着光。真希望那时的我有可以预见未来的水晶球。"在同一篇文章里，他历数了父母的罪过，比如一天晚上老雷蒙德烂醉如泥地回到家，艾拉把他锁在家门外，接着又用一个滤盆狠狠打他的眉心。卡佛后来说，那个滤盆至少有一根擀面杖的分量。还有些晚上她会给他的威士忌掺水，或者直接倒进水槽。

卡佛一家在华盛顿中部的亚基马安顿下来。这个小城市以苹果和啤酒花著称。小卡佛敦实健壮，在学校不怎么出众。不过他热爱阅读。虽然父亲酗酒，一家人还算和谐地生活到了1955年。老雷蒙德失业了。他独自一人去了加州，在切斯特的一个锯木厂里找了份工作。不知怎的，他在那里生了病。他写了封信，说好像是锯子割伤然后感染了。但在同一封信里，有张没署名的明信片，写明信片的人告诉艾拉，老雷蒙德快死了，还说他一直在酗酒，喝劣质的威士忌。

他们赶到切斯特，老雷蒙德憔悴枯瘦，一副不知所措的样子，看上去完全变了一个人。不久以后他垮掉了，回到了亚基马，在山谷纪念医院的五楼接受电击疗法。这个时候卡佛已经让他那个聪明迷人的十六岁女友怀了孕。1957年6月7日，玛丽安高中毕业几天后，就和他结了婚。在《我父亲的一生》中，他写道："我的妻子生第一胎时进了医院，我父亲当时还被关在这家医院里，就在她的楼上。我妻子分娩后，我上楼告诉了父亲这个消息。"

后来，卡佛曾经语带苦涩地表示，很后悔这么年轻就承担了家庭的负担。女儿克里斯汀出生的时候，他和玛丽安甚至都吃不起一顿像样的饭，也支付不起两间屋的暖气费。六个星期后，她发现自己又怀孕了，这真是雪上加霜。虽然他们已经在债务的泥潭中越陷越深，两人都还是坚持继续深造，做出点大事情。

玛丽安·伯克·卡佛后来写了一本充满爱与柔情，有时又语出惊人的回忆录，名叫《往昔追怀》[1]。她在里面回忆了两人在婚礼几天后的一次争吵。新婚的丈夫宣布他很后悔结了婚，而且说写作比她更重要。她压抑了自己的雄心，认为自己的职责是"促成雷成为作家的理想……让我来成就雷的写作生涯，维护我们的家庭。我会比任何人都维系得好"。在现实中，这个决心就意味着辛苦的劳作。她做了各种各样的苦工，首先是在炎热的夏天去仓库包装樱桃，赚来的钱给卡佛买了他的第一个父亲节礼物：安德伍德打字机。

但辛苦劳作的不止玛丽安一人。那些年的辛苦困窘真是超乎想象。卡佛努力自学，又要养家糊口，还要利用少得可怜的空闲时间写作。在如此巨大的压力下，也不难想象酒会成为他发泄的一个出口，或者说开启另一扇大门的钥匙。他的父亲喝酒，是为了逃避单调枯燥的工作，减

---

1 全名为《往昔追怀：我与雷蒙德·卡佛的婚姻即景》(*What It Used to Be Like: A Portrait of My Marriage to Raymond Carver*)。

轻生存的压力。而对于卡佛来说，则是把生活的苦难随着酒水一起咽下，把那些自我责备与浪费时间的罪恶感一起抛诸脑后。都二十七岁了，还在当看门人，拖洗医院的走廊，心中当然有诸多酸涩。这些苦闷可能会在H街的"炉边酒吧"得到安抚。在锅炉房的值夜下班后去喝一杯，忘记这一天的辛苦与艰难，准备好明天继续面对家里闹腾的孩子们。

　　毫无疑问，他这一生命途多舛。但更确定的事实是，很多时候他最强劲的敌人其实是自己。读玛丽安的回忆录，我想起了布里克的台词，说酗酒就是两个人在争抢一个酒瓶。卡佛做的事情看上去是毫无意义的自我毁灭。一个雷蒙德（那个"好雷蒙德"）会继续攻读硕士学位，或找到一份体面的工作；另一个雷蒙德，那个压抑内敛、满怀恶意的，则会蓄意破坏。在酗酒的几年中，他出版了三部诗集，写了差不多四十篇短篇小说，其中就有《请你安静一点好不好？》《告诉女人们我们出去一趟》《第三件毁了我父亲的事》和《家门口就有这么多的水》这些名篇。与此同时，他又大搞婚外情，让家人在全国颠沛流离。他迫使妻子放弃了薪水最高、最喜欢的一份工作。他谎话连篇，妄想偏执，还有暴力倾向。在他喝酒最疯狂的时候，他几乎无法写作。多年后，接受《巴黎评论》采访时，他回忆那段二十多岁到三十岁的日子，家庭快要破产，多年的辛劳工作只换来一辆旧车、租的房子、新的债务。他很抑郁烦闷，就开始酗酒。他那时候几乎放弃了人生，几乎所有的时间都在喝酒，而且是以非常严肃的态度。他说，他可能是在意识到他对于写作事业和家庭的美好愿望都不可能实现之后，开始喝酒的。那种感觉很奇怪。没有谁在生活刚起步的时候想过自己会穷困潦倒，会做一个酒鬼，一个小偷，一个骗子。

　　一片狼藉之中，好雷蒙德最终出现了，如同一个人从撞得稀巴烂的汽车中挣扎逃生。和贝里曼一样，很长一段时间里他恢复，戒酒，又再次酗酒。早些年在加州的那段混乱日子里，当他快要从一家治疗中心出院时，突然倒在地上开始抽搐，撞破了额头。医生警告他说，他要是再喝酒，就会变成"湿脑袋"，也就是酒精带来的主要脑损伤。根据玛丽安的描写，当天晚上他就"狂饮白兰地，好像那只是百事可乐。全然不顾医生的警告。额头上缝的针隐藏在绷带下面"。

1976年，他出版了第一部短篇小说集《请你安静一点好不好？》。同年，他住进了位于纳帕的达菲私人治疗中心。后来成了他的短篇小说《我打电话的地方》的发生地。治疗中心的项目包括频繁的戒酒互助会和循序渐进的戒酒方法，在水里掺一点波旁酒发放下去，但剂量越来越少。每三小时发放一次，持续三天。出院后不久，他说自己已经明白，不能再喝烈性酒了，未来只喝安德烈香槟。

两个月以后，在新年前夜，他又回来住院了，这也没什么好奇怪的。那是他最后一次接受正规的治疗。那年春天，在老朋友约翰·契弗出版《猎鹰者监狱》的前后，他抛下家人，独自在太平洋边的麦金利维尔镇租了个房子。接下来的几个月，他一直坚持去戒酒互助会，并努力保持平衡，虽然有时候仍然会失败。这一切的转折点是1977年5月29日，麦格劳-希尔出版集团预付给他五千美元，要求他创作一部小说。那时候他饮酒作乐，兴致正酣。不过四天后，他在阿克塔的"什锦"酒吧喝了最后一杯酒。他在《巴黎评论》上发表文章回忆，那是1977年6月2日。他说戒酒是他一生中最骄傲的事。他说他会永远是个酒鬼，但不再是个喝酒的酒鬼了。

最初几个月，他很依赖戒酒互助会，每天要开车去一两次。他的婚姻正在破裂，他的孩子们也厌恶他。长时间以来他如履薄冰，妄想连篇，逃避责任。小说家理查德·福特在那个时间和他见过面，后来在一篇发表于《纽约客》的文章中写下他对这位朋友的回忆：

那是1977年。他个子很高,骨瘦如柴,总是一副犹豫不决的样子,说话特别小声。他看上去挺友好,但有点一惊一乍,当然不是吓到你,而是感觉他最近都处在非常不堪的环境里,不愿意再回到那种状态。他的牙齿需要修整。他头发浓密,乱蓬蓬的。长而宽的鬓角,双手粗糙,戴黑色角质框架眼镜,穿芥末黄的裤子和一件棕紫色条纹的衬衫,很丑,感觉像从佩妮服装店的地下室拿的。对鞋子的品位也很有问题,就像"暇步士"的仿冒货。他看上去就像刚从1964年的"灰狗"长途巴士上走下来,做的是保管人或者管理员一类的工作。即便如此,他的人格魅力完全让人无法抵抗。

接下来的两年,这位骨瘦如柴、让人无法抵抗的作家,慢慢逃离家庭。因为各种各样的麻烦和苦恼让他觉得再这样下去一定又会开始酗酒。有一段时间他没怎么写作,接着又开始文思泉涌。这些故事充满了"小小的人性",是他"坟墓中归来"后不顾一切要创作的。1980年6月,他把这些新的短篇汇集起来,又加了几篇过去写的,寄给了他喜欢的编辑戈登·利什,整本书的名字叫《家门口就有这么多的水》。

利什签下了这本书,把标题改成《当我们谈论爱情时我们在谈论什么》,而且还对内容做了删改。每篇都有大量删减,将近70%的内容被删去,把所有的感情和温柔都大刀阔斧地砍掉。他把《只要你高兴》的最后六页全部砍掉,砍掉的内容大概是主人公詹姆斯·帕克听说妻子癌症复发后,为所有他认识的活人与死者祈祷。《好事一小件》的后面十八页都被他删除了,那个有着救赎意味的结尾没有了,读者读不到面包师给一对刚刚丧失亲人的夫妻奉上肉桂卷和热腾腾的黑面包这个结尾,故事失去了完整性。

这些删减给卡佛带来巨大的打击和苦闷。他的文章呈现出了完全不同的腔调，沉默、简约。利什所反对的那种温情和广阔其实和他自己逐渐从酗酒中恢复，逐渐重回优雅从容有着紧密的联系。"我很害怕，怕得要死，"7月8日早上八点，他开始给利什写一封长信，"如果真的照修改后这样出一本书，我可能一生都不会再多写一篇。这些故事是我的心之所感，帮助我重获了心理和生理健康。"

　　他觉得这些删改，和删改所代表的妥协，会直接破坏他的戒酒计划。如果这本完全不是作家本人风格的书以目前的样子出版，他可能会立刻停止写作，开始酗酒。他提到身边似乎有魔鬼冒出来，攫住了他。他十分困惑，老是妄想。他也许会丢失灵魂和脆弱的自尊。信里面狂热而混乱地写了很多，请求原谅，请求终止书的出版。"天哪，戈登，"他写道，"请原谅我……请听我说……请相信我。"

　　两天后，他又写了封稍短的信，提出几个具体的修改要求。四天后，他寄出第三封信，情绪大变："一想到书要出版了，我很激动。"他再次请求加上一些删减的内容，至少保留点原版故事的样子。利什那边却没得商量，态度坚决地认为他的版本是正确的。《当我们谈论爱情时我们在谈论什么》于1981年出版，让卡佛迅速成名。

　　三封信很难解读，短时间内情绪的重大转变令人费解。第一封信里，卡佛显然处在焦躁不安的状态，是刚戒酒的人经常出现的神经过敏现象。但他最后接受了利什的修改意见，是因为他审视了自己的焦躁，还是因为他意志薄弱，过分讨好对方呢，这就很难说了。他当然非常看重利什（"你是我的依靠。"1980年春天他写道，"天哪，我爱你。这话可不是随便说的。"），虽说如此，他再未允许自己的故事被如此大幅度地删减。1983年出版《大教堂》的时候，话语权已经完全在他手里，利什只能做轻微的润色。

　　卡佛越来越自信，与刚戒酒那段情绪起伏的日子里开始的感情有密切关系。1978年，他爱上了诗人苔丝·加拉格尔，他的第二任妻子，也是他重获新生的保护人。当时，她刚刚在家乡安吉利斯港修了一座房子。1982年年末，雷蒙德搬了进去。这段时间他写了很多很多诗歌，流畅而原始，如同他夜晚梦里的鲑鱼。

其中有一首我读了很多很多次，书里那一页几乎都磨损了。诗题是《水交汇的地方》。诗中描述了对水和水声的爱，接着兴致高昂地列出了他所知道的很多水道，以及对他的深刻影响，说自己在四十岁的今天又重返三十五岁。

他诉说着对河流的热爱，以及河流带给他的喜悦，结尾的诗句尽管有戛然而止之感，却触动人心，像一句宣言，一条教义。他说爱一切能让他更丰富的东西。

这样的生活当然是很不错的，特别是像他这样曾经经历过黑暗，感觉自己的所作所为都会让未来蒙上阴影的人。事实上，这首诗可以被解读为一个沉淀过后的"戒酒第三步"：做出决定，把我们的意志和我们的生活，托付给我认知中的"上帝"。都是相信自我的扩展，相信可能会从意想不到的源泉那里获得恩赐。

品读这些诗句，我发现诗题其实指的是一个具体的地方，那就是加拉格尔的新房"天居"，就在汇入胡安·德富卡海峡的莫斯溪附近。卡佛经常在那里散步和钓鱼。写这首诗的时候，他想的正是这个河与海的交汇点。他觉得这里是个圣洁的地方。我明白他的意思。我自己对水也有着同样的敏感度。现在，既然就身处安吉利斯，我几乎急切和狂热地想要找到那条溪流。

那天下午我们就去了，顺着101高速公路开了一段，把车停在大桥边的停车场里。桥下河流湍急，绿色的河水杂乱地翻腾着，越过岩石和卵石。有条小路，看上去可能通往海滩，但它先是顺着一处房子绕了一圈。这房子看上去是明显的郊区风格，很不和谐。路边上有很多很熟悉的植物。我一路走，一路认了荨麻、猪殃殃、蒲公英，甚至还有荠菜。但要辨认斯库勒氏柳和美洲树莓，我还是需要参考《国家奥杜邦协会西北太平洋田野指南》。美洲树莓的粉色花朵介于铁线莲和纹章玫瑰之间。

一大片广阔的沙滩，零星散布着一些冲上岸的浮木。有些木头巨大，似乎是被连根拔起的一整棵树。树干退却成一种沙灰色，感觉摸上去会很舒服。海草长在鸵鸟蛋那么大的石头中间，在浅黄与古铜、泥灰色与灰蓝色的斑驳阴影中摇曳。有的上面有天然的斑点，有的有条纹，还有极个别泛着淡淡的粉色。我一直在捡小块的浮木和那些小小的树枝，或是骨白色，或是灰黑色。海水一直在奔流，发出汹涌之声，潮起潮落，后浪淹没前浪，循环往复。看着近处的海水，海豹皮一样的灰色，偶有些深色的痕迹，像石板路上的雨点。

前面几米远的地方就是河流入海处。莫斯溪流淌在一片泛着黑色的沙地上，翻越过大大小小的卵石。在这个地方溪流很快，大约一米多深的溪水，湍急跳跃，表面飞溅着水珠。我跪在沙地上，把手伸进水里，冷得瑟缩了一下。这是发源于高山的溪水，冰雪与冰川融化而成，清澈冰冷，像琴酒一样涩涩的。我头顶飞来两只黑白相间的鸟儿，顶着风拼命飞。开始下雨了，我站了起来，倾听着万物的声音。一艘渡轮正轰鸣着往海上驶去。地平线上，我能看到维多利亚市模模糊糊的轮廓，几乎全被云朵给遮挡了。

在这样一个地方，你可以振作起来。即便你经历了混乱的人生，即便你被无法满足的需求给撕扯得支离破碎。你做过的一切糟糕事，都将成为过去：只是也许还会跟随你来到这里，随着时间的推移，一直昭示着它们的存在。然而，你的态度不同了。看着水流翻过岩石，你也许会终于承认你曾经因为妻子多看了一个男人一眼，就抓起她的头往人行道上撞；你用酒瓶打她，伤到了她的动脉，让她失血几乎60%。还有其他的事情，愚蠢的、不靠谱的事情：酒后驾车、空头支票、欠债不还、诈骗、让别人失望、撒一些很蠢又毫无意义的谎。难怪卡佛有个难听的绰号"走狗"。很久以后，他也自我评价说："我去到哪里，哪里就会变成不毛之地。"

回停车场的路上，我们和一个女人擦肩而过。她正在嚼口香糖，突然拦住我们说："不知道你们对鸟感不感兴趣，但桥边上停了五只秃鹰呢。"我们感谢她的信息，加快脚步走过去。等我们到了桥边，只剩下两只了，就在我们和101高速公路之间的树上。展翅飞翔的秃鹰就像被抛到空中的大衣，有些破旧，但又巨大无比。盘旋的秃鹰之下是流淌的溪流，绿色的水，满是泡沫。刚才那个女人告诉我们，秃鹰们是在捕鱼。离我们最近那一只兴奋起来，抖动着羽毛，翅膀半张。它朝下俯冲，尖嘴碰到了胸上的羽毛。两只野鸭子从树枝间飞过，秃鹰眼神凌厉地抬头看了一眼。想象这幅景象吧。想象在这里生活多年。这个地方能让你变得多么丰富，能给你带来多大的影响。

. . .

去艾尔华的路上，有座古老的教堂，外面挂着个牌子，写着"撒旦分裂并减少，上帝合并且增加"。湛蓝明亮的天空，偶有浮云舒卷。我们正沿着奥林匹克温泉路进山，每隔一会儿就停下来，看看这灰绿色的河流，穿行在布满岩石与苔藓的峡谷之中。这里就是诗歌《柠檬水》的创作地。诗里面有个听来的故事：一个男人的儿子钓鱼时淹死了。男人眼睁睁地看着直升机用一个像厨房夹一样的东西，从水里把小小的儿子拖出来。

　　陡峭的河岸边长着冷杉，还有被金色苔藓爬满的其他树木。我们驱车爬山，路上经过一群黑色尾巴的鹿。它们抬头看着我们，面庞温柔，毫无戒备，仿佛在梦游。艾尔华桥的上空全是盘旋的燕子，毫无规律地往一片迷雾中冲。河水呈现一种蓝绿色，很深，翻腾着，奔流着，仿佛一壶滚开的水。

　　继续沿着水流往上开，树木在湿润的天色里发亮。云杉、铁杉、水杉，以及很多很多我叫不出名字的树。开始下雨了，一会儿就下得越来越大。公路一直盘旋上升，越来越高。雨渐渐变成了雨夹雪，接着是完完全全的雪。大片的雪花在树木之间飘洒，空气中水雾密布，越发朦胧。我们停了车，往下面看。雪花飘下，消失在几百米下那一汪绿色的河水中。最终妈妈开车掉了个头，我们在山路上蜿蜒而行，沿路返回到相对安全的路上。

　　那天我们在路边一个叫作"祖母餐馆"的小屋里吃了午饭。有个男人穿着牛仔外套，戴着一顶棒球帽，长着皱纹的脸显得很有幽默感，看上去应该八十多岁了。我们等着汉堡上桌的时候，他主动凑过来攀谈。"三月的降雨量是全年平均降雨量的两倍，"他说，"我在这边有片大农场。如果出去跑到稻草堆上，一下子就沉下去了。"我问他养什么动物，他说："有一些肉牛，"接着又面无表情地说，"得做点事儿啊。"

　　人们总喜欢接近我母亲，和她攀谈，逗她哈哈大笑，吸引她的注意。她身上有种特质能吸引到陌生人，那是一种与众不同的光辉。那样的一天，我想不出还有比她更好的同伴。我俩难得像这样，只有母女俩一起做点什么。我们交替开车，互相尖声提醒注意石头和迎面而来的卡车。我们开车去了月牙湖，沿着湖边散了一圈步，惊叹湖水美丽的颜色。随着阳光在云层中忽隐忽现，湖水也跟着变化成靛蓝、群青，接着是一种深深的宝石蓝，如同田野中的矢车菊。

很难描述这样的景色带给我的影响。这是个让人安心的地方，能够完全安顿下来，把过去抛诸脑后。那个晚上，母亲和我聊了下戴安娜的痊愈过程，她的转变真是一个奇迹，她曾经是我们亲爱的家人。谈笑间我问母亲，在"高树"的最后日子里到底发生了什么。我有些怀疑自己的记忆，怀疑是不是记错了什么。我的怀疑是对的。当晚，我的母亲在安吉利斯港一家意大利餐厅给我讲的故事，我简直闻所未闻，跟我自己记忆中理所当然认为的版本几乎没有重合之处。

她说我和妹妹周末是在父亲那儿过的，这是每个月例行的事情。当时，戴安娜工作压力很大，周末两天她都坐在书房里，酗酒沉思。酒精如同电池的酸液一样渐渐渗出，直到浸透了她生活的所有领地。周日六点，我们回到家，推开门，大概在放礼物，因为父亲总是送我们很多。我们奔向母亲，七嘴八舌地和她聊天。我猜，戴安娜觉得自己被孤立了。她来到我们的房间，收了所有她送给我们的东西，满满一抱衣服和玩具，然后把它们扔到栏杆外面去了。

妈妈把我们带到楼上，进了房子里唯一能上锁的卧室。她关上房门，又用床抵上。接着又把收音机开得特别大，淹没戴安娜的尖叫声，不让我们听到她大喊大叫的内容。戴安娜就跪在房间外，身子抵着房门。我们在房间里待了好几个小时，聊聊天，玩玩游戏，我脑子里完全没有这段时间的记忆了。接着我妹妹就尿急了。所以母亲打开门，把戴安娜推回到她的书房，那里有张大办公桌和一把嵌了绿色皮坐垫的橡木椅子。她一直握着书房的门把手。等到她松开的时候，戴安娜已经叫了警察，对着电话尖叫说，她在自己家里被扣押做人质了。

几分钟后警察就来了，我想这时候我就有记忆了，就是台阶上的那一幕。我猜那时候我一定在想，要是我能得到允许，和她讲话，也许能

237

让她平静下来。那一刻让我产生了非常不切实际的相互依赖感，对我成年以后的感情生活产生了深远的影响。

那天晚上，我躺在红狮酒店房间的床上，这件童年往事在我脑中翻转。几米开外的地方，就是胡安·德富卡海峡涌动的黑色潮水。我怎么都想不起那天下午我曾经被母亲藏在什么地方。唯一还有点模糊记忆的大概是收音机的声音，以及被淹没在收音机声之下的戴安娜狂怒的吼叫。不过，那些夜晚我躺在床上，读着小马驹的故事，用我黄色的随身听听着"歌剧魅影"或者"战栗"，经常能听到尖叫吵闹。

突然间我就怒火中烧，我不喜欢想象自己被关在那个小房间里的样子。我也讨厌这种童年记忆缺失的无力感。这其中有种几乎可以称之为荒谬可笑的讽刺意味。我一直觉得酗酒最可怕的地方就是它影响记忆的方式：意识的暂时丧失、记忆的间断和完全的失忆。这似乎能够完全腐蚀一个人的道德感。因为你想都想不起来的事情，怎么去补救呢？

接着，我突然想到，"戒酒十二步骤"中很多都是有关"记忆"的。你看，第四步：做一次彻底和无惧的自我品德检讨。第五步：向上帝，向自己，向他人承认自己错误的本质。第八步：列出一份所有自己伤害过的人的名单，并使自己甘愿对这些人做出补偿。还有第十步：继续经常自我检讨，若有错失，要迅速承认。

这个想法提醒了我，我想起另一件我不怎么喜欢的事情，那是我在卡佛的痊愈故事中觉得比较碍眼的想法。在著名的文章《火焰》中，他承认自己的记性很不好，生命中很多发生过的事情都忘记了，他觉得这是一件幸运的事情。但有些重要事情，比如居住过的城市、见过的人的名字之类的，也记不起来了。所以很多人说他的故事有种架空的感觉。他说他的故事当然都是虚构的，但大多数都至少有一点点来自现实。但当他要去想这样一个现实的环境，比如有什么花花草草，有没有香气之类的，他是完全没有头绪的。所以他只能去编造，比如人们在故事中都和彼此说些什么，做了什么，接下来又发生了什么。

不过，这段话中有某些东西是缺失的。这也是某种程度上的失忆，感觉非常奇怪和别扭。卡佛曾在其他场合公开表达过酒精对他记忆力的损害。比如，在1983年《巴黎评论》对他的采访中，他曾说，在他酗酒的最后时段，他已经完全失控，常常会暂时性缺失意识，完全记不起那段时间自己做过什么。可能在开车，主持读书会，教课，接合断腿，和某人上床睡觉，但之后一点也不记得。好像生活安了自动驾驶仪。

这些在《火焰》中都只字未提。这篇文章的目的是要回答关于影响的问题，说出那些推动和形成卡佛写作风格的原因。除了记性不好以外，他能想起的主要影响就是他两个孩子的存在，他称之为"压迫而且恶意"，后来又说是"沉重而有害"的。

他满含苦涩地说起一件特别的人生低谷之事：六十年代中期的一个下午，他第一次来到艾奥瓦，在作家工作坊读研究生。妻子在上班，孩子们在参加派对。他的周六下午则待在洗衣店，带着五六筐湿衣服，等烘干机空出来。终于有个空出来了。但他没来得及把衣服放进去就被另一个人抢走了。那个时刻他心中充满了无助的挫败感，日复一日的苦工，无论怎么努力，全都是失败。他看到自己永远无法达成梦想的成就。他说，很快，梦想就破灭了。不用怀疑这究竟是谁之过。他说，时光流逝，他和妻子心中崇敬的，或认为值得尊重的，所有精神上的价值，都会分崩离析。他们在其他任何家庭中都没有见过……不知怎的，在不知不觉间，孩子们就坐上了驾驶座。现在是他们牵着缰绳，拿着鞭子，在驱赶夫妻俩前进。

文章的结尾，他指责孩子们正在把他生吞活剥，说他的生活因为他们而走进了死胡同。如果说曾经有燃烧的火焰，现在也已经熄灭了。

很难描述我看到这段文字时有多么心烦意乱。时年1981，他已经戒酒五年，待在纽约的作家庄园亚多（Yaddo）。尽管如此，他的思想仍然是典型的"酒鬼思想"：倾向归咎于外部原因，而不去直面自身在麻烦和艰难中的角色。心理学家们把这称为"外控个性"，在瘾君子中相当常见。内控个性的人会倾向于把自己的经历和遭遇归因于自己的行为；而外控个性的人则倾向于怨天尤人，比较迷信，或者觉得自己无力对抗外部力量。而有这种无力感倾向的酒鬼，就会直接用喝酒舒缓情绪。（契弗在日记里写自己又换了一个心理医生。他说："我觉得我的问题造成了我酗酒。他说我编造了这些问题，来给我的酗酒找正当的理由。"）

在《火焰》中，卡佛显然在逃避责任，完全不提他酗酒带来的后果。相反，他把自己写作和家庭的不如意全都归咎于那两个最脆弱、受到最大伤害的人。这可以称之为"暂时性道德缺失"了，拒绝去做真正有意义的因果联系。当然，我也不是说贫穷就不是一个重要原因，不会深切地影响一个作家的命运。

痊愈并非易事，不是简单直接地用好的代替坏的。相反，这是一种循序渐进的演化，过程缓慢，有时还磕磕绊绊。在别的作品中，卡佛更诚实地面对了自己的行为。1982年的诗歌《酒精》中，他踌躇着，写酒精可能毁掉了一个人从一开始就热爱的人和事。这首诗的结尾也是一次记忆的缺失，说真的完全不记得了。不过，这一次他好像给出了一个暗示，就是那个略显讽刺的"真的"二字。说明诗歌的叙述者已经意识到，他的借口和逃避也许再也不足以抵赖了，更别提产生这些借口和逃避那种无力感了。

我在酒店的大床上辗转反侧。窗帘没有拉得特别严实，我能看见外面两团黑影，一团静止不动，另一团正在移动。戒酒互助会有句名言：上瘾不是你的错，但痊愈是你的责任。听上去好像很简单，但真的要迈出那一步，就像贝里曼说的，就像站起来在一层薄冰上跳舞一样艰难。

我又打开了灯，从床头柜上拿起《我们所有人》。很久以前我就圈了《韦纳斯山脉》这首诗。诗的开头，叙述者想起少年时代的一个下午，和两个伙伴一起去猎松鸡。他刚刚让一个女孩怀孕，就像1957年卡佛的所作所为一样。小伙子们（诗中称之为"家伙"）打了六只松鸡。接着，在河流之上的山脉中，他们不小心踩到一条响尾蛇，身体粗黑，大约有一个小伙子的手腕那么粗。响尾蛇暴跳起来，唱着罪恶的歌。他们慌忙退后并往山下逃，手脚并用地爬过倒地的大树，爬到鹿道上。感觉每一团黑影都是那条毒蛇。

往下逃时，作为叙述者的小伙子向耶稣祈祷。但在他大脑的某个地方，相反的祈祷开始了，是向那只歌唱的毒蛇祈祷。蛇说要一直相信它。作为回应，小伙子和它达成了一个很模糊的"犯罪公约"。诗歌的最后一节，他回到成年时代。他反问自己是不是逃出来了，耸耸肩膀之后又自己回答：没有。他想起那天接踵而至的麻烦：他毒死了亲爱的妻子；谎言开始在心中扎根，并把那里当成了家。两种力量在他心中对抗制衡，那令人恐惧的响尾蛇和那模糊而令人怀疑是否存在的耶稣。诗歌的结尾又是一个矛盾的陈述，也是一个中心句："有些人，有些事，是要对这些负责的。现在是，之前也是。"

这个想法可能让你走上两条路。你可以继续责备外部条件，无助地屈服；也可以终止这种行为，完全终止，自己承担起责任。

. . .

第二天是我的三十四岁生日。我还没有任何计划。我们去了"角屋"，享用火腿蛋松饼和咖啡做早餐。母亲一直兴奋得坐不住，最后终于没忍住，特别骄傲地告诉我，她找到个地方，我可以去打打枪。前一天，她开车出城，想找个射击场。路上看到两个长发的男人在高速公路边上艰难跋涉。她灵光一闪，靠边停车。两个男人思考了一番，最终想起通往史魁恩的路上有个马特·德雷克开的射击场。其中一个人向我妈要五美元。我妈心满意足地给了，觉得很划算。

我把射击作为爱好是从新罕布什尔开始的。拿一把克劳斯曼气枪把红酒瓶子打得粉碎。我喜欢那种感觉，那种笃定感，那种全神贯注。后来，气枪玩得够熟练，我就开始玩朋友约翰的CZ步枪。我们会开着他的卡车到废弃的沙坑，在挖了洞的木台子上插上土狼的靶子。一整个下午我们都跑来跑去检查准头。一只火鸡秃鹰一直在头顶盘旋。我喜欢上了弹药之后推到枪筒里去，把枪托压在我颧骨上，弯曲左膝，瞄准环对准靶子。我做过的事情中，没几件比拿步枪瞄准，然后正中红心还要令人满足的。

不过，在桑尼戴尔射击场，就完全是另外一回事了。"黄色摇椅那里向左，"办公室里的女人一边打着电话一边指给我母亲，"要是看到迪克厨房，那就走过了。"那里有个养着鸭子的池塘、一个射击场和一个老棒球场，里面居然有张快要散架的乒乓球台子。我们按了铃，等了很久，马特才迈着大步出现在院子里。"你们想打枪？"他问，"装备都带齐了吗？耳罩有吗？手枪有吗？"我妈看上去有些吃惊。"没有，"她说，"办公室里那个女人说你们这儿有手枪。""不，我们没有手枪。"他简洁明了地说，"我有霰弹枪，可以给你们安排霰弹枪。"他从一个上了锁的橱柜中拿出两把枪，一把是410口径的枪，另一把又大又丑，枪托上有衬垫和胶布。我们一起来到射击平台上。"我还从来没打过飞碟呢。"我说。马特笑了笑，把第一把枪递过来。"要完全压到你肩膀上，"他说，"脸颊也靠向枪托，不要怕，不然的话子弹会卡的。眼睛盯着目标，不要看周围。"我一直没打中，过了很久，眼睛终于找对了位置。"扔。"我说，绿色的飞盘飞到空中，我眯起眼睛瞄准，打碎了，碎片飞到水上。真是像魔法一样，有种向上旋转的兴奋感。我心跳得很快，空气中有股刺鼻的火药燃烧的味道。"跟着目标，"马特说，"一直跟着。你之前有点超前了。现在你知道了。赶快一枪结果了它。"

打完了一盒子弹，我们到办公室里去算钱。墙上挂着一些奖章，我看了一下。"天哪，马特，"我说，"你可是奥林匹克的大明星。"他还是迅速咧嘴笑了下："是啊，我就在这里长大的。一辈子都在打枪。"

开车离开的时候，我还能感觉那把大霰弹枪的后坐力，双手微微颤抖。好玩的是，我以前很讨厌枪。不知为什么，"高树"的那把老式气步枪成为那些年我嫌恶的一切事物的象征。我母亲以前用它来打卧室窗外的松鼠。我的任务就是把箱子拿出去装松鼠。我经常看到它们僵硬的小尸体蜷缩在垃圾堆里。后来虽然被警察拿走了，那把气枪还是纠缠着我，好像家中所有的混乱和酗酒潜在的危险都包含其中。那是那天晚上我唯一清晰确定的记忆：警察走出我家前门，拿着那把气枪。

总有某个时刻，你需要放下过去。总有某个时刻，你必须接受，大家其实都已经尽过最大的努力。总有某个时刻，你要让自己振作起来，继续生活。那天傍晚，我独自去海滩上散了个步，想着卡佛的短篇小说中我最爱的一篇，标题是《没人说什么》。写于1970年，正是"坏雷蒙德"缠身的时候。这个短篇也许诞生于书房，也许是在汽车上草草写下的。那时候他经常这样，腿上摆着一块板子，藏在汽车里，想有那么一两个小时，脱离那令人心烦意乱的家庭生活。

这个短篇是以第一人称角度来讲述的，讲述者是名为"R"的男孩，被父母在厨房的激烈争吵声吵醒。他把弟弟也推醒，但弟弟乔治误解了哥哥的推搡，以为他在挑衅。"别推我，你这个浑蛋，"他说，"我要去告状！"R决定不去上学，并骗妈妈说他病了。他看着她一边准备去上班，一边絮叨着在家能做什么，不能做什么。不要开火炉。冰箱里有吞拿鱼。按时吃药。母亲出门之前他打开了电视，把音量调低，但是她什么也没说。

她走了以后，家里就成了R的地盘。他在父母的卧室翻箱倒柜，想找到一点他们性生活的证据。他没有找到任何避孕套一类的东西。但看到一罐凡士林却兴奋起来。肯定不是用在什么干净的地方。他又打开几个抽屉，看有没有钱。然后决定走路去桦木溪，看能不能抓一条鳟鱼。秋天来了，有那么一两周鳟鱼很活跃。

顺着十六大街走的时候，一辆红色汽车在他身边停下了。一个嘴唇周围有黑点的骨感女人提出载他一程。他听着女人讲话，幻想和她一起回家，虽然从他的想象来看，他对男女床笫之事并不清楚。在河边，他自慰了，往溪水中射精。他计算了好几次，换不同的地方，寻找钓鱼的好位置。水位很低，有些地方漂着黄色的落叶。在快到机场的地方他又试了一次，把三文鱼卵放在鱼钩上，抛进更深的水塘里。他正在幻想和那个满脸粉刺的女人来个法式湿吻，鱼竿的尖端突然颤动，他钓上了一条鳟鱼，一条绿色的鳟鱼，懒洋洋地翻着肚皮，没怎么扑腾反抗。这鱼好像有什么地方不对劲，是那种苔藓一样的绿色，好像被苔藓包裹很久了。

他提着鳟鱼，回到大桥。那里有个个子小一些的男孩，大概乔治那么高，骨瘦如柴，浑身脏兮兮的，大大的龅牙。小男孩看到了一条鱼，很激动。R看了一眼，心跳也加快了。那是条巨大的鱼，和他的胳膊一样长。两人决定围捕它。第一次尝试失败了，小男孩也掉进河里，水都淹到他的领子了。他们相互尖叫指责，接着又找到了那条鱼。这次R让小男孩把鱼赶到他这边来。他双手抓鱼，把它甩向河岸。这真是条巨大的鱼，是他抓过的最大的鱼。但这条鱼身上也有什么东西不对劲。两侧很多伤痕，而且有点胀气的感觉，鱼头上眼睛边缘和鱼嘴处都有缺口。

R猜它是撞到岩石上了，或者跟别的动物搏斗过。但还有个问题是鱼太瘦了，这么长的鱼不应该这么瘦。鱼肚子很松弛，泛着灰色，而不是通常的那种紧紧的白色鱼肚。不过R觉得这一定是条不同寻常的鱼。

R把鱼头往回塞，直到鱼的脊柱断掉，这样鱼就死掉了。接着两个男孩用一根棍子刺穿鱼身，一起把它抬到路上。关于这条鱼该归谁，两人之间发生了争执。最后，他们决定用R揣在兜里的小刀把鱼一分为二。一架飞机在他们头顶上起飞。天越来越冷了，小男孩看上去都快冻僵了。两人都想要有鱼头的那边，但R把那条绿色的鳟鱼也给了小男孩，成功说服他拿了鱼尾那一半。

回到家，父母又在争吵。厨房里烟雾缭绕。又是一场让人心烦的家庭闹剧，很像海明威那些尼克·亚当斯故事中所表现的紧张和冲突，而且更为暴力。R的妈妈把平底锅里烧焦的东西甩到墙上。R开了门，看到父亲正在擦洗那一团乱七八糟的东西。他给妈妈看他的捕鱼篮，炫耀今天的收获。她看了一眼，开始尖叫，以为是一条蛇，还让R赶快拿出去，免得她恶心吐了。他没有扔出去，又给父亲看了这条巨大的虹鳟。父亲也尖叫起来，脏话连篇地叫他赶快拿出去，还问他是不是有毛病。

R来到屋外，手里拿着捕鱼篮。看着里面。在前廊的灯光下，里面装的鱼变成了银色，充盈着整个鱼篮。我把它拿出来，R说，我举着它，举着这半条鱼。

. . .

第二天早上，我还在想着这个故事。那是我们在安吉利斯港的最后一天。我在天快亮之前就起床了。下午我们要开车回到西雅图。第二天我要去西塔机场赶飞机。实在是有些忙乱。我离开英国太久了，我要回家，睡在自己的床上。即便如此，离开美国之前，我还有一件事情想做。

我穿戴整齐，溜出门去。天气很冷。群山似乎在一夜之间被谁撒了白色的糖霜。山间不断散发着迷雾，在山谷中飘移。我发动了汽车，用一张信用卡刮掉挡风玻璃上的冰凌。我迷了两次路，一次是在"日本制纸"的工厂旁边，一次是在机场。最终我找到了去"海景公墓"的路，把车停在一棵湿答答的树下。

公墓边缘种着松树，外缘就是陡峭的悬崖，一百多米高，直入海水。我听到温柔的海浪声，一种令人平静的、丰富的、包罗万象的声音。1987年9月，卡佛就曾经和一个朋友在那里驾船出海，一抬头看到断崖上有一群人。"我想他们是在那里埋什么人。"他说，注意力又回到大海上。整整一个月来他都在剧烈咳嗽，但要到几个星期之后才知道他的肺已经长了恶性肿瘤。

天空中有凝乳和乳浆一样的白云。我一眼就看到了卡佛的墓碑。上面的照片很好认。黑色大理石的墓碑，上面刻着他的诗《最后的断章》。不过一开始我没反应过来这是合葬墓。另一块墓碑属于苔丝·加拉格尔。两块墓碑上都刻着同样的文字：诗人，短篇小说家，散文家。但苔丝的墓碑上没有刻其他的字。两块墓碑之间摆着一个假花扎成的花圈，略沾了点泥污，还有另一块石板，刻着诗作《赚了》。两首诗下面都刻了卡佛的签名。

在一张长椅下，我找到了那个早有耳闻的黑色金属盒子。打开盒子，拿出一个密封的塑胶袋。里面有个活页笔记本。我在草地上蹲下来，开始读上面的文字。阳光斑驳，飞满尘土，间断地穿过树枝，蜜糖一般晃动着。笔记本是给游客准备的，每页都留着不同的字迹。加拉格尔写得最多。但也有很多陌生人和老朋友写下的信。有的想表达卡佛的作品对他们有多么重大的意义，有的则严肃地谈起他们不良的瘾头，那语气仿佛在和一位牧师或者戒酒互助会的监督人促膝长谈。有的文字则充满同情，没有对他进行任何评判。

其中一篇这样写道："花钱和酗酒一样，也是逃避。我们都在试图填补那个空洞。"另一篇里写道："我开始喝酒了……喝得很厉害。如果我能把我的头抬高，越过水面，也许我不会淹死。昨天我满二十三岁了。"下面有苔丝潦草的回信："雷会告诉你，保持信仰，抓住救命稻草，去参加戒酒互助会。"

我已经泣不成声。信仰。最后，痊愈的希望全在信仰，不管是什么样的信仰。卡佛曾经说过他不信仰上帝，"但我必须相信奇迹，相信复活的可能。这是毫无疑问的。每天我醒来的时候，都很高兴我醒来了。"在他后期的作品中，信仰得到很明确的表现，比如《大教堂》《差事》和《亲密》，等等。不过他更早期的作品中，也能找到信仰的痕迹。

我突然想到，这么多无名而痛苦的陌生人，来到这位作家的墓前，其实就是对他的作品有信仰，相信文学能够在一定程度上缓解他们的心酸与绝望，让人不会感觉到那么孤独。我想起童年时代的自己，因为生活变得不可忍受，才狂热地阅读文学作品。1969年，约翰·契弗戒酒前的六年，《巴黎评论》问他，坐在打字机前是否觉得自己像个上帝。你也许可以将他的回答解读为一个幻觉。贝里曼的采访中也处处都是幻觉的证明。不过，这也许不是幻觉，而真的有一些现实的意义。

不，我不觉得自己像上帝。那是一种自己非常有用的充实感。我们都有掌控力，这是我们生活的一部分。我们掌控着爱，也掌控着我们所爱的工作。那是一种沉迷而狂喜的感觉，就这么简单。这种感觉就是，"这就是我发挥作用的地方，我可以永不停歇地写下去。"这总会让你感觉自己很伟大。你的生命有了意义。

我想起所有这些文学巨匠。童年时代的菲茨杰拉德，穿着白色的裤子，站得笔直，唱着《远在科隆城》，心想着他可能会害羞而死。贝里曼，坐车去坦帕参加父亲的葬礼（"我在车里有什么表现"）。还有契弗，穿着一件对他来说太紧的蓝色哔叽西装，被困在"青春期那令人烦恼的孤独感"中。我想起还叫汤姆的威廉斯，在圣路易斯的街道上快速行走，试图平复自己狂跳的心。九岁的海明威，给父亲写信，这也是他现存最久远的信件，说他在河里抓了六个蛤蜊。

　　我想起他们的作品，就是他们混乱纠缠的生命中最大的意义所在。坐在悬崖边的草地上，我突然明白了自己为什么那么喜欢 R 和那条鱼的故事。我们每个人有时候都像那个男孩。我们心中都有某种东西，被别人所不容，在阳光下却散发着美好的银光。你可以否认，甚至可以试图把它当成垃圾丢掉，都没问题。你可以拒绝承认它，通过喝酒喝个半死去逃避。然而，最后，唯一能做的，还是搜集那些碎片，找回自己。这就是痊愈的开端。你的第二次生命，更好的生命，才就此开启。

作家们的生日

弗朗西斯·斯科特·基·菲茨杰拉德，1896年9月24日—1940年12月
　21日

欧内斯特·海明威，1899年7月21日—1961年7月2日

田纳西·威廉斯，1911年3月26日—1983年2月25日

约翰·契弗，1912年5月27日—1982年6月18日

约翰·贝里曼，1914年10月25日—1972年1月7日

雷蒙德·卡佛，1938年5月25日—1988年8月2日

不可考的戒酒十二步

1. 我们承认，在对付酒精上，自己已经无能为力，我们的生活已经被搞得不可收拾。
2. 要相信，有一个比我们自身更强大的力量，能够使我们恢复清醒。
3. 做出一个决定，把我们的意志和我们的生活，托付给我们认知中的"上帝"。
4. 做一次彻底和无惧的自我品德检讨。
5. 向上帝，向自己，向他人承认自己错误的本质。
6. 要完全准备好，让上帝除去自己人格上的所有缺点。
7. 谦逊地乞求上帝除去我们的缺点。
8. 列出一份所有自己伤害过的人的名单，并且自己甘愿对这些人做出补偿。
9. 在不伤害他们的前提下，尽可能直接向曾经受到我们伤害的人当面认错。
10. 继续经常自我检讨，若有错失，要马上承认。
11. 通过祈祷与冥想，增进与我们所认识的"上帝"自觉性的接触。祈祷中只求认识他对我们的旨意，并祈求获得力量去奉行旨意。
12. 通过实行这些步骤，我们将获得精神上的觉醒。我们设法把这信息带给别的酒徒，并在一切日常事务中实践这些原则。

致谢

　　我首先要感谢那些让这本书成为可能的人。坎农格特出版社的尼克·戴维斯，他了解我字里行间想要传达的意思，一直以来都是一丝不苟地进行编辑，还为我提供了很多灵感，也是我忠实的盟友。马西公司的杰西卡·乌拉尔德和其他工作人员，他们做了很出色的工作，提供了坚强的后盾。这个项目的资金源于国家彩票公司筹措的公共基金，主办机构是英格兰艺术理事会。这两者又联合作家基金会，一起为本书最初的启动提供了资金支持。感谢麦道尔艺术村，那里真是我能想象到的最棒的工作天堂。感谢戴维·普特曼夫妇和罗丝与西格蒙德·斯托切利兹为我准备各种旅行许可证明。感谢好人克莱尔·克拉德和马克，以及Janklow & Nesbit公司的所有人。

　　过去两年来，我大部分时光都待在图书馆。感谢纽约公共图书馆管理"博格收藏"的安·加纳尔和其他员工。他们魔术般地为我进行了搜索，让这个图书馆成为我在纽约研究和写作的福地。我也很感谢康乃狄克州立大学托马斯·托德研究中心的梅丽莎·华兹华斯－巴特和其他所有工作人员。还要感谢肯尼迪总统图书馆的史蒂芬·普罗特金；哥伦比亚大学巴特勒图书馆，纽约大学菲勒斯图书馆，英国萨塞克斯大学图书馆，布莱顿图书馆和大英图书馆的工作人员。哈里·兰塞姆中心的安迪·古斯塔森还帮助我进行了一些电子搜索。

　　采访和后勤方面，我非常感激以下诸位：佩特罗斯·勒弗里斯博士，成瘾研究所所长；凯西·卡来金，戒酒互助会公共信息主席；萨塞克斯大学的戴·史蒂芬斯教授，他不仅增进了我对酒精成瘾神经生物学原理的理解，还做了很多分外的工作，阅读并评论了我早期的书稿。感谢布莱克·贝利，告诉我契弗那些泣血文章的下落。感谢田纳西·威廉斯文学节的艾伦·约翰逊。感谢纽约首席药检官办公室的艾伦·波拉科夫。

感谢我在坎农格特出版社的三位天使：常务编辑诺拉·珀金斯；校对编辑安妮·李和出色的宣传人员安娜·富勒姆。还要感谢大胆提出新意见的珍妮·罗德，维基·罗斯福德和杰斯·莱西-坎特贝尔。

要特别感谢我最早的三位读者：首先是海伦·麦克唐纳德，没有你睿智的意见和无上的支持，这本书不会存在；詹姆斯·普尔顿，说话算数、心地善良的编辑和董事会成员，将我引入约翰·贝里曼的世界；还有伊丽莎白·戴伊，与我亲如姐妹，而且无论从哪个方面来说都十分优秀。我还很感谢我的父亲（一位校对编辑，他的天赋仿佛与生俱来），他帮我寻找了许多出版前的手稿。

接下来要感谢朋友和同事。你们与我进行了相关的讨论，并且鼓励我，帮助我，为我提供栖身之所。英国的朋友有珍·埃德尔斯坦因（帮我预订了爱丽舍的房间），莉莉·史蒂文斯，克莱尔·戴维斯，罗伯特·麦克福莱恩，托尼·加米基，安娜·福斯特，戈登·萨维吉，萨拉·伍德，约翰·加拉盖尔，克里斯蒂安·特利恩，斯图尔特·克诺尔，罗宾·麦基，鲍勃·迪克森和汤姆·格伦沃尔德。美国的朋友有约翰·皮特曼（为我提供了一张床，捕捉所有关于海明威的蛛丝马迹，允许我在写作之余玩他的枪，还告诉我"朋克"这个词对于一个山林之人的意义），利兹·婷诗莉（给了我各种各样的图书馆借阅卡），丹·利福森和他的充气床，马特·沃尔夫，戴维·埃德米，利兹·亚当斯，亚历克斯·哈尔贝斯德，约瑟夫·科勒尔，弗朗西斯卡·西格尔（他列的表格让我不至于慌张错乱），阿拉斯特尔·里德和米克尔·里德·亨特尔。我还非常感激我的编辑们：《新政治家周刊》的乔纳森·德比和《观察家》的威廉姆·斯基德尔斯基。当然，错误和不足之处都在我。

最后，把我最深切的感谢与感激献给家人：皮特·莱恩，凯特·莱恩和丹尼斯·莱恩。这也是属于你们的故事。